Oetinger

Shane Hegarty

darkmouth

Der Legendenjäger

Deutsch von Bettina Münch
Mit Illustrationen von Moritz Schaaf

Verlag Friedrich Oetinger • Hamburg

Darkmouth – Der Legendenjäger ist der erste Band der Serie und auch als Hörbuch bei Oetinger erschienen.

MIX
Papier aus verantwortungsvollen Quellen
FSC® C019821

Die englische Originalausgabe erschien bei Harpercollins, UK, unter dem Titel »Darkmouth«.
Aus dem Englischen von Bettina Münch
Einband und Illustrationen von Moritz Schaaf
Satz: Das Herstellungsbüro, Hamburg
Druck und Bindung: C.H. Beck, Nördlingen
Printed 2015
ISBN 978-3-7891-3725-9
www.oetinger.de
www.darkmouth-buch.de

Für Maeve,
die das Abenteuer möglich gemacht hat.

1 ERSTES KAPITEL

Das kleine Örtchen Darkmouth taucht nur auf wenigen Karten auf, weil nur sehr wenige Menschen es finden wollen. Und wenn es doch auf einer Karte verzeichnet ist, dann eigentlich immer an der falschen Stelle. Entweder liegt die Stadt ein wenig zu weit nördlich von da, wo sie sein sollte, oder zu weit südlich. Ein bisschen zu weit links oder zu weit rechts. Eben immer ein bisschen daneben.

Wirklich jedes Mal.

Das bedeutet, dass die wenigen Besucher, die nach Darkmouth kommen, eigentlich nur irgendwo falsch abgebogen sein können. Und wenn das passiert ist, sind sie sich schon auf dem Weg dahin ziemlich schnell sicher, dass sie hier nur in einer Sackgasse landen können. Sie fahren unter einem Baldachin von Bäumen hindurch, deren Äste sich zu einem Blätterdach zusammenschließen, das mit jeder Meile undurchdringlicher wird. Bis die letzten Flecken von Licht schließlich immer weniger werden und die Straße selbst an den hellsten Tagen im völligen Dunkeln liegt.

Doch dann, kurz bevor die Äste die Farbe vom Wagen zu kratzen drohen und es schon so scheint, als würde die Straße unter ihnen ersticken, fahren die Besucher durch einen kurzen Tunnel und gelangen auf der anderen Seite plötzlich in einen Kreisverkehr – voll von blühenden Blumen. Und in der Mitte des Kreisverkehrs steht ein Schild mit der Aufschrift:

Willkommen in Darkmouth

Die Zeile darunter wurde einige Male von Hand aktualisiert:

EINWOHNERZAHL ~~6378~~ ~~6161~~ 5962

Auf einer Mauer entlang der Straße prangt außerdem ein großes, auffälliges Graffiti, das aus nur einem einzigen Wort besteht:

Allerdings hat das S die Form einer Schlange mit weit aufgerissenem Maul und gezackten Zähnen. Die Besucher starren sie an und fragen sich: *Ist das ein …? Kann es wirklich sein, dass …?*

Ja, die Schlange verschlingt tatsächlich ein Kind!
Die – inzwischen wahrscheinlich schon ein bisschen verzweifelten – Reisenden sind endlich in Darkmouth angekommen. Und ihr nächster Gedanke ist meistens: »Lasst uns schleunigst wieder von hier verschwinden!«
Also drehen sie eine Runde im Kreisverkehr und fahren in dieselbe Richtung zurück, aus der sie gekommen sind. Was eigentlich ziemlich schade ist. Denn wenn sie geblieben wären, würden sie feststellen, dass Darkmouth bei genauerer Betrachtung tatsächlich ein ganz hübsches Städtchen ist. Es gibt eine bunte, kleine Eisdiele am Hafen, Parkbänke am Strand, Picknicktische und einige lustige Klettergerüste für Kinder.
Und es ist ja auch schon eine ganze Weile niemand mehr von einem Monster gefressen worden.
Im Grunde sind es gar keine *Monster*. Sie sehen zwar *wie Monster* aus, und die Einheimischen nennen sie oft auch so, aber genau genommen sind es *Legenden*. Mythen. Fabeln. Vor langer, langer Zeit haben sie sich einmal die Erde mit den Menschen geteilt. Doch wie es meistens so ist, wurden die Legenden mit der Zeit neidisch auf die Menschen und schließlich sogar gewalttätig, sodass in den heimgesuchten Orten dieser Welt jahrhundertelang Krieg herrschte.
Heute ist Darkmouth allerdings längst der letzte dieser sogenannten heimgesuchten Orte. Und selbst dort tauchen nur noch ganz gelegentlich Legenden auf.
Gerade heute Morgen ist zufällig eine solche Gelegenheit.

2 Zweites Kapitel

Als er später darüber nachdachte, machte Finn diesen Morgen als den Zeitpunkt aus, an dem die Dinge begannen, so richtig aus dem Ruder zu laufen.

Als er später noch ein bisschen *mehr* darüber nachdachte, wurde ihm klar, dass sich genau genommen so gut wie jeder Morgen seiner bisherigen zwölf Lebensjahre als Zeitpunkt ausmachen ließ, an dem die Dinge begannen, so richtig aus dem Ruder zu laufen.

Doch an diesem Morgen dachte er überhaupt nicht nach. Stattdessen rannte er. So schnell er konnte. In einem scheppernden Kampfanzug und mit einem schweren Helm auf dem Kopf. Im Regen. Gejagt von einem Minotaurus.

Noch fünf Minuten zuvor hatte es so *ausgesehen*, als liefe alles einigermaßen nach Plan, auch wenn Finn sich nicht ganz sicher war, wie der Plan eigentlich aussah.

Zu diesem Zeitpunkt war *er* noch der Verfolger gewesen, mit einem Exsikkator in der Hand, einer wuchtigen, silbernen Waffe, vor deren Abzug ein Zylinder baumelte. *Er* war der Jäger gewesen. Mit seinem schwarzen Helm und seinem Kampfanzug – der aus matten, kleinen Metallplättchen bestand, die so ungeschickt zusammengefügt waren, dass es bei jeder Bewegung klang, als würde ein Beutel Gabeln die Treppe herunterfallen – hatte er sich schwerfällig durch das Gewirr der Seitengassen von Darkmouth bewegt.

Der Anzug war zu groß für Finn. Seine Eltern hatten ihm geraten, genug Platz zu lassen, damit er noch hineinwachsen könne. Und er schepperte so entsetzlich, weil er ihn selbst gemacht hatte.

Ganz in der Nähe, etwa zwei Gassen entfernt, hörte Finn das Geräusch von Glas, das auf Steinen zertreten wurde. Vielleicht waren es aber auch Steine, die zu Glas zermalmt wurden. So oder so folgte dem Geräusch das Kreischen einer Autoalarmanlage – und kurz darauf das noch lautere Kreischen eines Menschen.

Darkmouth bestand aus lauter Sackgassen und Stichstraßen, deren hohe Mauern mit Glasscherben, scharfen Steinen und Klingen gespickt waren. Die Stadt war so angelegt worden, um Legenden zu verwirren, sie aufzuhalten oder sie in Sackgassen zu führen. Aber Finn kannte den Weg.

Er folgte den staubigen Spuren der Legende und kam zur Broken Road, der Hauptstraße von Darkmouth. Dort waren Fahrzeuge mit quietschenden Reifen wild durcheinander stehen geblieben, und die Bewohner, die nicht geflüchtet waren, kauerten in den

Eingängen von Geschäften, die zu dieser Uhrzeit noch geschlossen hatten.
Am Ende der Straße stand er. Der Minotaurus. Und sah über seine Schulter.
Er war halb Mann, halb Stier und ganz und gar Furcht einflößend.
Finns Herz geriet für einen Moment ins Stocken und überschlug sich dann fast. Zitternd rang er nach Atem. Seine ganze Kindheit hatte er damit verbracht, sich Bilder von solchen Wesen anzusehen. Sie hatten sie immer als mächtige, fast schon noble Legenden dargestellt. Aber jetzt, wo er eine von ihnen leibhaftig vor sich hatte, begriff Finn, dass die Bilder zwar die Stärke der Legenden zeigen konnten, aber nicht ansatzweise, *wie* wild sie in Wirklichkeit aussahen.
Dort, wo die spitzen, gebogenen Hörner aus dem gewaltigen Stierschädel ragten, hatte der Minotaurus zottelige Haare, die an das Fell einer Promenadenmischung erinnerten. Als er den Kopf drehte, tropfte Schleim von seinen riesigen Zähnen und lief ihm über die Muskeln, die sich an seinem Rücken nach außen wölbten, hinunter über die Taille bis zu einigen Hautpartien, die so rissig waren wie gebrannter Ton. Er stand auf zwei Beinen. Doch er hatte keine Hufe. Stattdessen endeten seine Beine in bedrohlichen Klauen.
Der Minotaurus war schrecklicher als alles, was sich Finn jemals vorgestellt hatte. Und das war schon verdammt schrecklich gewesen.
Und er sah Finn direkt in die Augen.

Der flüchtete zu einem Hauseingang, wo sich bereits eine Frau versteckte. Sie hatte den Rücken an die geschlossene Tür gepresst und einen Hund im Arm. Ihr Gesicht war voller Angst.

»Keine Sorge, Mrs Bright«, sagte Finn mit vom Helm gedämpfter Stimme. »Sie und Yappy sind bald in Sicherheit. Nicht wahr, mein Kleiner?« Er tätschelte den Hund, einen Basset, mit seiner freien Hand, der ihn daraufhin lediglich unbeeindruckt annieste.

Ohne sonderlich dankbar zu wirken, nickte die Frau und blickte sich dann zögerlich um. »Wo ist eigentlich dein Vater, junger Mann? Sollte er nicht ...«

Ein Stück die Straße hinauf gab es ein lautes Krachen. Der Minotaurus war an der Spitze der Broken Road um die Ecke gebogen.

Finn atmete noch einmal tief durch und huschte weiter, ihm hinterher.

Auf der anderen Seite einer Mauer gab es einen so heftigen Aufprall, dass die Erschütterung von Finns Füßen bis zu seinem Gehirn drang, das darin offenbar das Signal sah, dass es höchste Zeit war, schreiend in die entgegengesetzte Richtung zu rennen.

Aber Finn rannte nicht. Er hatte für diese Situation trainiert. Er war für sie geboren. Er wusste, was von ihm erwartet wurde und was er zu tun hatte. Außerdem würde sein Vater enttäuscht sein, wenn er jetzt wegrannte. Schon wieder.

Ich werde da sein, wenn du mich brauchst, hatte Finns Vater heute Morgen zu ihm gesagt.

Doch als Finn auf den Knopf seines Funkgeräts seitlich am Helm drückte und flüsterte: »Dad? Bist du da?«, war die einzige Antwort ein gleichgültiges statisches Knistern.
Ein dunkler, bedrohlich aufragender Koloss kreuzte eine Querstraße und riss dabei die engen Mauern ein. Finn griff seinen Exsikkator und folgte ihm. An der Ecke kauerte er sich auf den Boden und schielte vorsichtig hinter die Mauer. Der Minotaurus war kaum zwanzig Meter entfernt stehen geblieben. Seine massigen Schultern hoben und senkten sich in wütenden Atemzügen, während er sich anscheinend darüber klar zu werden versuchte, wohin er gehen sollte.
Jetzt lag es an Finn. Er rief sich sein Training in Erinnerung. Konzentrierte sich auf das, was er gelernt hatte. Dachte an die erfahrenen Worte seines Vaters. Vorsichtig richtete er seine Waffe auf den Minotaurus. Finn hielt ganz still und atmete aus. Genau in diesem Moment wandte sich der Minotaurus zu ihm um, die Augen wie zwei tiefe, schwarze Löcher zwischen den zernarbten Hörnern. Schaum tropfte von den abgeplatzten, spitzen Reißzähnen. Einen kurzen Moment lang war Finn von all dem Rotz, Blut und Regen abgelenkt, die sich an einem kristallenen Ring sammelten, den man dem Minotaurus durch die Nase getrieben hatte.
Die Legende brüllte auf.
Und Finn drückte ab.
Die Wucht des Schusses schleuderte Finn nach hinten. Eine sprühende, blaue Kugel schoss aus dem Lauf des Exsikkators, entfaltete sich zu einem leuchtenden Netz, das kreiselnd auf

die Stelle zuflog, an der der Minotaurus noch einen Augenblick zuvor gestanden hatte, und … wickelte sich um ein Auto, das dort geparkt war. Finn stöhnte.

Mit einem Aufblitzen und einem dumpfen WUUUUSCH brach der halbe Wagen in sich zusammen und wurde unter dem gequälten Knirschen einer Tonne Metall in die Form einer Coladose gepresst.

Finn sah sich nach dem Minotaurus um.

Er war verschwunden.

Finn drückte auf den Funkknopf. »Äh, Dad …?«

Immer noch nichts.

Er hielt kurz inne, beruhigte das Stimmengewirr in seinem Kopf, so gut es ging, und setzte sich wieder in Bewegung. Unter Anwendung der uralten Jagdtechniken, die sein Vater ihm beigebracht hatte, verfolgte er vorsichtig die Spuren des Minotaurus.

Er hätte sich die Mühe sparen können. Der Minotaurus fand ihn zuerst.

3 DRITTES KAPITEL

Natürlich ergriff Finn die Flucht.
Dabei gingen ihm verschiedene Gedanken durch den Kopf, die sich hauptsächlich darum drehten, ob er sich umdrehen und schießen oder lieber ein Versteck suchen sollte. Und ob er vielleicht Zeit hatte, um stehen zu bleiben und seinen scheppernden Anzug beiseitezuwerfen.
Der Minotaurus wiederum hatte bei Finns Verfolgung nur einen einzigen Gedanken im Kopf. Und es war gut, dass Finn nicht wusste, wie oft die Worte »Augen ausstechen« darin vorkamen.
Finn stürmte durch die Gasse, so schnell es sein Kampfanzug zuließ. Sein Atem im Innern des Helms war heiß, und seine Waffe, die er sich mit einer Schnur ans Handgelenk gebunden hatte, schwang wild hin und her. Unmittelbar bevor der Minotaurus ihn erreichte, entdeckte Finn am Ende der Gasse einen

kleinen Spalt in der Mauer und glitt in letzter Sekunde hinein. Die Kreatur knallte mit voller Wucht gegen die Mauer, und eine Wolke aus Steinen, Staub und Sabber stieg auf.
Finn lief weiter. Er rannte durch Gassen, stolperte um Ecken und quetschte sich durch Mauerspalten, bis ihm irgendwann dämmerte, dass, abgesehen vom Geschepper seines Kampfanzugs, nichts zu hören war als sein eigenes Keuchen.
Mühsam zwang er seine Beine, stehen zu bleiben.
Er kauerte sich in eine Ecke und hielt Ausschau nach Anzeichen des Minotaurus. Nichts.
Finn ließ sich zu Boden sinken und spürte die Ströme von Schweiß, die ihm über das Gesicht liefen, das Kratzen seines Anzugs und das Wummern in seiner Brust.
In der Nähe raschelte etwas. Ein flüchtiger Schatten huschte vorüber.
»Dad?«
Direkt vor ihm brach der Minotaurus durch die Mauer und stürzte mit so schrecklicher Wucht auf die Straße, dass seine Hörner Funken schlugen, als sie über den Asphalt kratzten. Er kam sofort wieder auf die Beine und baute sich über Finn auf. Der hob den Exsikkator. Doch der Minotaurus holte aus und schlug ihn Finn aus den Händen.
Mit dem Rücken an der Wand schmeckte Finn die tödliche Bitterkeit im Atem des Minotaurus und blickte in die tiefe Schwärze seines Mauls. Für einen kurzen Moment war er wie gebannt vom Glanz des dicken, diamantenen Rings in der Nase der Legende.

Dann suchte er fieberhaft nach einem Ausweg, nach einem Kampfmanöver, das ihm sein Vater beigebracht hatte, einem Plan, einem Fluchtweg – nach irgendetwas anderem, als sich dem unabwendbaren, niederschmetternden Gedanken hinzugeben, dass er gleich sterben würde.

Während er sich auf den alles entscheidenden Angriff vorbereitete, hatte der Minotaurus nach wie vor nur einen einzigen Gedanken. Allerdings kamen jetzt nicht mehr nur die Worte »Augen ausstechen« darin vor. Nein, er beinhaltete nun auch noch mehrfach das Wort »verstümmeln«.

Wäre die Legende nicht ganz so einfältig gewesen, hätte sie vielleicht begriffen, dass in dem flüchtigen Moment, den sie benötigte, um zum tödlichen Schlag auszuholen, ein Schatten die Zeit nutzte, um über ihn und den Jungen hinwegzugleiten. Er wurde größer und dunkler und sprang mit einem Satz über die riesigen Schultern der Kreatur hinweg, wo er schließlich Gestalt annahm und hinter ihr landete.

Der Minotaurus drehte sich um. Der Anzug dieses neuen Menschenwesens schimmerte so, dass man ihn kaum ansehen konnte. Der Mensch schien gleichzeitig da zu sein und doch wieder nicht. Die Gestalt trug eine Waffe, ähnlich wie die des Jungen, nur größer. Und dem Minotaurus war auf der Stelle klar, mit wem er es jetzt zu tun hatte.

Das hier war nicht *irgendein* Legendenjäger.

Es war *der* Legendenjäger.

Der Minotaurus hatte sich kaum einen Zentimeter von der Stelle bewegt, als er auch schon vom leuchtenden Netz aus der

Waffe des Legendenjägers getroffen wurde. Für den Bruchteil einer Sekunde verharrte er starr in der Umhüllung des funkelnden blauen Gewebes. Dann implodierte der Minotaurus mit einem dumpfen WUUUSCH. Was von ihm übrig blieb, war eine feste, haarige Kugel, nicht größer als ein Tennisball.

Der Legendenjäger rührte sich nicht.

Ein dünner, blauer Rauchfaden quoll aus dem Lauf seiner Waffe.

»Den Stier haben wir an den Hörnern gepackt, was?«, sagte er, klappte das Visier hoch und enthüllte ein Gesicht, das ebenso kompakt war wie der Helm. Er grinste – offensichtlich begeistert von seinem eigenen Witz.

Finn rappelte sich auf und funkelte ihn wütend an.

»Wo bist du *gewesen*, Dad?«

4 VIERTES KAPITEL

Genau wie andere heimgesuchte Orte auf der Welt – mit Namen wie Worldsend, Hellsgate, Bloodrock, Murderpath, Leviatown und Massacrecity – war auch Darkmouth seit Generationen die Heimat von Legendenjägern; Familien, die geschworen hatten, die Welt vor den nicht enden wollenden Angriffen der sogenannten Verseuchten Seite zu schützen.

Allerdings fanden die Angriffe schließlich doch ein Ende.

Größtenteils jedenfalls.

Von Jahr zu Jahr gab es weniger Berichte über Menschen, die von Legenden gefangen oder getötet wurden – und über Legenden, die von Legendenjägern gefangen oder getötet wurden.

Dorf für Dorf versiegten die Angriffe. Zum ersten Mal seit Tausenden von Jahren schien unsere Welt vom Reich der Legenden vollständig abgeschottet zu sein.

Nach generationenlangem Krieg konnten sich die Legendenjäger zur Ruhe setzen.
Abgesehen von einem Dorf. Von einer Familie.
»Du warst zu keinem Zeitpunkt in Gefahr«, sagte Finns Vater lässig. »Ich habe dich die ganze Zeit gedeckt.«
»Das Vieh hat mich fast umgebracht«, sagte Finn.
»Du weißt, dass ich das nie zulassen würde.«
»So hat es sich aber nicht angefühlt.«
»Hör mal, Finn, sei nicht so hart zu dir. Du hast deine Sache gut gemacht. Vielleicht warst du hier und da noch nicht ganz so treffsicher, aber schließlich hast du kein entlaufenes Huhn gejagt. Und eingeschnappt musst du auch nicht sein. Die meisten Zwölfjährigen würden dafür sterben, einer Legende nachjagen zu dürfen.«
»Sterben?«, wiederholte Finn.
»Du weißt, was ich meine.«
Finns Vater sah ihm noch einen Moment fest in die Augen, ehe er ihm sanft gegen den Arm boxte und anschließend die geschrumpften Überreste des Minotaurus aufhob.
Erschöpft nahm Finn einen Behälter von seinem Gürtel und gab auf dem Tastenfeld an der Seite einen Code ein. Mit einem Zischen sprang der Deckel auf und entließ eine kleine, blaue Gaswolke und einen schwachen Geruch, der an Orangensaft erinnerte. Sein Vater legte die haarige Kugel in den Behälter und drückte den Deckel zu.
»Da drinnen kann er eine ruhige Kugel schieben …«, sagte er.
Finn schüttelte leicht verächtlich den Kopf.

»Na, wie du willst«, sagte sein Vater, als er den Behälter an sich nahm und langsam davonging. »Zieh deinen Anzug aus, dann fahre ich dich in die Schule.«

»In die Schule? Ist das dein Ernst? Wie soll ich nach der Geschichte in die Schule gehen? Das mach ich nicht. Auf keinen Fall.«

Doch sein Vater lief einfach weiter.

Also nahm Finn widerstrebend seine Waffe. Doch gerade als er ihm folgen wollte, sah er im Schotter etwas aufblitzen. Dort, wo sein Vater soeben den Minotaurus exsikkiert hatte, lag ein schmaler, gebogener Kristall.

Er sah aus wie der Kristall, der in der Nase des Minotaurus gesteckt hatte.

Merkwürdig.

Finn hob ihn auf und betrachtete seine kantige Schönheit. Er wollte seinen Vater rufen, ließ es dann aber doch bleiben. Wenn er schon zur Schule gehen musste, wollte er wenigstens eine Belohnung.

Er steckte den Kristall in die Tasche, bevor er schwerfällig weitertrabte. Sein Anzug schepperte bei jedem Schritt.

Sie fuhren durch Darkmouth mit ihrem großen, schwarzen Auto, das aussah wie ein Metallblock auf Rädern. Die Sitze waren herausgerissen worden, um Platz zu schaffen für Reihen von Waffen und Werkzeugen verschiedenster Form, Größe und Schärfe.

Es waren nur noch wenige Leute auf der Straße, die meisten befanden sich inzwischen in der Schule oder an ihrem Arbeitsplatz. Diejenigen, die tatsächlich noch in der Stadt unterwegs waren, hatten die Köpfe unter Kapuzen verborgen und die Gesichter zum Schutz vor dem Nieselregen zu Boden gerichtet. Sie sahen so aus, als sei der letzte Ort auf Erden, an dem sie gerade sein wollten, der letzte Ort auf Erden, an dem die Legenden immer noch einfielen. Ihre Stimmung wurde auch dadurch nicht besser, dass das Auftauchen einer Legende immer mit schlechtem Wetter verbunden war.

»Es ist jedes Mal das Gleiche, wenn sich ein Tor öffnet«, sagte Finns Vater. »Aber wenigstens bringt ein kleines Tor nur leichten Regen. Es gab eine Zeit, da brachten die großen Tore schreckliche Stürme. In den alten Geschichten hat man die Götter dafür verantwortlich gemacht. Schön wär's, was?«

Finn gab keine Antwort.

Sein Vater schnalzte mit der Zunge. Der Wagen schwenkte nach rechts.

Ehe er auf den Beifahrersitz gesprungen war, hatte Finn seinen Anzug hinten in den Wagen geworfen. Jetzt lagen seine Schultasche und der Exsikkator in seinem Schoß. Er hielt sich den Behälter vor das Gesicht und schüttelte ihn.

»Der Trick erstaunt mich immer wieder«, sagte sein Vater.

Finn empfand einen Funken Mitleid für das Geschöpf, das darin eingeschlossen war. Von außen war das einzige Anzeichen, dass ein Opfer des Exsikkatornetzes einmal ein lebendiges Wesen gewesen war, die Außenseite der entstandenen Kugel. Sie war mit genau dem überzogen, was das Geschöpf ursprünglich umgeben hatte: Fell, Schuppen, Haut oder Lederhosen.

»Findest du es nicht ein wenig grausam, ihnen das anzutun, Dad?«

»Vielleicht willst du den nächsten Minotaurus lieber durch Kitzeln zum Aufgeben zwingen. Oder ihn streicheln und ihm einen Keks anbieten. Also wirklich, Finn.« Er warf seinem Sohn einen Blick zu und bemerkte dessen finstere Miene. »Na schön, heute Morgen ist es nicht gerade perfekt gelaufen.«

»Und das letzte Mal auch nicht«, sagte Finn.

»Ja, aber ...«

»Oder das Mal davor ...«

»Ich will damit sagen, Finn, dass du noch dabei bist, zu lernen«, sagte sein Vater. »In deinem Alter war ich genauso. Habe ich dir je davon erzählt, wie ich ...?«

»Ja«, sagte Finn mit einem Seufzen.

»Und von dem Tag, an dem ich ...?«

»Davon auch. Ich höre überhaupt *immer* nur von den großartigen Dingen, die du in meinem Alter vollbracht hast. Du hast diese Legende besiegt und jene Waffe erfunden. Wenn du also nicht gerade eine Geschichte auf Lager hast, die damit endet, dass du ins Klo gefallen bist oder so etwas, machst du die Sache für mich im Augenblick nicht besser.«

Der Wagen hielt vor der Schule. Finn rührte sich nicht.

Sein Vater rutschte auf seinem Sitz hin und her, wobei das Material seines Kampfanzugs quietschte.

»Es ist doch nicht alles schlecht ...«, begann er.

»Was kann daran nicht schlecht sein?«, unterbrach ihn Finn mit Verzweiflung in der Stimme. »Es ist nur noch ein Jahr bis zu meiner Vollendungszeremonie, Dad.«
»Wann genau bist du zwölf geworden?«
»Vor zwei Wochen«, sagte Finn.
»Elfeinhalb Monate bis zur Zeremonie. Also noch viel Zeit.«
»Was hast du heute Morgen eigentlich nicht mitbekommen?«, fragte Finn mit ungläubigem Kopfschütteln.
»Finn, unsere Familie beschützt Darkmouth seit zweiundvierzig Generationen.«
»Ich aber nicht.«
»Aber das wirst du«, sagte sein Vater. »Du wirst die dreiundvierzigste Generation sein.«
»Ich werde nicht bereit sein.«
»Du wirst die Verantwortung für Darkmouth übernehmen.«
»Das geht nicht«, widersprach Finn.
»Es *muss* gehen.« Sein Vater schwieg einen Moment, bevor er weitersprach. »Auf jeden Fall hat sich der Rat gemeldet«, berichtete er. »Sie haben gute Neuigkeiten.«
»Hat es mit mir zu tun?«, erkundigte sich Finn.
»Nein. Also ja. Irgendwie schon.« Sein Vater machte eine Pause. »Die Zwölf haben mir einen Sitz im Rat angeboten. Zweiundvierzig Generationen, Finn, und nicht einer aus unserer Familie wurde jemals in den Rat berufen und damit zu einem der führenden Legendenjäger dieser Welt. Natürlich sitzt der Großteil der Legendenjäger heutzutage zu Hause herum und setzt Speck an, trotzdem ist es eine große Ehre und …«

»Warte mal«, sagte Finn. »Du wirst Mitglied im Rat der Zwölf?«

»Ja, ist das nicht großartig?«

»Haben die ihren Sitz nicht in …«

»Liechtenstein. Das ist ein kleines Land mit hohen Bergen.«

»Dann musst du also weg aus Darkmouth?«

»Ja«, sagte sein Vater. »Manchmal schon.«

»Und ich?«

»Du nicht.«

»Na toll«, sagte Finn, der spürte, wie sich ihm eine große Last auf die Schultern legte. »Du bist weg, und die Verantwortung für Darkmouth liegt bei …«

»Dir. Ganz genau. Ist das nicht toll?«

Finn starrte ihn an, während er zu begreifen versuchte, was das bedeutete.

»Das ändert doch nichts, Finn«, sagte sein Vater. »Jedenfalls nicht viel. Du bist dabei, der erste richtige Legendenjäger zu werden, der seit vielen Jahren vollendet. Danach wäre Darkmouth ohnehin irgendwann in deine Verantwortung übergegangen. Außerdem werde ich nicht gleich weggehen. Die Zwölf sagen, es gäbe ein Verfahren und ein paar Überprüfungen.«

»Was für Überprüfungen?«

Sein Vater zuckte mit den Achseln. »Keine Ahnung. Hintergrundrecherchen, unter Vorbehalt der Einhaltung von Regel 31, Paragraf 14 oder so etwas. Du weißt schon, Papierkram. Den lieben die Zwölf. Auf jeden Fall wird es passieren.« Er räusperte sich. »Sobald du vollendest.«

»Und was ist, wenn ich nicht bereit bin?«

Der Kampfanzug seines Vaters quietschte wieder, als er sich auf dem Ledersitz umdrehte, um seinem Sohn in die Augen zu sehen. »Finn, jeder Legendenjäger in unserer Familie hat an seinem dreizehnten Geburtstag vollendet. Jeder Einzelne, so weit die Aufzeichnungen zurückreichen. Sie hätten warten können, bis sie fünfzehn oder siebzehn oder neunzehn sind, wie in schwächeren Familien, aber das haben sie nicht. Also ist unsere Familie – damals, heute und in der Zukunft – darauf angewiesen, dass du bereit bist. Ich bin es. Und diese Stadt ist es auch. Also *wirst* du auch bereit sein.«

Finn drückte die Autotür auf und stieg aus. »Jetzt geht's mir schon viel besser. Danke, Dad.«

Während er die Tür schloss, sah Finn sein Spiegelbild im Wagenfenster. Seine Haare waren feucht, seine Haut gerötet. Wieder öffnete er den Mund, um dagegen zu protestieren, zum Unterricht gehen zu müssen, doch sein Vater schnitt ihm das Wort ab. »Darüber reden wir später.«

Die Tasche über der Schulter, stand Finn am Bordstein und lauschte dem leisen Brummen, mit dem der Wagen davonfuhr. Der Nieselregen kitzelte ihn auf der Stirn.

In der Hosentasche spürte er sein Handy vibrieren. Es war eine Nachricht von seiner Mutter.

TIEF DURCHATMEN. HAB DICH LIEB.

Er atmete tief durch, dann noch einmal, und wappnete sich für den nächsten Kampf.

Die Schule.

5 FÜNFTES KAPITEL

Finn kam zu spät. Und er war sicher, dass alle wussten, warum.

Während er durch den Schulflur trottete, spürte er, wie ihm aus sämtlichen Klassenräumen, an denen er vorüberging, eine unruhige Spannung entgegenschlug. Der Unterricht wurde unterbrochen, damit Lehrer und Schüler ihn beobachten konnten.

»War es ein großer Kerl heute Morgen?«, rief ihm eine Stimme im Gang hinterher.

»Gibt's 'ne Chance, dass du sie diesmal alle erwischt hast, Finn?«, fragte jemand anders.

Er blendete alles aus, bis er seinen eigenen Klassenraum erreichte, wo seine Ankunft ebenfalls für kurze, heftige Aufregung sorgte. Murmelnd entschuldigte er sich bei Mrs McDaid für sein Zuspätkommen und ging zum letzten freien Platz.

Unglücklicherweise befand sich dieser ausgerechnet zwischen Conn und Manus Savage, zwei eineiigen Zwillingsbrüdern, die sich aufs Haar glichen, wenn man von Conns abgekautem Ohr absah. Das hatte er von einem Kampf mit einem Dobermann. Zumindest behauptete er das immer – und dass der Hund den Kampf verloren hatte.

Finn quetschte sich auf den Stuhl zwischen den beiden und kratzte dabei mit den Metallbeinen über den Boden.

Die Zwillinge sahen kurz ein wenig irritiert aus, als ihnen sein strenger Schweißgeruch in die Nase stieg.

»Hey, Monsterjunge«, zischte Conn aus dem Mundwinkel, »du hast heute Morgen wohl vergessen, deine Windel zu wechseln.«

»Miss?«, wandte sich Manus an die Lehrerin. »Dürfen wir ein Fenster aufmachen?«

»Lieber zwei«, rief sein Bruder.

Normalerweise hätte sich Finn nicht allzu viel aus den beiden gemacht. Er kannte seinen Platz. Als angehender Legendenjäger konnte er nicht wirklich Freunde haben. Er trainierte mit seinem Vater. Er lernte. Er aß. Er schlief. Er veranstaltete keine Geburtstagspartys und hatte keine Übernachtungsgäste. Er hatte überhaupt niemanden, der einfach so bei ihm vorbeikam. Und so bekam er auch nie die Gelegenheit, die ganzen Fragen zu beantworten, zum Beispiel nach dem dreiköpfigen Hund, den sein Dad gerade mit nach Hause gebracht hatte. Er würde nie in lässiger Echt-keine-große-Sache-Art sagen können: »Ach, macht euch nichts aus dem Zerberus. Ihr wisst ja: Hunde, die bellen, beißen nicht.« Die Eltern in Darkmouth waren verständlicherweise auch nicht sonderlich erpicht darauf, ihre Kinder in einem Haus wie Finns herumrennen zu lassen.

Seine Familie lebte seit zweiundvierzig Generationen in der Stadt, trotzdem würde Finn immer ein Außenseiter bleiben. Um ihn herum würde es immer Getuschel geben. Neugierige Fragen mit einer Spur von Ablehnung. Gerüchte. Warum Darkmouth der einzige heimgesuchte Ort war, an dem es noch Angriffe von Legenden gab. Warum nicht mehr dagegen unternommen wurde.

Er versuchte, so viel wie möglich davon zu ignorieren, doch es war nicht leicht, wenn es von allen Seiten auf einen einprasselte.

»Was hast du heute Morgen gemacht, um das Monster zu vertreiben?«, murmelte Conn. »Es angehaucht?«

»Wenn du einfach mit deinen Socken vor deren Nase rumwedeln würdest, könntest du sie vielleicht ein für alle Mal loswerden«, sagte Manus.

Langsam wurde Finn wütend. Es war eine Sache, ein Außenseiter zu sein, weil er war, was er war – das gehörte zu seinem Leben, und er hatte gelernt, damit klarzukommen. Aber es war etwas ganz anderes, ständig dumm von der Seite angemacht zu werden. Vor allem, nachdem man gerade versucht hatte, genau diese Leute davor zu bewahren, von einem wild gewordenen Fabelwesen zerfleischt zu werden.

Trotzdem hielt er den Mund.

Die Savage-Zwillinge waren einfach bescheuert – und schlimmer als manche Legende. Allerdings nahm er sich vor, ab jetzt immer Deo und Seife dabeizuhaben.
Mrs McDaid setzte den Unterricht fort, und der Großteil der Klasse passte wieder auf. Erst dann fiel Finn auf, dass sie eine neue Schülerin in der Klasse hatten. Sie saß hinten in der Ecke und starrte durch einen Vorhang aus roten Haaren zu ihm herüber.
Eine neue Schülerin? Aber sie hatten *nie* neue Schüler. Entweder war man hier geboren, oder man war nur kurz aus Versehen hier gelandet und kam nie wieder her. Niemand zog je nach Darkmouth.
Trotzdem war sie da.
Unter ihrem Pony schenkte sie Finn die winzige Andeutung eines Lächelns. Er wandte den Kopf ab. Als er wieder zu ihr hinsah, hatte sie den Blick auf die Lehrerin gerichtet.
Conn neigte sich zur Seite. »Na, schon in die Neue verknallt?«, flüsterte er.
»Wer weiß«, ergänzte Manus von der anderen Seite. »Vielleicht steht sie auf *Eau de Mief*.«
Finn stellte sich vor, wie die Zwillinge vom Minotaurus verfolgt wurden. Wie das Entsetzen auf ihren Gesichtern gefror, wenn dieser ihnen mit den Klauen die Köpfe vom Rumpf trennte. Die Vorstellung heiterte ihn ungefähr eine halbe Sekunde lang auf, ehe er wieder in sich zusammensackte, weil ihm klar wurde, dass dieser Tag eigentlich nur noch schlimmer werden konnte.
Und so war es dann auch.

6 SECHSTES KAPITEL

Finn trottete nach Hause, das Gesicht unter der Kapuze seiner Jacke versteckt. Der Nieselregen hatte aufgehört, und die Stadt kehrte allmählich zur Normalität zurück – zumindest zu ihrer eigenen Form von Normalität. Finn spürte nicht zum ersten Mal die Last auf seinen Schultern, dass die Sicherheit dieser Stadt irgendwann ganz allein in seiner Verantwortung liegen würde.

Nur hatte man ihm gerade auch noch mitgeteilt, dass es bis »irgendwann« nicht einmal mehr ein Jahr hin war. Sein Vater würde fortgehen, um Mitglied des Rats zu werden. Beim bloßen Gedanken daran stockte ihm der Atem.

Er war mit den Geschichten über die Legendenjäger, die überall auf der ganzen Welt lebten, aufgewachsen. Sie waren die Verteidiger der heimgesuchten Orte. In jeder dieser Städte hatten Familien von Generation zu Generation Wissen, Techniken und Waffen weitergegeben und geschworen, die Menschen zu beschützen.

Nur dass die Legendenjäger auf der restlichen Welt nicht mehr gebraucht wurden. In ihren Städten war es ruhig geworden. Die Jäger blieben zwar vorsichtshalber in ihrer ehemals heimgesuchten Heimat – manche setzten für alle Fälle sogar ihr Training fort und bildeten weiterhin ihre Kinder aus –, aber die meisten hatten sich andere Beschäftigungen gesucht. Es war gut möglich, dass der Mann, der am Bahnhof die Fahrkarten abstempelte, aus einer langen Linie von Legendenjägern stammte. Genau wie der Tanzlehrer, der Sprecher des Wetterberichts oder der Typ, der gekommen war, um den Fernseher zu reparieren.

Aber nicht in Darkmouth. In Finns Familie reichten die Legendenjäger ebenso weit zurück wie die Geschichten selbst. Und solange die Legenden weiter in Darkmouth einfielen und nicht aufhörten, die Stadt anzugreifen, würde seine Familie gebraucht werden. Solange er das einzige Kind des einzigen Legendenjägers war, würde auch Finn gebraucht werden. Und jetzt, wo sein Vater in den Rat der Zwölf berufen wurde, würde er gebraucht werden, um Darkmouth zu beschützen. Allein.

Als er nach Hause ging, lastete jedes Gramm dieser Verantwortung auf ihm.

Verschlimmert wurde das alles durch die Tatsache, dass er nicht bereit war. Er hatte wieder einmal gerettet werden müssen. Seine dritte Jagd mit seinem Vater. Sein dritter Fehlschlag.

Die erste Legendenjagd vor einigen Wochen war eine einzige Demütigung gewesen. Bei der Legende hatte es sich um einen

Basilisken gehandelt, ein besonders dummes und fettes Reptil mit einem Schnabel. Basilisken wuchsen in dem Glauben auf, ein einziger Blick von ihnen genüge, um einen Menschen zu töten. Trieb man sie in die Enge, blieben sie stehen, rissen die Augen auf und starrten dem herannahenden Menschen ins Gesicht. Das Problem war nur, dass ihr Blick kaum gefährlicher war als das Glucksen eines Babys. Einen Jäger brachte das nicht aus der Fassung.

Nur einem besonders unerfahrenen oder ungeschickten Legendenjäger konnte es misslingen, ein solches Geschöpf zu fangen. Finn passte zufällig in beide Kategorien.

Sein Vater hatte die Jagd sogar extra in die Länge gezogen, um ihm zu zeigen, wie man eine Legende mithilfe des eigenen Könnens zur Strecke brachte, ohne irgendwelche technischen Hilfsmittel. »Wenn ihre Welt auf unsere trifft, bildet sich eine Art Staub. Selbst der Regen kann ihn nicht abwaschen. Folge diesen Staubspuren. Nutze deine Ortskenntnis. Geh in gleichmäßigem Tempo ...«

In diesem Augenblick war ihm aufgefallen, dass Finn nicht mehr hinter ihm war. Nachdem er den Basilisken dann selbst im Handumdrehen eingefangen hatte, fand er seinen Sohn zwei Gassen weiter. Er lag auf dem Rücken und strampelte wie eine gestrandete Schildkröte mit den Beinen. Sein Vater hatte befürchtet, eine Legende wäre über Finn hergefallen; stattdessen waren seinem Sohn sein eigener Kampfanzug und der Bürgersteig zum Verhängnis geworden. Und der war nicht gerade für seine Kampfkünste bekannt.

Auf dem Nachhauseweg war es unangenehm still gewesen.
Die zweite Jagd, vergangene Woche erst, fing eigentlich ganz gut an. Nachdem Finn an seinem Anzug ein paar Veränderungen vorgenommen hatte, bekam er sogar seinen eigenen Exsikkator. Sein Vater blieb bei ihm, und sie machten gemeinsam Jagd auf den Eindringling. Diesmal war es ein kleiner Mantikor. Mantikore sind Wesen mit dem Körper eines Löwen, den verkümmerten Flügeln eines Drachen, einem mit Giftstacheln besetzten Skorpionschwanz und – am gefährlichsten von allem – der nicht vorhandenen Fähigkeit, die Klappe zu halten.
Sie kamen schnell voran. Finn folgte dem Staub von der Verseuchten Seite, wie er es gelernt hatte, bis er den Mantikor schließlich in einer Gasse in die Enge getrieben hatte. Ab da ging alles schief. Als er seinen Exsikkator aus der Halterung an seinem Gürtel ziehen wollte, verfing sich sein Handschuh im Anzug, und er konnte nicht einmal mehr den Arm heben.
»Äh, Moment …«, sagte er zu dem Mantikor.
Das war ein Riesenfehler.
Das Erste, was ein Legendenjäger in der Ausbildung über Mantikore lernt: Lass dich niemals auf ein Gespräch mit ihnen ein. Niemals. Andernfalls hält einen der Mantikor den ganzen Tag fest, wobei er die meiste Zeit in Rätseln spricht. Schlechten Rätseln, die einen irgendwann in den Wahnsinn treiben.
Zum Glück wurde der Mantikor – genau in dem Moment, als er den Mund aufmachte, um mit einem vernichtenden Rätsel zu antworten – von Finns Vater exsikkiert.

Auf dem Nachhauseweg herrschte wieder eine schrecklich unangenehme Stille zwischen Finn und seinem Vater.
Und dann war da natürlich noch heute gewesen.
Man erwartete von Finn, dass er in weniger als einem Jahr seine Ausbildung vollenden und ein richtiger Legendenjäger werden würde. Zu den Voraussetzungen, um dafür auch nur in Erwägung gezogen zu werden, gehörten drei erfolgreich absolvierte Jagden. Stattdessen hatte die Tatsache, dass der Minotaurus heute Morgen *ihn* in die Enge getrieben hatte – und nicht andersherum –, einen Dreifach-Flop perfekt gemacht.
Als Finn vor der Schule aus dem Auto gestiegen war, hatte er gesehen, wie sein Vater vor Enttäuschung die Stirn gerunzelt hatte. Während er nun von der Schule nach Hause ging, wurde ihm das Ausmaß dieser Enttäuschung erst richtig bewusst. Ihm blieben zwei Möglichkeiten:
Entweder versagte er dermaßen kläglich, dass er nicht vollendete und dadurch verhinderte, dass sein Vater nach zweiundvierzig Generationen der erste Legendenjäger von Darkmouth wurde, der in den Rat der Zwölf aufgenommen wurde und damit den Traumjob jedes Legendenjägers ergatterte.
Oder er schaffte es irgendwie und stand mit der Verantwortung da, Darkmouth und alle, die darin lebten, allein verteidigen zu müssen.
Finn konnte sich nicht entscheiden, was besser war. Oder genauer gesagt, schlechter.

7 Siebtes Kapitel

Finn bog in eine Straße ein, die auf der einen Seite aus einer Reihe baufällig wirkender Häusern bestand; die Fenster waren entweder zugemauert oder vernagelt und hier und da mit ungeschickt aufgemalten Blumenkästen versehen – anscheinend ein Versuch, sie ein wenig freundlicher zu gestalten. Auch einige Bäume, die aus dem Asphalt wuchsen, lockerten das Straßenbild ein wenig auf. Doch die lange, nackte Mauer auf der anderen Seite verlieh allem einen unvermeidlich trostlosen Eindruck.

In einer Stadt, deren Straßennamen von Darkmouths gewalttätiger Vergangenheit zeugten, war diese eine Straße ohne Namen geblieben.

Finns Haus war das letzte in der Reihe. Ein ganz normales Haus, völlig gewöhnlich und unauffällig.

Während er darauf zuging, sah Finn, dass hinter dem Wagen

seines Vaters ein Polizeiauto parkte. Die Haustür stand offen, und er erkannte im Haus die Gestalt des hiesigen Sergeants. Finn huschte zu der niedrigen Mauer, die den kleinen Vorgarten seines Elternhauses umgab. Außer Sichtweite kauerte er sich hin und lauschte.

»Sie wissen, dass wir Ihre Arbeit schätzen, Hugo«, sagte Sergeant Doyle. »Und wir wissen auch, dass Sie den Jungen ausbilden müssen.« Der Sergeant war ein großer Mann, der früher einen breiten, fassartigen Brustkorb gehabt hatte, doch dieses Fass war im Laufe der Zeit ein ganzes Stück nach unten gerutscht. »Aber das ist jetzt das dritte Mal innerhalb weniger Wochen.« Dann war es still. Finn spähte über die Mauer und sah, wie Sergeant Doyle einen Notizblock aufklappte und vorzulesen begann. »Zwei pulverisierte Mauern in der Fillet Lane. Ein halb zerlegtes Auto beim Charmless Gap –«

»Schon gut, Sergeant«, sagte Finns Vater und hob die Hand. »Wir sorgen dafür, dass …«

»Zwei Leute, die wegen eines akuten Schockzustands behandelt werden mussten.«

»Wir können die Schäden bezahlen …«

»Den wahren Schaden tragen Sie davon, Hugo. Die Menschen hier haben vor den Monstern schon genug Angst. Sie sollten nicht auch noch Angst vor den Leuten haben, die sie eigentlich beschützen sollen.«

Sergeant Doyle machte nie den Eindruck, als sei er sonderlich froh darüber, in Darkmouth zu sein. Und heute war keine Ausnahme.

»Ich muss ihn ausbilden, Sergeant –«, begann Finns Vater.
»Wir *wissen*, dass Sie ihm das ganze Zeug beibringen müssen, aber es muss doch noch eine andere Möglichkeit geben, als ihm eine Waffe in die Hand zu drücken und ihn einfach loszuschicken«, sagte Sergeant Doyle und entfernte sich von der Tür.
Finn presste sich an die Mauer und spürte, wie ihm die Hitze ins Gesicht stieg.
Sergeant Doyle ging, ohne ihn zu bemerken, direkt an Finn vorüber, stieg in seinen Wagen und kurbelte die Scheibe herunter. »Hugo, wir wissen beide, dass sich die Leute hier fragen, warum Darkmouth der letzte Ort ist, an dem es noch diese Angriffe gibt. Sie fangen an, *Sie* dafür verantwortlich zu machen. Einige fragen sich sogar, ob Sie die Monster absichtlich hereinlassen, damit Sie Ihren Job behalten können.«
»Also, jetzt hören Sie aber auf, Sergeant ...«
»Es gibt Leute in Darkmouth, die sich fragen, ob es nicht besser wäre, die Sache selbst in die Hand zu nehmen. Wir leben im 21. Jahrhundert, Hugo. Da glauben die Leute, sie könnten Monsterkiller-Sets im Internet kaufen.«
Finns Vater seufzte. »Sie heißen Legenden.«
»Was?«
»Machen Sie's gut, Sergeant.«
Sergeant Doyle fuhr davon. Finns Vater stand an der Tür und sah ihm nach. »Mach die Tür zu, wenn du reinkommst, Finn«, sagte er, als er wieder ins Haus ging.
Finn stöhnte. Er hätte sich denken können, dass es praktisch unmöglich war, den wachsamen Augen seines Vaters zu ent-

gehen. Mit seiner Unfähigkeit, auch nur so *zu tun*, als wüsste er nicht, wo sein Sohn war, hatte sein Vater Finn früher schon jedes Versteckenspielen ruiniert.

Als er zur Haustür ging, bemerkte Finn aus den Augenwinkeln weiter unten in der Straße einen Schatten, der hastig von einem Eingang zum nächsten huschte. Er war kleiner als Finn, aber immer noch groß genug. Und für einen kurzen Moment sah Finn etwas aufleuchten, das aussah wie Fell. Feuerrotes Fell. Entweder das oder …

Finn zögerte und wollte gerade seinen Vater rufen, überlegte es sich dann aber doch anders.

Er streckte prüfend die Hand aus. Kein Regen.

Er horchte in Richtung Haus. Kein Alarm.

Er schaute noch einmal zur Haustür und dann wieder zu der Gestalt. Blitzschnell verschwand sie um die Ecke.

Diese Verfolgungsjagd musste Finn selbst übernehmen.

Er folgte der Gestalt.

8 Achtes Kapitel

Sobald er um die Ecke bog, konnte Finn das, was er verfolgte, besser erkennen.

Erleichterung durchströmte ihn, als sich bestätigte, was er vom ersten Moment an gehofft hatte. Er war jetzt sicher, dass er weder die Hilfe seines Vaters noch seinen Kampfanzug oder eine Waffe brauchen würde. Und er benötigte auch nicht den Mut, von dem sein Vater immer wieder behauptete, dass er ihn eines Tages haben würde.

Das, was Finn verfolgt hatte, war keine Legende. Es war eine Person. Und für jemanden, der aus irgendeinem Grund in der Nähe seines Hauses herumschnüffeln wollte, war ein feuerroter Haarschopf nicht gerade die beste Tarnung.

Als er zur nächsten Straße kam, sah er sie sofort. Sie hatte nicht einmal versucht, sich zu verstecken. Sie lehnte an der Mauer und schien auf ihn zu warten. Ihre Augen waren hinter den

Haaren kaum zu sehen. Finn hatte den ganzen Schultag über das Gefühl gehabt, dass diese Augen auf seinen Hinterkopf gerichtet gewesen waren, doch immer wenn er sich nach ihr umgesehen hatte, hatte sie in die andere Richtung geschaut.
»Was willst du?«, fragte er und stellte fest, dass er gar nicht wusste, wie das Mädchen hieß.
»Du bist Finn, nicht?«
»Ja«, sagte Finn mürrisch. »Und du ...?«
Sie gab keine Antwort.
»Warum spionierst du mir nach?«, fragte Finn. »Du hast meine Straße ja gesehen, oder? Dahin verirren sich nicht viele Besucher.«
»Da habe ich aber etwas anderes gehört.«
»Dann sollest du eigentlich wissen, dass es besser wäre, mir nicht zu nahe zu kommen.« Er atmete tief ein, um ein bisschen größer zu wirken. »Ich habe jeden Tag mit Dingen zu tun, die viel schlimmer sind als du. Und das geht für sie meistens nicht gut aus ...«
»Da habe ich auch etwas anderes gehört.«
Finn sackte augenblicklich in sich zusammen. »Dann weißt du ja Bescheid«, sagte er mit einem piepsigen Unterton in der Stimme, der verriet, wie verletzt er war. »Also lass mich in Ruhe.«
Er drehte sich um und ging davon.
»Emmie!«, rief sie ihm nach. »Ich heiße Emmie. Tut mir leid. Ich wollte nicht fies zu dir sein. Ist mein erster Tag. Schätze, ich bin ein bisschen aufgeregt.«

»Tja, dann …« Finn zögerte, wusste aber immer noch nicht, was er sagen sollte.

»Mein Dad ist wegen seines Jobs hierhergezogen, und ich hätte nie gedacht, dass ich mal in einer Kleinstadt lande. Ich bin nämlich in der Großstadt aufgewachsen, weißt du, und ich war noch nie irgendwo *die Neue*. Ich meine, ich hatte zu Hause auch nicht Tausende Freunde, aber wenigstens ein paar. Und jetzt sind sie dort, und ich bin hier. Und diese Stadt ist irgendwie seltsam. Ich durfte nicht mal Silver mitnehmen, weißt du, weil er sich wehtun würde, wenn er auf Mauern klettert – Silver ist übrigens meine Katze –, weil überall Glasscherben darauf verteilt sind. Mal ehrlich, was hat es mit dieser Stadt auf sich? Mit den hohen Mauern, den Scherben und diesem Gewirr von Gassen? Gefällt es den Leuten wirklich, so zu leben? Ich find es irgendwie, ich weiß auch nicht, deprimierend. Wenn das noch lange so weitergeht, drehe ich wahrscheinlich komplett …«

Emmie brach mitten im Satz ab, weil ihr plötzlich bewusst zu werden schien, dass sie ohne Pause auf Finn einredete.

Finn war ein bisschen verdutzt.

»Ach ja«, sagte sie. »Es soll diese, äh … Dinger aufhalten, stimmt's? Ich habe alles über sie gehört. In der Schule.«

Sie machte einen Schritt nach vorne, wobei sich ihre dichten, roten Haare für einen kleinen Moment teilten und zwei grüne Augen zum Vorschein kamen, die vor Begeisterung blitzten.

»Jetzt sag doch mal, siehst du viele von denen? Hast du heute Morgen auch eins gesehen? Sind sie gefährlich? Wie sind sie so? Hast du schon mal eins *umgebracht*?«

Als sie merkte, dass sie erneut anfing, machte sie einen Schritt zurück und senkte den Kopf, sodass ihr Gesicht wieder hinter den Haaren verschwand. »Tut mir leid. Ich sollte nicht so neugierig sein«, sagte sie. »Es ist bloß, na ja, irgendwie *cool.*«
Finns Wangen wurden knallrot.
Emmie schaute sich um und wirkte plötzlich ein wenig unbehaglich. »Ich habe viel zu viel geredet. Ich sollte besser gehen.«
»Oh«, sagte Finn, immer noch ein wenig benommen von all dem.
»Wir sehen uns morgen«, sagte Emmie strahlend.
»Kann sein. In der Schule wahrscheinlich.«
»Wir sehen uns schon vorher, auf dem Weg dorthin«, sagte Emmie. Sie öffnete die Tür des Hauses, vor dem sie standen, und verschwand darin.
Leicht verwirrt von dieser Begegnung, rührte sich Finn nicht vom Fleck. Er betrachtete das Haus einen Moment lang. Es war ein ganz normales Reihenmittelhaus, ohne irgendwelche Besonderheiten. Es ähnelte seinem eigenen Zuhause – jedenfalls von außen –, daher wusste er, wie sehr der äußere Anschein täuschen konnte. Allerdings lag Emmies Haus an einer normalen Straße, voller belebter Häuser, Autos und regem Leben. Sie wirkte längst nicht so heruntergekommen wie seine Straße. Und darum beneidete er sie.
Finn machte sich auf den Heimweg. Als er sich vom Haus abwandte, sah er, wie sich im Fenster des unteren Stocks blitzschnell ein Vorhang bewegte. Doch wer immer dort gewesen war, war ebenso schnell verschwunden.

9 NEUNTES KAPITEL

Finn saß in seinem Zimmer am Schreibtisch, über ihm eine vollgepackte Fensterbank, überladen mit Münzen, Batterien, Einzelteilen eines kaputten Telefons und einem verschlissenen, alten Stofftier mit acht Armen und weichen Reißzähnen. Er hatte es bisher einfach nicht übers Herz gebracht, es rauszuwerfen. Bubbles, sein Goldfisch, knabberte in seinem Aquarium an den Steinen und erschreckte sich immer wieder vor seinem eigenen Spiegelbild im Glas und zuckte aufgeregt hin und her.

Finn hatte ein großes, gebundenes Buch vor sich liegen: *Die Berühmtesten Lebensgeschichten der Legendenjäger von der Antike bis heute (Bd. 18, Von Rupert dem Unklugen bis Sven Eisenzahn)*. Eigentlich sollte Finn darin lesen, doch seine Augen waren nicht auf das Buch gerichtet. Stattdessen blickte er auf die nun stille und dunkle Straße hinaus, die noch vom Regen glänzte.

Seine *Gedanken* waren ganz woanders.
Sie kreisten wieder um das Auto, das sich am Morgen wie eine Blechdose zusammengefaltet hatte. Die Enttäuschung auf dem Gesicht seines Vaters. Den Moment, als der Minotaurus ihn in die Enge getrieben hatte. Der Geruch seines Atems haftete immer noch in Finns Nase und zwang ihn, die Szene immer und immer wieder durchzugehen. Beim Gedanken daran wurde seine Scham mit jedem Mal größer, bis sich in seiner Brust ein dicker Knoten bildete.
Irgendwo in der Tiefe des Hauses hörte er ein dumpfes Dröhnen und Surren. Sein Vater bastelte seit Wochen an etwas herum, manchmal bis tief in die Nacht hinein. Finn hatte ihn nur kurz gesehen, seit er aus der Schule nach Hause gekommen war. Er war gerade dabei gewesen, seine Hausaufgaben zu machen, als sein Vater in der Küche erschienen war und Finn erklärt hatte, welchen Abschnitt in den *Berühmtesten Lebensgeschichten* er an diesem Abend lesen sollte. Dabei hatte er eine Klinge vom Küchenmixer abgebrochen und war ohne Erklärung wieder verschwunden.
Ein lauter Schlag, der das ganze Haus erschütterte, riss Finn aus seinem Selbstmitleid. Dann war es still.
Er sah nach draußen und versuchte, nicht länger über den heutigen Tag nachzudenken. Dann holte er den gebogenen Kristall aus der Tasche und hielt ihn hoch, sodass sich das Straßenlicht in den Kanten spiegelte. Doch bevor er ihn genauer betrachten konnte, ging seine Tür auf. Hastig warf er den Kristall in eine offene Schublade.

»Mam! Du sollst doch anklopfen, bevor du reinkommst.«
»Entschuldige, Finn«, sagte seine Mutter, als sie das Zimmer betrat. »Ich hab mir bloß Sorgen um dich gemacht. Ich hab gehört, dass du einen harten Tag hattest.«
Sie setzten sich zusammen auf das Bett. »Wie war dein Tag?«, fragte Finn seine Mutter. Sie war Zahnärztin, und wie an den meisten Tagen hatte sie auch heute einen leichten Hauch von Chemikalien und geschliffenen Zähnen mit nach Hause gebracht. Für Finn war der Geruch tröstender, als er sich je bewusst gemacht hatte.
»Zum Glück nicht so aufregend wie deiner. Auch wenn alle von der Legende geredet haben, die heute Morgen rübergekommen ist. Glücklicherweise musste ich nur kurz mit dem Bohrer winken, und schon haben sie augenblicklich die Klappe gehalten.« Sie legte den Arm um Finn und gab ihm einen Kuss auf den Kopf.
Finn lächelte, wehrte sich jedoch gegen ihre Umarmung: »Ich bin kein Baby mehr, Mam.«
»Du wirst immer *mein* Baby bleiben«, sagte sie leise.
Er stöhnte aus Protest, weil er nicht zugeben wollte, dass es schön war, wenn sie das sagte.
DONG! Irgendwo tief im Haus gab es einen dumpfen Schlag, gefolgt vom langen Kreischen eines Bohrers.
»Ich wünschte, er würde sich beeilen und fertig werden mit dem, was er da unten baut«, sagte Finns Mutter. Wieder gab es einen lauten Schlag. »Hast du mit ihm über heute Morgen gesprochen?«

»Nur kurz. Aber es ist alles okay, wirklich. Hör auf, dir Sorgen zu machen.«

Seine Mutter sah ihn an. »Ich wusste, worauf ich mich einlasse, als ich deinem Vater begegnet bin. Du hast diese Wahl nicht gehabt.«

»Manchmal wünsche ich mir, dass du auch ein Jäger wärst«, sagte Finn. »Du wärst bestimmt richtig gut.«

Finns Mutter grinste. »Wenn man *das* von mir erwartet hätte, hätten meine Eltern sicher nicht zugelassen, dass ich deinen Dad heirate. Und *ich* hätte ihn dann, glaube ich, auch nicht heiraten wollen. Aber du kennst die Regeln. Zivilisten können keine Legendenjäger werden, Finn. Man muss hineingeboren werden.«

Finn und seine Mutter schwiegen eine Weile. Das einzige Geräusch kam vom Goldfisch, der immer noch an den Steinen pickte.

»Ich meine es trotzdem ernst, Mam. Du wärst ganz sicher eine tolle Jägerin.«

»Ich würde sie mit Zahnseide quälen, bis sie aufgeben. Oder ihnen mit einer fiesen Wurzelbehandlung drohen.«

Finn lächelte matt, und die Wärme, die er dabei empfand, löste den Knoten in seiner Brust ein wenig.

»Ich rede mit deinem Vater«, sagte seine Mutter und stand auf. »Damit er nicht mehr so streng mit dir ist.«

»Nein«, platzte es aus Finn heraus. Doch er beruhigte sich gleich wieder. »Bitte nicht. Ich gebe mir wirklich große Mühe, es ist bloß …«

»Verstehe«, sagte seine Mutter und küsste ihn noch einmal auf den Kopf, bevor sie ging. Diesmal wehrte er sich kaum.
Er stand auf und schloss die Tür hinter ihr ab, ehe er an seinen Schreibtisch zurückkehrte und den Kristall wieder aus seinem Versteck holte. Als er hörte, wie die Haustür aufging, schaute er aus dem Fenster und sah Licht auf den Bürgersteig scheinen. Der lange Schatten seines Vaters fiel auf die Straße. Finn glaubte zu erkennen, dass er auf das Ende der Straße blickte, wo ein geparkter Van gerade den Motor startete und ohne Licht langsam davonfuhr.
Sein Vater wandte sich wieder zum Haus. Finn hörte, wie er die Haustür mit den schweren Riegeln verschloss.
Finn wickelte den Kristall in eine alte Unterhose und legte ihn ganz hinten in die Schublade mit seiner Unterwäsche, wo er sicher war. Er wusste nicht, was er mit dem Stein anfangen sollte. Nur, dass es definitiv zu spät war, seinem Vater zu gestehen, dass er ihn eingesteckt hatte. Er war sein heimliches Andenken. Niemand musste davon erfahren.
Finn setzte sich wieder an seinen Schreibtisch und blätterte in den *Berühmtesten Lebensgeschichten*, ohne wirklich zu registrieren, was er las. Schließlich zog er ein kleineres, dünneres Buch darunter hervor. Auf dem Umschlag war ein Mann in einem blauen Arztkittel abgebildet, der einen Hund am Kiefer packte. Man konnte nicht sofort erkennen, ob er dem Hund helfen oder ihn schlagen wollte. Doch der Titel, der durch einen Stempel der Schulbücherei halb verdeckt wurde, war eindeutig: *Tierarzt werden leicht gemacht*.

Finn las einige Seiten und betrachtete ausgiebig die Fotos von Hunden, Katzen, Vögeln und Eidechsen, die dort untersucht wurden. Mit verschiedenen Instrumenten wurde ihnen ins Ohr geleuchtet, die Zunge nach unten gedrückt oder über Fell, Federn oder Haut gestrichen. Sie alle befanden sich in den Händen einer selbstbewusst wirkenden Person im Arztkittel. Finn stellte sich vor, selbst so einen Kittel zu tragen – statt eines Kampfanzugs. Er schloss die Augen und sah sich, wie er Tiere versorgte – statt sie anzugreifen. Sie heilte – statt sie in kleine Kugeln zu verwandeln.

Sein Tagtraum wurde von erneuten Geräuschen aus der Tiefe des Hauses unterbrochen. Finn legte den Kopf auf den Tisch, die kühle Buchseite unter seiner Wange, und lauschte dem Lärm, spürte, wie die Vibrationen im Gesicht kitzelten. DONG, DONG, DONG. Stille. SKRIIIIII.

Die Geräusche hielten ihn nicht davon ab, auf der Stelle in einen tiefen Schlaf zu fallen.

Aus »Einführung in die Welt der Legendenjäger«, 2. Band,
65. Kapitel: »Die Verseuchte Seite: Bekanntes und Unbekanntes«.
Verlag Plurimus, Magesterius, Fortimus & Murphy

Im Laufe der Jahre gelangten einige Legendenjäger auf die Verseuchte Seite, weil sie entweder einen Angriff planten oder von einer Legende dorthin verschleppt wurden. Den Aufzeichnungen zufolge gab es sogar einen berühmt-berüchtigten Versuch eines Jägers, mit den Legenden Frieden zu schließen. Und in mindestens drei dokumentierten Fällen waren Menschen einfach gestolpert und versehentlich durch ein Tor auf die Verseuchte Seite gefallen.

Die Erfahrungen jener, die von der Verseuchten Seite zurückkehrten, sind größtenteils nicht belegt. Trotzdem weisen die wenigen Berichte einige Übereinstimmungen auf: Alle Besucher der Verseuchten Seite kehren mit lebhaften Beschreibungen von einer verbrannten Welt zurück, die verseucht und giftig zugleich ist und in der jedem kahlen Baum und jedem verbrannten Zweig der Tod anhaftet. Außerdem bringen sie einen wirklich sehr, sehr üblen Geruch mit nach Hause.

Durch diese Besuche, die schon seit Jahrhunderten stattfinden, und durch die Worte und Schreie Tausender verhörter Legenden haben wir vieles über die Verseuchte Seite in Erfahrung bringen können.

Manches davon entspricht vielleicht sogar der Wahrheit.

10 ZEHNTES KAPITEL

Broonie wusste nicht, wohin er verschleppt wurde, aber die schlichte Tatsache, dass seine Hände gefesselt waren und er einen Sack über dem Kopf hatte, gab ihm Grund zu der Annahme, dass es kein angenehmer Ort sein würde.

Zuerst hatte er geglaubt, es sei ein übler Scherz der Hogboons, die drei Hügel weiter wohnten; mit ihnen lieferte sich Broonie seit einigen Monaten einen erbitterten Wettstreit im Streichespielen. Beim letzten Mal hatten die Hogboons ein Nagetier in Broonies Zuhause getrieben, was ja an und für sich nicht dramatisch gewesen wäre, hätte das Tierchen nicht gerade in Flammen gestanden.

Es war, wie Broonie fand, eine passende Retourkutsche für seinen eigenen pfiffigen und ausgeklügelten Streich gewesen, bei dem Efeu, spitze Stöcke, ein großes Loch und ein Sack voller Käfer eine entscheidende Rolle gespielt hatten.

Als man ihn unsanft aus seinem täglichen Dauernickerchen gerissen und ihm einen Sack über den Kopf gestülpt hatte, war er sich daher sicher gewesen, dass es sich bloß um einen weiteren Racheakt der Hogboons handeln könnte. »Schon gut, Jungs, wirklich witzig«, hatte er gesagt, als man ihm die Hände gefesselt hatte. »Aber bin nicht ich an der Reihe, den nächsten Streich zu spielen?«

Das hatte ihm den ersten Schlag auf den Kopf eingebracht.

Trotz einer leichten Gehirnerschütterung merkte er schnell, dass es sich um zwei Angreifer handeln musste, die ziemlich groß waren.

Es waren eindeutig keine Hogboons wie er, so viel war klar. Denn Hogboons waren kleine Wesen mit spindeligen Gliedern – auch wenn sie das, was ihnen an körperlicher Kraft fehlte, durch die Länge ihrer Ohren, die schiefen Zähne, die grüne Haut und ihre üblen Scherze wieder ausglichen.

»Halt still, du hässlicher kleiner Strolch, sonst reiß ich dir die Arme aus und breche dir damit die Beine«, brüllte einer der Angreifer, als Broonie versuchte, sich loszureißen.

»Mich nennst du hässlich?«, rief Broonie. »Ich kann unten aus dem Sack deine Füße sehen. Darf ich mal fragen, ob die Warzen wirklich alle dir gehören, oder hast du dir für diesen Anlass extra welche ausgeliehen?«

Das brachte ihm den zweiten Schlag ein.

Er ging k. o.

Als Broonie zu sich kam, zerrte man ihn gerade einen Hügel hinauf. Er war steil, und der Boden war die reinste Tortur für die Füße. Wobei Broonie es im Augenblick als puren Luxus empfunden hätte, wenn nur seine Füße davon betroffen gewesen wären. Da er aber über den Boden geschleift wurde, wurden nicht nur seine Füße geschunden, sondern auch seine Zehen, seine Schienbeine und besonders seine Knie. Noch schlimmer war jedoch der Gestank. Er sickerte durch den Stoff des Sacks, der über seinen Kopf gestülpt worden war, und brannte in seiner Kehle. Reisende hatten ihm von diesem beißenden Gestank erzählt, zumindest jene, die behaupteten, ihn überlebt zu haben.

»Ein Beutel Fische, der in einem mit fauligen Fischen vollgestopften Kadaver verrottet, ist das reinste Parfüm im Vergleich zum Gestank dort«, hatte ein Reisender beteuert.

»Ich habe jedes einzelne Kleidungsstück verbrannt, das ich besitze, um den fauligen Gestank loszuwerden. Und selbst das hat nicht gereicht«, hatte ein anderer geflüstert. »Am Ende habe ich mir jede Fluse meines Fells abrasiert, mir sämtliche Nasenhaare und die Wimpern ausgerissen, um mich davon zu befreien. Aber selbst heute, wenn der Wind aus einer bestimmten Richtung weht …«

Mit jedem Schritt, den Broonies Entführer machten, mit jedem Stoß und jedem Kratzer, den sein Körper erhielt, wurde die Luft fauliger. Er wusste jetzt, wohin man ihn brachte. Es war ein Ort des Todes. Höchstwahrscheinlich seines eigenen.

Schließlich wurde der Anstieg flacher, und der Untergrund

ging in einen glatten, harten Steinboden über. Es war wärmer, und der Hall der Schritte seiner Entführer und seiner gelegentlichen Schmerzenslaute verriet Broonie, dass er sich nicht mehr im Freien befand.

Eine Tür ging quietschend auf, und Hitze schlug Broonie entgegen. Dann blieben sie stehen. Broonie wurde zu Boden geworfen. Als er sich aufrichtete, riss ihm einer seiner Entführer den Sack vom Kopf. Für einen kurzen Moment war der Hogboon von den Feuern, die in riesigen Kesseln entlang des großen, steinernen Raums loderten, wie geblendet. Vor ihm, im größten Kessel von allen, blubberte und sprudelte es bis hinauf zur Decke.

Die Entführer schleppten ihre massigen Körper davon. Und Broonie erkannte, dass es sich um Fomorianer handelte, grausame, gnadenlose Riesen, die entweder extrem intelligent oder außergewöhnlich dumm waren, aber nichts dazwischen. Er war sich nicht sicher, welchem Typen man lieber begegnen wollte. Oder noch weniger.

Seine Augen stellten sich schnell auf die Lichtverhältnisse ein, und er erblickte jenseits der Feuer eine Treppe, die zu einem Sockel hinaufführte. Oben stand eine Gestalt, von der sich Broonie inständig gewünscht hatte, sie niemals zu Gesicht zu bekommen.

Gantruas gewaltige Gestalt war von Broonie abgewandt, und als er zu sprechen begann, drehte er nur leicht den Kopf. Gerade so weit, dass die gekrümmten Ränder riesiger, spitzer Hörner auf seiner Stirn sichtbar wurden.

Der Schein der Flammen tanzte über eine Rüstung, die von seiner Hüfte bis zu einem gezackten Drahtgeflecht vor seinem Mund reichte. Selbst im schummrigen Licht konnte Broonie erkennen, dass es aus vielen einzelnen Zähnen bestand, die an einem Metallrahmen befestigt waren.

»Weißt du, wer ich bin, Hogboon?« Gantruas Stimme war so tief, dass sie den Stein unter Broonies Knien zum Vibrieren brachte.

»Ja, Eure Erhabenheit. Das ganze Land zittert vor Eurem Namen.«

»Weißt du, warum du hier bist?«

Das wusste Broonie nicht. Also versuchte er es mit Raten. »Ist es wegen der Käfer? Es war nur ein Sack voll, Eure Lordschaft, und niemand hat sie gegessen. Wenn es Eure waren, tut es mir wirklich leid. Ich hatte vor, sie zusammenzufegen und zurückzubringen, aber Ihr wisst ja, wie das ist, Eure Mächtigkeit. Es gab so viel anderes zu tun, und –«

»Schweig«, befahl ihm Gantrua so gebieterisch, dass Broonie vor Angst kurz aus dem Gleichgewicht geriet. »Deine jämmerliche Stehlerei kümmert mich nicht. Wenn du vorgehabt hättest, *mich* zu bestehlen, wärst du erledigt gewesen, bevor du auch nur auf den Gedanken gekommen wärst.«

Erschöpft und gedemütigt, ließ Broonie den Kopf sinken. Sein Körper schmerzte vom brutalen Weg zu diesem Ort. Und sein Kopf vom Versuch, zu ergründen, warum er überhaupt hier war.

Als er wieder aufsah, beachtete Gantrua ihn nicht mehr und

sprach stattdessen mit einer kleineren, verhüllten Gestalt im Schatten. Der Riese gab der Gestalt ein Zeichen, zu warten. Dann wandte er sich um und baute sich bedrohlich über Broonie auf.

Im flackernden Lichtschein konnte Broonie die Narben erkennen, die Gantruas Haut überzogen, tiefe Täler durchfurchten seine Arme, und Mulden von alten Wunden übersäten seine Schultern.

»Du wurdest ausgebildet?«, fragte Gantrua.

Mit dieser Frage hatte Broonie nicht gerechnet. »Das wurden wir alle, Eure Erhabenheit. Vor langer Zeit. Bevor sich der Himmel schloss.«

»Dann solltest du deine Lektionen besser wieder ausgraben. Der Himmel hat sich noch nicht ganz geschlossen.«

Dann stimmen die Gerüchte also, dachte Broonie. *Es gibt immer noch Tore in die Gelobte Welt.* In den Armeen war davon die Rede gewesen. Doch soweit er wusste, war es nie bestätigt worden. Es war lange, lange her, seit er von jemandem gehört hatte, der hinübergegangen und zurückgekehrt war.

»Wir stehen kurz vor einer riesigen Invasion der menschlichen Welt«, fuhr Gantrua fort. »Sie muss gelingen, oder der Weg hinüber verschließt sich vielleicht für alle Zeiten und wir sind hier gefangen. An *diesem* Ort.«

Er spuckte in die Flammen, was diese wild hin und her tanzen ließ. Während die Flammen sich wieder legten, beruhigte sich auch Gantrua wieder. »Du, Hogboon, wirst in die Gelobte Welt gehen.«

»Ich fühle mich geschmeichelt, Euer Gnaden. Wirklich. Ich fühle mich außerordentlich geehrt. Aber ich habe seit vielen Jahren nicht mehr trainiert, Eure Prächtigkeit. Ich fürchte, man wird mich fangen, sobald ich das Tor passiere.«

Gantrua beugte sich vor, bis die Flammen an seinem Mundschutz leckten. »Das ist der Plan.«

Er trat zurück und nahm mit einem Nicken zur Kenntnis, was die verhüllte Gestalt ihm zuflüsterte, die weiter im Schatten gelauert hatte. Dann wandte sich Gantrua wieder an Broonie.

»Der Junge wird da sein.«

»Der Junge?«

»Stell dich nicht dumm, Hogboon. Ich weiß, worüber man jenseits dieser Mauern spricht. Sie reden über den Jungen. Sie fragen sich, ob es stimmt. Ob es ihn wirklich gibt. Nun, es *gibt* ihn. Du wirst ihn treffen und zwei Dinge für ihn mitnehmen. Das eine ist eine Nachricht. Das andere ein Geschenk. Meine Wachen werden dir beides übergeben.«

Einer der Fomorianer nahm eine Zange von seinem Gürtel und ging zu einem der Kessel. Ohne auf die wütenden Flammen zu achten, tauchte er die Zange ins Feuer und zog einen langen, durchsichtigen Kristall heraus. Er brachte ihn zu Broonie.

»Die Bergleute schuften Tag und Nacht, um die letzten Reserven dieser Kristalle ausfindig zu machen«, knurrte Gantrua. »Jeder von ihnen hat die Macht, einen Pfad zwischen den Welten aufzutun. Wir müssen einen davon in die Gelobte Welt schicken, aber seine Macht bleibt nur durch ein Opfer erhalten. Ich sollte dir wahrscheinlich erklären, wie edelmütig dein

Opfer ist, aber ich bezweifle sehr, dass du mit Edelmut jemals Bekanntschaft gemacht hast, also fangen wir einfach an.«
Gantrua wandte sich ab, um auf der anderen Seite vom Sockel herabzusteigen, hielt aber inne. »Welcher Finger bedeutet dir am wenigsten, Hogboon?«
»Ähm, sie sind alle irgendwie nützlich für mich, Unübertrefflichster. Ich fände es schwer, da eine Wahl zu treffen.«
»Das sagen sie alle«, knurrte Gantrua und verschwand auf der anderen Seite des Sockels.
Der Wächter mit dem Kristall kam näher. An seiner Hüfte baumelte eine ziemlich blutig aussehende Kneifzange. Der zweite Fomorianer packte Broonie am Arm und drückte ihn zu Boden. Der Hogboon war bis jetzt so tapfer wie möglich gewesen, aber nun beschloss er, dass es ein guter Zeitpunkt sei, um loszuschreien.

11 ELFTES KAPITEL

Während des Frühstücks kam Finns Vater in die Küche und begann, in einer Schublade zu kramen.

»Wie fühlst du dich heute Morgen, Finn?«

Finn hatte den Mund voller Cornflakes und konnte nicht antworten.

»Schön, schön. Hör mal, ich habe nachgedacht über das, was gestern passiert ist«, sagte sein Vater, der jetzt einen Küchenschrank durchwühlte. »Was dir fehlt, ist die Übung mit lebenden Legenden. Das ist meine Schuld. Und das ändern wir. Wir fangen uns eine Legende, gegen die du kämpfen kannst.«

Finn schluckte seine Cornflakes hinunter. »Äh … und glaubst du, du findest eine im Küchenschrank?«

Sein Vater hatte sich bereits dem nächsten Schrank zugewandt und den Kopf hineingesteckt. »Das alles ist so aufregend, Finn. Du vollendest, und ich trete dem Rat bei. Keine andere Familie auf der Welt kann das von sich behaupten. Das ist wirklich eine große Sache.«

Finns Vater zog den Kopf aus dem Schrank, richtete sich auf und schaute sich aufmerksam um. »Das muss reichen«, sagte er, packte ein Messer und bewegte sich auf Finn zu, der rasch auswich, als sein Vater nach dem Toaster griff, der hinter ihm stand. Er brach mit dem Messer den Griff ab und verließ damit das Zimmer.

Kurz darauf kam Finns Mutter in die Küche. »Hallo, mein Sonnenschein«, sagte sie, nahm sich zwei Scheiben Brot und steckte sie in den Toaster. Sie stockte, als sie bemerkte, dass etwas Entscheidendes fehlte. »Hugo!«

Finn machte sich auf den Weg zur Schule.

Er hatte kaum die Ecke erreicht, an der ihre Straßen aufeinandertrafen, als Emmie auftauchte.

»Was geht ab?«, fragte sie und gesellte sich zu ihm, als würden sie sich schon ein Leben lang kennen.

»Ähm, äh …«, war Finns Antwort. Ihm wurde klar, dass er sich von jetzt an ein wenig deutlicher würde ausdrücken müssen.

Wie sich herausstellte, war seine Sorge völlig unbegründet, denn Emmie bestritt den Großteil ihrer Unterhaltung. Sie schien generell etwas gegen Schweigen zu haben und sprach am liebsten über Darkmouth. Während sich die meisten Neuankömmlinge genötigt sahen, den Ort so schnell wie möglich wieder zu verlassen, faszinierte Emmie anscheinend alles daran.

Ihr war aufgefallen, dass viele Häuser und Geschäfte Gitter vor den Fenstern hatten. »Sogar die Kirche sieht aus wie ein Gefängnis. Wenn ihr hier wirklich ein Gefängnis hättet, würdet ihr dann auch die Gitter vergittern?«

Und dann war da noch die Vorsicht, mit der die Leute jedem Tropfen Regen begegneten, als könnte er statt Wasser eine Flut von Blut bringen. »Wenn sie Angst vor Regen haben«, stellte Emmie fest, »ist Irland kein besonders guter Ort zum Leben, oder was meinst du?«

Sie sah in jeder Delle in einem Laternenpfosten und jedem Riss im Straßenpflaster ein Anzeichen eines Legendenangriffs. Und war enttäuscht, als Finn eines nach dem anderen abtat und meinte, es sei einfach eine Delle, weil jemand beim Zurücksetzen des Wagens nicht richtig aufgepasst hatte, und der Riss bloß ein weiterer Schaden, der nicht ausgebessert worden war.

Finn hatte noch nie einen Neuankömmling durch Darkmouth geführt, und er sah, wie sehr sich Emmie danach sehnte, von Abenteuern zu hören. Daher deutete er, als sie die Uferpromenade entlanggingen, auf einen großen, verwitterten Felsen, der in einiger Entfernung aus dem Wasser ragte. »Der da wird Thron des Verderbens genannt. Eine Legende hat ihn dorthin geworfen. Und den Namen trägt er, weil vor ungefähr hundert Jahren ein Mann aus dem Ort einem Legendenangriff entkommen ist, indem er sich ein Boot stahl und damit zum Felsen hinausruderte.«

Emmies Augen blitzten unter dem Pony hervor und ermunterten ihn, fortzufahren.

»Er kletterte bis ganz nach oben, weil er annahm, dass es ein gutes Versteck wäre, und wartete, bis die Legende wieder verschwand. Als alles vorbei war und die Luft wieder rein zu sein schien, kletterte er wieder zum Boot hinunter.«

»Wurde er auf dem Rückweg gefressen?«

»Nein, er ist auf Seetang ausgerutscht, ins Meer gestürzt und nie wieder aufgetaucht. Seitdem heißt der Felsen *Thron des Verderbens*.«

Emmie verzog das Gesicht zu einem verächtlichen Grinsen. »Ja, netter Versuch, das Großstadtmädchen zu veräppeln. Da musst du dir schon etwas Besseres einfallen lassen.«

Finn war ein bisschen geknickt. Die Geschichte stimmte im Großen und Ganzen, auch wenn die Sache mit dem gestohlenen Boot vielleicht erfunden war.

Weil sie auf dem Schulweg getrödelt hatten, kamen sie zu spät zum Unterricht, und Finn musste wieder mit dem letzten freien Platz vorliebnehmen. Als er sich hinsetzte, entdeckte er ein halb geschmolzenes Spielzeugauto auf dem Tisch. Weiter hinten kicherten die Savage-Zwillinge. Conn Savage fummelte bedrohlich an seinem verformten Ohr herum, und Manus rieb sich mit den Fäusten unter den Augen. *Bu-huhu.*

Im Laufe der nächsten Tage löcherte Emmie Finn mit Fragen über Darkmouth und sein Leben. Und etwas interessierte sie offenbar besonders brennend: Sie wollte sein Zuhause unbedingt von innen sehen. Und sie war ziemlich hartnäckig.

»Vielleicht könnte ich stattdessen zu dir kommen«, schlug Finn vor.

»Nö«, erwiderte sie.

Das sagte sie häufig, es funktionierte wie eine Art verbale Waffe – wie ein schneller Nadelstich, der jede Unterhaltung platzen ließ, die sie nicht weiterführen wollte. Über Emmie hatte Finn nicht viel mehr erfahren, als dass ihr Vater wegen eines Auftrags bezüglich der Telefonleitungen hierhergekommen war und vorhatte, in die Großstadt zurückzukehren, sobald seine Arbeit erledigt war. Alle anderen Nachfragen hatte sie mit einer Mauer aus *Nö*s abgeblockt.

»Werden dich deine Freunde hier besuchen?«

»Nö.«

»Habt ihr in der Stadt ein schönes Haus?«

»Nö.«

»Es ist bestimmt total aufregend, in der Großstadt zu leben?«

»Nö.«

»Vermisst du deine Katze? Ich hätte auch gern eine, aber mein Dad hat für Haustiere nichts übrig.«

»Ja, ich hätte Silver furchtbar gerne hier, aber ich durfte ihn nicht mitnehmen.«

»Kümmert sich ein Freund um ihn?«

»Nö.«

Doch sobald die Rede auf Finns Elternhaus kam, sprudelte es aus ihr heraus wie aus einem geplatzten Wasserrohr.

»Warum kann ich nicht mit reinkommen? Ich fasse auch bestimmt nichts an, was ich nicht anfassen darf. Ich will nur *unbedingt* sehen, wie es bei euch aussieht, weil ich mir nicht vorstellen kann, wie es so ist bei euch. Ich meine, weil dein Vater doch … na ja, weil er eben tut, was er tut, und alle über deine Familie reden und ihr das schon seit *Jahrhunderten* macht. Da müssen doch *unglaubliche* Sachen rumliegen, nach so langer Zeit und all den Legenden –«

»Legenden?«, unterbrach sie Finn.

»Was?«, fragte Emmie. »Heißen sie nicht so?«

»Schon«, sagte Finn stirnrunzelnd. »Aber das kriegen die Leute normalerweise nicht hin. Stattdessen nennen sie sie Monster. Hast du von Darkmouth schon gehört, bevor du hierherkamst?«

»Nö.«

Außerdem wurde in den folgenden Tagen klar, dass Emmie kein sonderliches Interesse daran hatte, in der Schule noch andere Leute kennenzulernen außer Finn. Er wusste nicht genau, was er davon halten sollte, aber er war froh, dass sie die meiste Zeit redete, weil es ihn davon abhielt, etwas Dummes zu sagen.

Als sie an diesem Freitagnachmittag nach Hause gingen, fragte Emmie zum wiederholten Mal, ob sie mit zu ihm nach Hause kommen könne. Und sein Widerstand brach so plötzlich, dass er das Knacken fast hören konnte. »Okay.«

Emmie blieb wie angewurzelt stehen. *Anscheinend habe ich endlich mal das Richtige gesagt*, dachte Finn zufrieden und ging einfach weiter. Er hielt jetzt lieber die Klappe, um es nicht doch noch zu ruinieren.

12 ZWÖLFTES KAPITEL

Sie passierten die verfallene Häuserfront in Finns Straße. Emmie sprach auf dem ganzen Weg kein einziges Wort mehr. Bis sie schließlich Finns Haustür erreichten. Er schloss auf und ging hinein, dicht gefolgt von Emmie. Doch als sie in der engen Diele stand, sah Finn, dass es Emmie schwerfiel, ihre große Enttäuschung darüber zu verbergen, dass das Zuhause der Legendenjäger ebenso gewöhnlich aussah wie jedes andere.

Die Kleiderhaken bestanden nicht aus Schlangenskeletten.

Die Tapeten waren nicht aus Drachenleder.

Auf den Fotos saßen Finn und seine Familie herum, picknickten oder taten alles Mögliche – alles, außer gegen Bestien aus einer anderen Welt zu kämpfen.

»Das hier ist das Wohnzimmer«, sagte Finn und öffnete eine Tür. Er konnte sehen, wie sehr es Emmie frustrierte, dass es tatsächlich ein Wohnzimmer war. Nicht mehr und nicht weniger. Das Gleiche geschah beim Esszimmer mit dem Esstisch und den Esstischstühlen. Und der Küche. Und dem Haushaltszimmer mit dem Bügelbrett und dem Bügeleisen – das man im Notfall zwar nach einer heranstürmenden Legende werfen könnte, aber das war ganz offensichtlich nicht sein Hauptverwendungszweck.

Er konnte praktisch ihre Gedanken lesen. *Das hier könnte jedes x-beliebige Haus sein. In jeder x-beliebigen Straße. In jeder x-beliebigen Stadt.*

Irgendwie tat sie Finn fast ein bisschen leid.

»Und dann gibt es noch das hier«, sagte er und ging zu einer schmalen Tür, die zwischen die Küche und das Esszimmer gequetscht war. Ein Fremder hätte sie für einen Schrank halten können, denn für mehr reichte der Platz offensichtlich nicht aus. Die Tür hatte einen Griff, den Finn jedoch nicht beachtete; stattdessen drückte er in einer routinierten Folge auf die vier Holzpaneele der Tür. Er ließ sich dabei extra viel Zeit und genoss das kleine bisschen Macht, das er verspürte, weil er das Beste bis zum Schluss aufgehoben hatte.

»Ta-daaa!«, sagte er mit einer großen Geste, die ihm dann aber sofort peinlich war.

Man hörte ein Schloss klicken. Dann presste sich Finn mit der Schulter kräftig gegen die Tür, ehe er zurücktrat, um Emmie den Vortritt zu lassen. Sie ging durch die Tür und spähte in die tiefe Dunkelheit, die sie empfing.

Finn drückte einen Schalter, und direkt über ihren Köpfen

begann eine einzelne Glühbirne zu flackern. Dann breitete sich das Licht rasend schnell über die ganze Decke aus, und eine Glühbirne nach der anderen leuchtete auf. Es war überhaupt kein Raum. Und ganz sicher kein Schrank.

»Der Flur ist ja *riesig*!«, hauchte Emmie. »Er muss doch bis zu ein paar von den Nachbarhäusern reichen.«

Finn warf ihr einen vielsagenden Blick zu. Emmie runzelte für einen kurzen Moment die Stirn und schnappte dann nach Luft.

»Die ganze Straße? Alle Häuser? Die gehören alle zu eurem dazu? Das ist ja Wahnsinn!« Sie knuffte ihn in ungläubiger Begeisterung.

Der Korridor war schmal, aber hoch. Das Licht ergoss sich auf die verblassten Backsteinmauern, deren Farbe und Textur sich alle paar Meter veränderte, da der Straßenzug über einen langen Zeitraum hinweg Haus für Haus entstanden war. Der Eingangsbereich schien der älteste Teil zu sein.

»Wir nennen ihn den Langen Korridor. Er war schon so, weit bevor ich geboren wurde«, erklärte Finn. »Unsere Vorfahren haben mit unserem Haus am Ende der Straße angefangen, wo wir immer noch wohnen, und dann im Laufe der Jahre die anderen übernommen. Eins nach dem anderen, bis außer uns niemand mehr da war.«

Auf der rechten Seite des Korridors reihte sich eine Tür an die andere, manche aus Holz, andere aus Stahl, und alle waren mit Buchstaben und Zahlen beschriftet, die keinem außerhalb der Familie etwas sagen würden: Auf der ersten stand T4; auf der zweiten E1 und auf der dritten S3.

An der linken Wand hingen große Porträts, von denen einige vom Boden bis zur Decke reichten. Die ersten waren dunkel und verblichen. Und die darauf abgebildeten Menschen trugen metallene Rüstungen mit spitzen Stacheln auf den Schultern und Helme mit Geweihen. Sie hatten einfache, aber gefährliche Waffen: Schwerter mit Doppelklingen, Netze mit stählernen Rändern und Schilde, die mit Klingen gespickt waren.

Je weiter Finn und Emmie durch den riesigen Korridor schritten, desto moderner wurden die Rüstungen auf den Porträts, und aus den scharfen Klingen wurden Gewehre.

Die meisten Gemälde zeigten Männer. Doch auf den offensichtlich neueren tauchten auch Frauen auf.

Alle waren mit einem Namensschild versehen: Sean der Mutige, Hugh Steinschädel, Ragnall Eisenhose, Aisling der Mächtige, Conor Rotkopf, William der Überraschte, Rachel die Dickköpfige, Rory der Geschätzte.

Alle wiesen eine verblüffende Ähnlichkeit mit Finn auf.

»Meine Vorfahren«, sagte Finn.

Emmie betrachtete die Porträts. »Komische Namen.«

»Wir erhalten bei unserer Geburt keinen Nachnamen«, erklärte Finn. »Den verdienen wir uns. Jeder dieser Leute wurde nach etwas benannt, was er getan hat. Oder wegen seiner Persönlichkeit.«

»Und wie heißt du?«, fragte Emmie.

»Ich hab noch keinen Namen.«

»Dann heißt du einfach nur Finn?«

»Bis ich meinen Legendenjägernamen bekomme. In der Schule

finden es alle ziemlich seltsam, dass ich keinen Nachnamen habe, aber für mich wäre es seltsam, wenn ich einen *hätte*. Finn Smith, Legendenjäger. Funktioniert irgendwie nicht, oder?«

»Wahrscheinlich nicht«, sagte Emmie leise.

Da fiel ihm auf, dass er sie noch nie nach ihrem Nachnamen gefragt hatte. »Wie heißt du denn eigentlich?«

»Ähem ... Smith.«

»Oh.« Finn spürte, wie er rot wurde.

»Mach dir nichts draus, das kann ich meinem Dad in die Schuhe schieben«, sagte Emmie, die zum Glück nicht sonderlich beleidigt wirkte und bereits dabei war, die gerahmten Texttafeln zu überfliegen, die unter sämtlichen Gemälden hingen.

Sie las einen der Texte vor: »Conor Rotkopf, Darkmouth, Irland. Tätig im späten 17. Jahrhundert, kam einmal vier Tage ohne Schlaf aus, als er zwei Dutzend Legenden verfolgte und erlegte, die durch drei gleichzeitig eröffnete Tore eingedrungen waren. Es wird gesagt, dass er so mit Blut verschmiert war, dass es nie wieder richtig von seiner Haut abgewaschen werden konnte. Seinen Jägernamen erhielt er allerdings, weil es ihm unmöglich war, auch nur kurze Zeit im Freien zu verbringen, ohne sich einen Sonnenbrand zu holen.«

»Jedes Porträt hat einen solchen Eintrag«, erklärte Finn. »Er stammt aus *Die Berühmtesten Lebensgeschichten*, das ist ein Buch, das wir alle lesen müssen, während wir zu Legendenjägern ausgebildet werden. *Bücher* sollte ich wohl lieber sagen. Es sind ziemlich viele. Und sie behandeln sämtliche Legendenjäger der Geschichte.«

»Heißt das, dass du eines Tages auch darin vorkommst?«

»Hm. Ja, vielleicht. Wenn ich ein richtiger Legendenjäger werde …«, sagte Finn.

»Cool.«

Finn wurde wieder rot, sein Gesicht kribbelte vor Hitze. Emmie ging weiter und blieb schließlich vor dem vorletzten Porträt stehen. Es zeigte einen Mann, der furchtbar grimmig aussah. Grimmig war gar kein Ausdruck. Fuchsteufelswild traf es wohl eher. Er hatte ein einfaches Gewehr auf den Knien. Hinter ihm standen mehrere Regale mit Gläsern, auf denen leere Etiketten klebten. Offensichtlich hatte sich der Maler nicht die Mühe gemacht, sie zu beschriften. Auf einem kleinen Tisch neben ihm befand sich ein winziges Bäumchen, das sich so weit wie möglich von ihm fortlehnte. Und was den Mann selbst betraf, war sein gemaltes Gesicht dermaßen rot vor Wut, dass es aussah, als könnte es die Leinwand in Brand setzen.

Auf dem Namensschild am Rahmen stand: *Gerald der Enttäuschte*, und der Text darunter war besonders lang und berichtete ausführlich über die vielen Abenteuer seines frühen Lebens, zum Beispiel über die Rettung einer Familie von Legendenjägern, die auf der schottischen Insel Iona in der Falle gesessen hatte; das Jahr, in dem er in Darkmouth 154 Legendeneinfälle zurückgeschlagen hatte; seine Bonsai-Sammlung und wie er mit einer Hand und nur mit einem Stein bewaffnet einen gewaltigen, dreiköpfigen Zerberus erschlagen hatte (»… auch wenn es sich um einen sehr spitzen Stein gehandelt hatte«, wie in den *Berühmtesten Lebensgeschichten* klargestellt wird).

Finn wartete geduldig, während Emmie las. Schließlich sagte sie: »Netter Spitzname. Passt zum Gesicht.«
»Das war mein Urgroßvater«, erwiderte Finn. »Ich habe ihn nie kennengelernt.«
»Ich wette, er war ein echter Spaßvogel.«
»Er hat meinen Vater ausgebildet. Mein Dad sagt, er wäre ziemlich verbissen gewesen.«
»Warum musste er deinen Vater denn ausbilden? Was ist mit deinem Großvater passiert?«
Finn wies auf das letzte Porträt. Dieser Mann trug eine Rüstung, aber keinen Helm, und hatte als Einziger von allen Porträtierten keine Waffe in der Hand. Stattdessen war er von wissenschaftlichen Geräten und Papieren umgeben. Er wirkte weder besonders selbstbewusst noch so angriffslustig wie die anderen. Sein Kinn war nicht nach oben gereckt, sein Blick war nach unten gerichtet, beinahe als wäre er schüchtern oder vielleicht sogar ein wenig ängstlich.
»Das war mein Großvater, der Vater meines Vaters.«
»Niall Schwarzzunge! Toller Name.«
»Nicht wirklich«, sagte Finn düster.
Emmie las den Eintrag laut vor. »Niall Schwarzzunge war der erste Legendenjäger, der mit den Legenden zu kommunizieren versuchte, vernünftig mit ihnen reden und verstehen wollte, warum sie in diese Welt zu gelangen suchten. Er starb. Niemand spricht gern darüber.«
Das war's. Mehr nicht.
»Verstehe ich nicht. Was ist mit ihm passiert?«, fragte Emmie.

»Er starb«, erwiderte Finn verhalten. »Niemand spricht gern darüber.«

Am Ende der Reihe befanden sich zwei weitere Rahmen mit vorbereiteten Namensschildern, aber noch ohne Gravur.

»Für wen sind die?«, fragte Emmie.

»Die leeren Rahmen sollen uns an unsere Verantwortung gegenüber den vorangegangenen Legendenjägern erinnern, gegenüber all den Leuten an dieser Wand. Ein Porträt bekommt man nur, wenn man seine Rolle als Legendenjäger an einen anderen weitergeben hat. Oder wenn man, äh … stirbt.«

»Wow, das muss ziemlich beängstigend sein.«

»Na ja, ich denke, das ist nun mal unsere Art, zu leben. Der erste leere Rahmen ist für meinen Dad.«

»Wie lautet denn sein Spitzname?«

Finn zögerte, bevor er antwortete. »Hugo der, äh, Große.«

»Der Große?«

»Ja«, murmelte Finn. »Er hat ein paar Sachen gemacht, als er jünger war. Ziemlich großartige Sachen.«

»Du meinst, er hat gegen Legenden gekämpft?«

»Das. Und noch mehr. Er redet pausenlos davon.«

»Und wann bekommst du deinen Spitznamen?«

Finn hatte die Hände in den Taschen vergraben und die Schultern angespannt. »Zuerst muss ich etwas machen, was man ›vollenden‹ nennt. Es ist eine große Zeremonie.«

»Wann?«

Finn antwortete nicht, sondern ging durch den Korridor weiter. Die Seite mit den Porträts war nun kahl, während sich auf der anderen weitere Türen befanden (T1, A4). Emmie probierte eine von ihnen aus, doch sie war verschlossen.

Am Ende des Gangs befand sich eine große Stahltür mit einem Holzschild, auf dem »Bibliothek« stand. Finn zögerte einen Moment, dann machte er kehrt, um auf demselben Weg zurückzugehen. »Hier endet unsere Tour«, sagte er mit gespielter Unbekümmertheit.

»Was ist da drin?«, fragte Emmie, die immer noch vor der Bibliothekstür stand.

»Nichts Besonderes«, sagte Finn wenig überzeugend. »Lass uns gehen und schauen, was es in der Küche zu essen gibt. Ich bin am Verhungern.«

Emmie blieb noch einen Augenblick stehen. Finn sah, wie sie den Geräuschen auf der anderen Seite lauschte: Gedämpfte Schritte gingen durch den Raum, und ein Stuhl quietschte. Sie trat ein wenig näher an die Tür. Von tief drinnen erklang ein Laut, der sich wie ein Kreischen anhörte.

»Na los! Wer zuerst in der Küche ist …«, sagte Finn.

Emmie rannte ihm hinterher.

13 DREIZEHNTES KAPITEL

»Schlag mich.«

Finn schlug seinem Vater ins Gesicht.

»Schlag mich noch mal.«

Er schlug ihn noch mal.

»Leg ein bisschen Wut hinein.«

Finn hatte mehr als genug Wut im Bauch, doch um zu ihr vorzudringen, musste er erst seine Erschöpfung überwinden. Er konzentrierte sich mit aller Kraft, holte die Wut aus der Tiefe seines Innern und schlug wieder zu. Sein Vater zuckte kaum. Stattdessen nahm er seinen gepolsterten Kopfschutz ab.

»Komm schon, Finn, das ist doch nur eine Übung. Als ich in deinem Alter war, habe ich …«

»… schon gegen Legenden gekämpft, die fünf Mal so groß waren wie ich«, schnaufte Finn. »Das sagtest du bereits.«

Er ließ die müden Arme hängen.

Sein Vater gab ihm einen Stoß gegen die Brust.
»Hey!«, protestierte Finn.
»Nimm deine Deckung niemals runter. Und jetzt tritt mich. Am besten zwischen die Beine.«
Jeden Freitagabend war eines der Zimmer, die von dem Langen Korridor abgingen, Schauplatz von Finns oft vergeblichen Versuchen, zu lernen, wie man sich abrollte und wieder auf die Füße kam. Wie man schoss, sprang oder sich wegduckte – oder wie man sprang, *während* man sich wegduckte. Dieser Raum trug die Bezeichnung T2, ein Trainingsraum, der nichts enthielt außer einigen weichen Matten auf dem Boden, einem Spiegel, der sich über die ganze Wand erstreckte, und einer Kiste voller einfacher Fitnessutensilien, zu denen auch alle möglichen Körperpolster gehörten, die es Finn erlaubten, seinen Vater überall dorthin zu schlagen, wo er es ihm befahl.
Finn streckte sich und trat zu. Sein Vater ergriff sein Bein und hielt es fest, sodass Finn ihm hilflos ausgeliefert war und auf einem Bein herumhüpfte.
»Ich habe schon Enten gesehen, die fester zutreten als du«, sagte sein Vater.
Finn trainierte, seit er ein kleiner Junge war. Es war also keineswegs so, dass er nichts von diesen Dingen beherrschte. Es war schlimmer: Er konnte die meisten Dinge *fast*. Er konnte sich halbwegs abrollen und kam mit Ach und Krach wieder auf die Füße. Er konnte einigermaßen schießen, beinahe über Hindernisse springen, mehr oder weniger zuschlagen und sich annähernd wegducken.

Er hatte Stärken. Es war nur leider so, dass seine Schwächen nie lange auf sich warten ließen.

»Versuchen wir es mit dem Wrigley-Manöver, Finn. Damit kann man einer heranstürmenden Legende nicht nur leicht ausweichen, sondern die Verteidigung in einen Angriff umwandeln.«

»Wrigley? Ist das nicht der Typ, der als Wrigley der Kopflose geendet ist?«

»Ja, und deshalb sorgen wir dafür, dass du es richtig machst. Und jetzt nimm die Sache ernst, Finn. Es rettet dir vielleicht einmal das Leben.«

Sein Vater machte ihm die Bewegung vor. Er schoss durch den Raum, glitt ein Stück über den Boden und sprang, das Gesicht Finn zugewandt und die Arme in Angriffsposition erhoben, wieder auf die Füße. »Jetzt du.«

Finn folgte dem Beispiel seines Vaters, doch im Vergleich zu diesem hatte er die Behändigkeit einer Giraffe auf dem Eis. »Ich seh ja, was du machst. Ich verstehe es auch«, protestierte er atemlos. »Aber ich bin einfach müde.«

»Zwölfjährige werden nicht müde. Als ich zwölf war …«

»Das muss vielleicht ein Jahr gewesen sein! Hast du dir noch irgendwas für danach aufgehoben?«

»Hör zu, Finn. Im Trainingsraum hast du schon das Zeug zu einem richtig guten Legendenjäger –«

»Dann bring die Legenden halt in den Trainingsraum. Und ich kümmere mich dort um sie«, sagte Finn.

»Wenn du mit den Händen genauso schnell wärst wie mit dem Mund, wäre das alles halb so schwer«, erwiderte sein Vater.

Finn setzte sich schnaufend auf den Boden.
»Jetzt bloß nicht schlappmachen!«, sagte sein Vater. »Wenn wir hier fertig sind, kannst du ein paar Einträge in den *Berühmtesten Lebensgeschichten* nachlesen.«
»Im Ernst, Dad?«
»Eines Tages wirst du selbst darin vorkommen.«
»Das sagst du mir ständig. Über mich wird es nicht viel zu berichten geben«, meinte Finn.
»Das hat sie bisher auch nicht davon abgehalten. Außerdem warten sie sehnsüchtig darauf, dass du es schaffst. Keine Vollendung, kein erster richtiger Legendenjäger seit Jahren – das bedeutet keine weitere Auflage des Buches. Und keine Neuauflage bedeutet kein Profit.«
Dieser Tatsache war sich Finn, dank der wiederholten Briefe der Verleger Plurimus, Magesterius, Fortimus & Murphy, durchaus bewusst. »Wir freuen uns auf Deine Vollendung«, schrieben sie. »Was macht die Ausbildung?«, erkundigten sie sich. »Wir wollen Dich nicht drängen, aber ...«, und so weiter. Finn bemühte sich nach Kräften, nicht an die Schar der Leute zu denken, die sich in die Reihe derer einreihten, die enttäuscht würden, wenn er nicht vollendete. Dennoch hatte ihn das Gespräch mit Emmie daran erinnert, dass er nicht der erste Problemfall in der Familie wäre.
»Dad, was ist Großvater Niall eigentlich wirklich zugestoßen?«
»Niemand spricht gern darüber, das weißt du doch.«
»*Ich* will aber darüber sprechen.«
»Aber ich nicht. Jetzt hör auf, Zeit zu schinden, und steh auf.«

Finn war wieder einigermaßen bei Puste, schnaufte aber weiter, um sich noch ein paar Minuten länger auszuruhen.

»Vielleicht kämpfe ich einfach nicht gegen sie, wenn ich an der Reihe bin«, sagte er.

»Was?«

»Vielleicht kommen die Legenden, gerade *weil* wir sie bekämpfen«, sagte Finn, dem mulmig wurde, als er begriff, auf welch dünnem Eis er sich gerade bewegte. »Vielleicht ist es gar keine schlechte Idee, mit ihnen zu reden.«

»Welchen Teil von ›Niemand spricht gern darüber‹ hast du nicht verstanden?«

»Vielleicht können wir etwas von ihnen lernen?«

Sein Vater ging vor ihm in die Hocke und starrte Finn so lange in die Augen, bis diese am liebsten aus den Höhlen gesprungen und weggelaufen wären. Schließlich sagte er: »Was mein Vater getan hat, werde ich nie vergessen können. Egal, wie sehr ich es versuche. Mehr können wir daraus nicht lernen. Jetzt lass uns weiterkämpfen.«

»Aber hat das Training überhaupt noch einen Sinn?«, fragte Finn. »Die Tore zur Verseuchten Seite werden immer weniger. Und hier werden sie früher oder später auch verschwinden. Außerdem haben wir Exsikkatoren. Warum muss ich dieses Zeugs lernen?«

»Vielleicht ist dir schon aufgefallen, dass die Legenden jetzt aber noch nicht von hier verschwunden sind.«

»Und warum greifen sie hier noch an, aber nirgendwo sonst?«

»Das weiß ich nicht. Was glaubst du denn?«

Finn dachte einen Moment darüber nach. »Ich glaube, die größeren sind vor mir geflüchtet.«
Grinsend streckte sein Vater die Hand aus und half Finn auf die Beine. Dann sprang er zurück. »Okay, du Legendenschreck, dann zeig mir mal, was du kannst. Lass uns ringen.«
Finns genervtes Stöhnen ging im Getöse eines Alarmsignals unter, das durch das Gebäude gellte. Dieses Geräusch war wie der Soundtrack seines Lebens. Es war das Zeichen, dass sich irgendwo in Darkmouth ein Tor geöffnet hatte.
»Wunderbar«, sagte sein Vater, der sofort den Kopf hob. »Wer braucht schon Training, wenn wir eine echte Legende haben können? Falls wir in Schwierigkeiten geraten, musst du ihr einfach den Blick zuwerfen, mit dem du mich gerade ansiehst. Das wird sie vertreiben.«
Finn biss sich auf die Unterlippe.
Sein Vater grinste. »Jepp, genau den meine ich.«

14 Vierzehntes Kapitel

Broonie trat durch das Tor und tauchte in einer Welt aus Regen wieder auf.

Was ihm als Erstes auffiel, war nicht, wie es hier aussah, sondern wie es roch. Die Luft war von belebender Reinheit. Zumindest drang er zu dieser Reinheit vor, sobald er sich durch die vielen Unreinheiten geschnüffelt hatte, die sie überlagerten: fettiges Essen, verbrannter Treibstoff, Seetang, verwesende Blumen. Alles überdeckt von Wolken aus Schweiß, der mit Parfüm übertüncht worden war. Der Geruch schwebte im Wind und durch den leichten Regen. Doch unter all dem war die Luft so frisch, dass er sie am liebsten trinken wollte.

Und wohin er auch sah, herrschte eine Leuchtkraft, wie er sie noch nie erlebt hatte. Jede Farbe bestand aus den verschiedensten Schattierungen – selbst von den Grautönen gab es Hunderte von Nuancen.

Das hier war die Gelobte Welt. Jahrhundertelange Kriege waren ihretwegen geführt worden. Jetzt begriff er, warum.
Broonie stand in einer Straße von Darkmouth. *Alles so ordentlich*, dachte er. *Blumen, die aus Körben in der Luft wachsen. Wie ungewöhnlich. Zahlen an den Türen. Wie merkwürdig. Aufgemalte Rechtecke auf dem Boden und Fahrzeuge, die man darin zurückgelassen hat. Äußerst seltsam.*
Broonie fühlte sich schmuddelig in seinen bleichen Lumpen, an denen überall sein eigenes Blut klebte. Er stellte fest, dass er mit einer feinen Staubschicht überzogen war, die dem Regen zu trotzen schien. Stattdessen fiel der Staub von ihm ab, als er unruhig auf der Stelle trat und zu entscheiden versuchte, was er als Nächstes tun sollte. Man hatte ihm seine Mission erklärt. Aber er verstand immer noch nicht genau, worin sie bestand.
»Wenn du sie siehst, greifst du an«, hatten die Fomorianer zu ihm gesagt.
»Angreifen?«
»Angreifen.«
»Sollte ich dann nicht besser eine größere Waffe mitnehmen?«, hatte er gefragt und das kleine Messer hochgehalten, das sie ihm gegeben hatten.
»Deine Waffe ist dein Einfallsreichtum«, hatten sie ihm erklärt.
»Ich weiß das Kompliment wirklich zu schätzen, aber ich bin mir nicht sicher, ob es ausreicht, um –«
An diesem Punkt hatte ihn ein Stiefel durch das flimmernde Tor befördert.
Dort, wo man ihm den Finger entfernt und ungeschickt durch

einen Kristallstift ersetzt hatte, ließ der Schmerz einfach nicht nach. Der Stift lockerte sich jetzt bereits am Knöchel. Auch wenn er immer noch nicht fassen konnte, was geschehen war, und er schlimme Schmerzen hatte, ärgerte ihn die schlampige Arbeit der Fomorianer.

Ein älterer, offensichtlich weiblicher Mensch mit einem Kopftuch, der eine quadratische Tasche mit Nahrung hinter sich herzog, kreuzte seinen Weg. Als die Person ihn entdeckte, schrie sie auf und trippelte eilig davon, wobei sie die Tasche vor Broonies Füßen fallen ließ. Broonie durchsuchte ihren Inhalt. Er war entsetzlich hungrig. Er fand einen Karton und schlürfte die Milch darin genüsslich bis zum letzten Tropfen leer. Dann biss er ein Ei auf und saugte es aus. Es schmeckte so frisch, dass ihm ein wohliger Schauer über den Rücken lief. Er wühlte weiter in der Tasche, als er mit einem Mal zurückschreckte. In einer durchsichtigen Verpackung war Fleisch. Blutiges Fleisch. Sauber in Scheiben geschnitten.

Diese Menschen müssen noch bösartiger sein, als man es uns gelehrt hat. Selbst die Alten schleppen das rohe Fleisch ihrer Beute mit sich herum.

Höchste Zeit, wegzulaufen.

Broonie irrte durch das Labyrinth von Darkmouths Sackgassen und Stichstraßen, schaffte es aber nicht, einen erkennbaren Weg zu finden.

Als er auf eine breite Straße gelangte, geriet er mitten in einen Strom von Menschen, die in der Stadt unterwegs waren. Einer bemerkte ihn und alarmierte mit seinem Schrei die anderen.

Ein kleines, behaartes Tier am Ende einer Leine begann zu toben, es zerrte und knurrte, bis Broonie mit seinem Messer nach ihm stach und dessen Pfote traf, sodass es sich jaulend und blutend zurückzog.

Sein Besitzer trat nach Broonie, der sich unwillkürlich auch gegen diesen mit seinem Messer wehrte und ihm ins Fußgelenk ritzte, ehe er rückwärts auf die Straße sprang. Wo im gleichen Augenblick ein schreckliches Geräusch ertönte, das von einer fahrenden Maschine kam, die nur um Haaresbreite vor seinem Gesicht zum Stehen kam.

Während ihm das Adrenalin durch die heraustretenden, schwarzen Adern rauschte, huschte Broonie in den nächstbesten Eingang und verkroch sich in einem großen Fenster, wo er nach einem Fluchtweg suchte. Draußen ging es chaotisch zu. Einige rannten schnurstracks davon, während andere zunächst stehen blieben, um ihn mit wachsender Abscheu zu betrachten und dann den anderen zu folgen. Plötzlich bemerkte Broonie etwas über sich. Und hinter sich. Und um sich herum.

Enthäutete Kadaver hingen an spitzen Haken – auseinandergerissen, zerteilt und zur Schau gestellt. Rippen, Leber, Zungen, alle Arten herausgeschnittener Fleischbrocken von Tieren waren sorgsam in einem Glasfach zurechtgelegt. Broonie vermutete, dass es sich um die frisch erlegte Beute des fetten Menschen handeln musste, der in einem blutbefleckten Overall hinter der Glastheke stand. In der einen Hand hielt er ein großes Hackbeil, die andere ruhte auf einem halb durchtrennten Körper, der neben ihm auf einem Tisch lag.

Hätte Broonie die Augen noch weiter aufgerissen, wären sie ihm aus dem Kopf herausgeploppt und über den Fußboden vor die Füße des Metzgers gerollt.
Von der Straße hörte man ein metallenes Quietschen und ein gewaltiges Dröhnen, als sich ein weiteres Fahrzeug durch die Menschenmenge schob, die in die entgegengesetzte Richtung davonlief. Eine große, imposante Gestalt stieg aus dem Fahrzeug. In voller Montur und mit einem Gewehr in der Hand.
Broonie wusste sofort, wer das war.
Der Legendenjäger.
»Ein Hogboon«, hörte er den Jäger klar und deutlich sagen. »Kaum der Rede wert, vor allem wenn er nicht mehr als ein Gemüsemesser dabeihat.«
Broonie sprang den Metzger an. Auch wenn ihn die blutige Kleidung zusammenzucken ließ, wand er sich um seinen Kopf und umklammerte sein Gesicht, bis dieser das Hackbeil klirrend zu Boden fallen ließ. Dann glitt Broonie auf die Schultern des Metzgers und drückte ihm das blutverschmierte Messer an die Kehle, als der Legendenjäger auch schon mit gezücktem Gewehr in den Laden stürmte.
»Hugo ...«, wimmerte der Metzger.
»Keine Sorge, Leo, das haben wir gleich.«
Broonie holte das beste Krächzen aus seiner trockenen Kehle, das er zustande brachte. »Ihr seid eine grausame Rasse. Lasst mich gehen, oder ich zeige euch, wie grausam *ich* sein kann.«
»Du willst, dass ich den Exsikkator fallen lasse?«
»Sofort«, sagte Broonie und umschloss das Messer noch fester.

Schlimmer als die Angst, seine Drohung wahr machen zu müssen, war die Vorstellung, dass sein Inneres in diesem Schaufenster hängen könnte, während sein Äußeres vermutlich für alle Ewigkeit als bequemes Paar Schuhe herhalten müsste.

»Wenn ich die Waffe fallen lasse, tust du dem Mann nichts?«, fragte der Legendenjäger.

»Bei der verwesenden Seele meines Onkels.«

»Gut, ich lasse das Gewehr fallen.« Der Mann bückte sich und legte es auf den Boden. »Aber nur unter einer Bedingung.«

»Und welche wäre das?«

»Dass du hinter dich schaust.« Dort, an der Hintertür, stand ein weiterer Mensch in einem Kampfanzug. Viel kleiner und weniger imposant, aber mit einer Waffe, die direkt auf Broonies Kopf gerichtet war.

»Der Junge?«, murmelte der Hogboon in dem Moment, als ihn ein großes Stück Fleisch an der Seite seines Kopfs traf und ihn zu Boden warf, sodass ihm das Messer aus der Hand fiel. Der Metzger stürmte zur Tür hinaus und brachte sich in Sicherheit. Den Exsikkator im Anschlag, stand der Legendenjäger über Broonie.

Irgendwo ertönte ein Geräusch.

PING! Dann noch einmal. PING! PING!

Als er merkte, dass das Geräusch von ihm ausging, tastete der Legendenjäger seinen Kampfanzug ab. Bis er eine Tasche fand, in der ein rechteckiges Gerät steckte, das er herauszog und überprüfte.

»Der Scanner hat ein weiteres offenes Tor identifiziert, drüben

beim Hafen.« Stille. Kein weiteres PING. »Warte, jetzt ist es wieder weg. Seltsam. Also, wo waren wir stehen geblieben?«
Der Junge kam zu dem Legendenjäger herüber und stand jetzt ebenfalls über Broonie. Er schob sein Visier zurück, um besser sehen zu können.
»Sieht aus, als wäre er verletzt, Dad.«
»Natürlich ist er verletzt, Finn.«
»Sollten wir ihm nicht helfen?«
»Ihm helfen. *Helfen?* Wir exsikkieren ihn«, entgegnete der Legendenjäger entgeistert.
»Aber er liegt doch nur da«, sagte der Junge.
»Na und? Sollen wir ihn vielleicht zu Kaffee und Kuchen mit nach Hause nehmen? Nein, wir exsikkieren ihn. *Du* exsikkierst ihn. Das ist die Chance auf deine erste erfolgreich absolvierte Jagd.«
Der Junge wirkte gequält. »Das fühlt sich aber nicht richtig an.«
»Hör auf zu reden, Finn. Tu es!«
»Wartet!«, schrie Broonie.
Die Menschen sahen ihn an. Broonie zeigte auf den Jungen, besann sich und wiederholte die Worte, die man ihm aufgetragen hatte. »Ich habe eine Botschaft«, sagte er. »Die Legenden erheben sich. Der Junge wird fallen.«
Dann drückte der Legendenjäger ab.

15 FÜNFZEHNTES KAPITEL

Finn entdeckte ihn im gleichen Moment wie sein Vater. Einen Kristall, der kreiselnd neben der harten Lederkugel, die noch Sekunden zuvor ein Hogboon gewesen war, zum Halten kam. Dieser Stein war kleiner als der, den Finn nach der Begegnung mit dem Minotaurus gefunden hatte, aber dafür schärfer.

Lässig warf sein Vater ihm die Legendenkugel zu, mit der Finn einen Moment lang unsicher jonglierte, ehe er sie an die Brust gedrückt zu fassen bekam. Er tippte einen Code in den Behälter ein, den er in der Hand hielt, und legte die Kugel hinein. In der Zwischenzeit hatte sein Vater den Kristall aufgehoben und betrachtete ihn schweigend.

»Was war das eben?«, fragte Finn.

»So eine Art Diamant«, erwiderte sein Vater gedehnt.

»Nein, ich meine, was hat er gesagt? Über mich?«, fragte Finn.

»Er hat überhaupt nichts über dich gesagt.«

»Doch, hat er. Ich hab es genau gehört. Er hat mich angesehen und ›der Junge‹ gesagt«, sagte Finn. »Dich hat er überhaupt nicht angeschaut. Er hat ganz sicher mich gemeint. Und er hat gesagt, ich würde ... *fallen.*«

»Er hat uns alle gemeint«, sagte Finns Vater.

»Nein, es war, als würde er mich erkennen.«

»Vielleicht bist du ein großer Star auf der Verseuchten Seite«, sagte sein Vater. »Wahrscheinlich hat er deine Karte in seinem Legendenjäger-Sammelalbum. Das war nur ein Trick, Finn. Eine Verzögerungstaktik. Reich diesen Legenden die Hand, und sie nehmen den ganzen Arm.«

Sie wussten beide, dass das im bedauerlichen Fall von Graham dem Einarmigen wörtlich zu verstehen war.

Broonies Messer – ein harmloses Ding, das kaum zum Schneiden von Papier taugte – lag noch da, wo es hingefallen war. Finn hob es auf und gab es seinem Vater, der sich jedoch kaum dafür interessierte.

»Das spielt keine Rolle. Dieser Kristall ist wichtiger«, sagte er, ohne den Blick von ihm abzuwenden. »Du hast gesehen, dass der Exsikkator den Hogboon vollständig verschluckt hat, nicht? Also warum ist das hier zurückgeblieben?«

»Er muss es im letzten Moment von sich geworfen haben«, sagte Finn.

»Ich stand direkt neben ihm. Er hat sich nicht bewegt.«

Finn zuckte mit den Schultern und sah schnell zu Boden, um nicht zu verraten, dass er das Ganze schon einmal erlebt hatte.

Der Minotaurus war frontal vom Exsikkator getroffen worden, und dennoch war auch dort ein Kristall zurückgeblieben. Er hätte es seinem Vater damals sagen müssen. Er müsste es ihm jetzt sagen. Aber Finn befürchtete, dass sein Vater ihn auf der Stelle exsikkieren würde, wenn er erfuhr, dass Finn einen wertvollen Stein aus der Verseuchten Welt in seiner Unterhosenschublade versteckte.

»Das hier«, sagte sein Vater, immer noch auf den Kristall konzentriert, »ist der erste Gegenstand, der das Exsikkatornetz vor meinen Augen unbeschadet überstanden hat. Der kleine Kerl hatte ihn definitiv an der Hand. Ich habe ihn dort gesehen, wo sein kleiner Finger hätte sein sollen. Ich dachte, es wäre Schmuck oder so was. Hogboons sind diebische kleine Bettler. Er muss irgendwann seinen kleinen Finger verloren und den hier als künstlichen Ersatz benutzt haben.«

»Bist du sicher, dass es ein Diamant ist?«, fragte Finn.

Sein Vater drehte den Kristall in der Hand.

»*Ich* weiß es nicht, Finn. Aber es gibt jemanden, der es tut.«

16 SECHZEHNTES KAPITEL

Der Laden verbarg sich in einer der engsten Gassen von Darkmouth. Finn war das letzte Mal als kleiner Junge hier gewesen, als sein Vater ihn mitgenommen hatte. Er hatte auf der Treppenstufe gewartet, draußen, wo die verwitterte Farbe in großen, scharfkantigen Schuppen von der Ladenfront abblätterte. Im Innern des Ladens war Finn noch nie gewesen.

Die rote Schrift auf dem Schild über der Tür war fast völlig verblasst. Dort stand:

MISTER GLAD

ELEKTROGERÄTE/REPARATUREN/SPEZIALARTIKEL

Spezialartikel? Von außen wirkte an dem Laden rein gar nichts speziell. Die Fenster waren dreckverkrustet, und jeder, der hineinsah, konnte sehen, dass der Laden vor Krimskrams überquoll: Elektroteile, das Innenleben von Fernsehern, Überreste von Toastern und zerlegte CD-Spieler. Das Durcheinander reichte bis in die Gasse hinein. Denn vor dem Laden standen Pappkartons, die bis zum Rand mit winzigen Sicherungen, Steckern und losen Kabeln, alten und gebrauchten Radios und uralten Telefonen gefüllt waren.

Finns Vater stoppte an der Tür und ging in die Hocke, um in einem der Kartons zu kramen: »Ich liebe diesen Laden«, sagte er, als er sich aufrichtete. Er hielt etwas in den Händen, das nach einem alten Computerspiel aussah. »So etwas findet man heutzutage einfach nicht mehr.«

»Stellt sich bloß die Frage, warum«, sagte Finn, so sarkastisch wie möglich, um sicherzustellen, dass sein Vater es auch verstand.

»Du wärst überrascht, was man so alles finden kann, wenn man weiß, wo man suchen muss«, sagte sein Vater mit einem Hauch von Entzücken in der Stimme. Er warf Finn das Computerspiel zu. »Komm. Es wird Zeit, dass ich dich einem alten Freund vorstelle.«

Finn war regelrecht aufgeregt, als er seinem Vater in den Laden folgte. Er hatte die Türschwelle noch nie überschritten.

Er erinnerte sich nur daran, draußen auf dem Asphalt gesessen oder allein in der Gasse gespielt zu haben. Drinnen hatte er höchstens mal Schatten gesehen, die sich bewegten. Seinen

Vater, der einen Mann begrüßte, sich murmelnd mit ihm unterhielt und hin und wieder zu Finn hinaussah, ehe sie verschwunden waren.

Doch nun, wo Finn endlich im Laden stand, wich seine Aufregung großer Enttäuschung. Es war drinnen ebenso schmutzig und unordentlich, wie es von außen den Anschein gehabt hatte. Drahtschlingen hingen an den Wänden, ausgeweidete Bildschirme baumelten an der Decke, und auf dem Boden türmten sich schwankende Stapel von verstaubten DVD-Playern.

»Was willst du für eines dieser alten Space-Invader-Spiele haben?«, rief Finns Vater.

»Eine Scheibe Brot wäre schön«, lautete die Antwort. Hinter dem Verkaufstisch kam ein Mann zum Vorschein. Er war Finn in dem Durcheinander gar nicht aufgefallen. Nicht einmal die Ladentheke war ihm aufgefallen.

»Laufen die Geschäfte so schlecht, alter Mann?«, fuhr Finns Vater fort.

Der Ladeninhaber schnaubte. Er wirkte ebenso verbraucht wie die im Laden verstreuten Elektroteile. Seine ungekämmten, dunklen Haare hingen ihm wie Spaghetti über die Ohren, sein Anzug war an den Säumen zerschlissen und seine Finger so gelb wie altes Zeitungspapier.

»Ich habe da vielleicht etwas Interessantes für dich, Glad«, sagte Finns Vater, während er den Kristall behutsam auf den Ladentisch legte.

Mr Glad nahm ihn gar nicht zur Kenntnis, sondern hielt den Blick auf Finn gerichtet.

»Dein Junge ist groß geworden, Hugo. Hab ihn nicht mehr gesehen, seit er klein war und draußen auf der Straße gewartet hat. Na ja, zumindest noch kleiner als jetzt. Lass mich ihn anschauen.«

Er streckte die Hände aus und packte Finn am Hinterkopf. Überrumpelt fragte Finn sich kurz, ob ihm Gefahr drohte. Doch er war sowieso nicht in der Lage, sich dem Mann zu entziehen. Mr Glad drehte Finns Kopf erst zur einen, dann zur anderen Seite und untersuchte ihn so, wie ein Tierarzt einen Hund nach Flöhen absuchen würde.

»Wird er vollenden?«, fragte er, als könnte Finn selbst nicht sprechen.

Finns Vater schob die Unterlippe vor, um damit Zuversicht auszustrahlen.

»Schon drei erfolgreiche Jagden absolviert?«

Finns Vater machte eine vage Handbewegung.

Mr Glad hielt Finn noch ein paar Sekunden fest.

Und Finn hatte das Gefühl, sein Kopf könnte jeden Moment aufplatzen wie ein rohes Ei und sein Gehirn auslaufen. Wenigstens würde er so endlich aus dieser unangenehmen Situation erlöst werden.

»Er wird genügen müssen, nehme ich an.« Mr Glad seufzte auf eine Art, die keine große Zufriedenheit ausdrückte, ehe er Finn losließ. Der rieb sich den Hinterkopf, an dem sich bereits ein blauer Fleck bildete.

»Also, was hast du da für mich?«, fragte Mr Glad, nahm den mitgebrachten Gegenstand in die Hand und betrachtete ihn.

»Ich bin mir nicht sicher«, sagte Finns Vater, »aber er sieht aus wie ein Diamant. Ein Hogboon ist vor Kurzem durch ein Tor gekommen und hat ihn zurückgelassen.«
»Wo ist der Hogboon jetzt?«
»Liegt wie ein Stein im Auto.«
»Hat er irgendwas gesagt?«
»Dazu hatte er keine Chance.«
»Er ist schon ein toller Kerl, dein Vater«, sagte Mr Glad, an Finn gewandt. »Ich kenne ihn, seit wir Jungs waren. Und deine Mutter kenne ich auch. Sind alle zusammen in dieser gottverlassenen Stadt aufgewachsen. Er ist seinen Weg gegangen und ich meinen.«
Finn ließ sich seine Überraschung darüber, dass seine Eltern und Mr Glad gleichaltrig waren, nicht anmerken. Die Zeit hatte den dreien ganz unterschiedlich mitgespielt.
»Schon als wir jung waren, hat dein Vater ein paar ganz außergewöhnliche Dinge vollbracht«, fuhr Mr Glad fort. »Hat er dir von dem Tag erzählt, an dem er –«
»Ja«, sagte Finn angeödet, weil er die Geschichte schon hundert Mal gehört hatte.
»Und von der Erfindung –?«
»Davon auch.«
»Na, dann sind wir uns ja einig.« Mr Glad drehte sich um und verschwand hinter einem Perlenvorhang.
Ehe sein Vater ihm folgte, beugte er sich zu Finn hinab: »Willst du wissen, was die ›Spezialartikel‹ sind? Du wirst es gleich herausfinden.«

Er schob die Perlenschnüre beiseite und winkte Finn hindurch. Zu dessen Überraschung war das Hinterzimmer aufgeräumt. Es war nicht unbedingt sauberer und auch nicht heller oder freundlicher als im Laden, doch als Finn sich aufmerksam umschaute, begann er einen Anschein von Ordnung wahrzunehmen. Es gab einen Fußboden, der nicht nur zu sehen, sondern auch begehbar war, ohne dass man Angst haben musste, über einen vorsintflutlichen Kassettenrekorder zu stolpern. Und in der Ecke stand sogar ein halbwegs gemachtes Bett.

Was Finn jedoch am meisten faszinierte, war die Ausstattung. An einer Wand standen Schilde in sämtlichen Größen, manche waren am Rand mit Stacheln versehen, andere in der Mitte. An einer anderen Wand hingen Bestandteile einer Rüstung: eine Brustplatte, ein Paar eiserne Hosen und eine stählerne Kapsel, von der Finn wusste, dass sie besonders wichtig war, um das beste Stück eines männlichen Legendenjägers zu schützen. In den Regalen stapelten sich die unterschiedlichsten Dinge, darunter Zünder, Griffe, Röhren, kleine Kisten mit dicken Drähten und große Kisten mit dünnen Drähten.

Spezialartikel, dachte Finn.

Besonders neugierig machte ihn etwas, das aussah wie eine lange Gabel mit einer kleinen Klinge, die zwischen zwei Zacken herausragte. Mr Glad schien sein Interesse zu bemerken und reichte sie ihm, damit er sie genauer betrachten konnte.

»Das ist ein Zahnextraktor«, sagte er. »Wenn du von einer Legende gebissen wirst, solltest du keine zurückgebliebenen Zähne in der Wunde lassen. Gift, verstehst du? Es arbeitet sich allmählich unter die Haut und dringt dann ins Gewebe vor. Dann fängt es an zu faulen und zersetzt dein Fleisch, sodass du Stunden und Tage entsetzliche Schmerzen leidest, es sei denn …« Mr Glad lehnte sich näher heran. »*Schwupp!* Du hebelst ihn damit heraus. Es ist eine echte Erleichterung, wenn das Ding raus ist. Glaub mir.«

Er strich sich die Haare hinter das rechte Ohr. An seiner Schläfe konnte Finn gerade eben die Ränder einer Narbe ausmachen. Sie war tief und rund, mit zwei kleinen Punkten links und rechts. Er musterte die Zangen des Zahnextraktors und sah dann zurück zur Narbe.

Mr Glad ließ die Haare wieder nach vorn fallen und wandte sich ab.

Finn sah seinen Vater an und hob fragend die Augenbrauen.

»Mr Glad ist das, was man einen Beschaffer nennt«, erklärte sein Vater.

»Was machen Beschaffer denn?«, fragte Finn.

»Was immer nötig ist«, erwiderte Mr Glad in verschwörerischem Ton.

»Mr Glad ist schon sehr lange Beschaffer, Finn«, fuhr sein Vater fort. »Er ist einer der besten.«

»Und einer der letzten«, warf Mr Glad ein, während er sich auf einen verrosteten Hocker setzte, der vor einem großen Tisch an der Wand stand. »Zivilisten können keine Legendenjäger werden, aber einige von uns haben andere Wege gefunden, um sich nützlich zu machen. Wir bereisen die heimgesuchten Orte, stellen Waffen her, reparieren Ausrüstung, beschaffen Material.

Es ist nicht das, was man eine offizielle Aufgabe nennen würde. Die Zwölf ziehen es vor, wenn wir uns im Verborgenen halten, wie du siehst.« Er wies auf seine Umgebung.

Finn starrte Mr Glad an und fragte sich, wie er reagieren sollte. Er spürte, dass sein Vater ihn beobachtete, auf eine Reaktion wartete und unbedingt wollte, dass sie positiv ausfiel. »Interessant«, sagte er schließlich, weil er das Gefühl hatte, etwas sagen zu müssen.

Mr Glad zog eine hölzerne Schublade auf und holte ein Mikroskop aus Messing heraus. Er stellte es auf den Tisch und nahm die Kappe von den Linsen, ehe er es überprüfte. »Ich bin ganz schön herumgekommen. Es war die beste aller Zeiten, es war die blutigste aller Zeiten, wie man so sagt«, erklärte er. »Bald wird vielleicht keiner von uns mehr gebraucht. Es sei denn, *du* hast vor, dafür zu sorgen, dass wir weiter im Geschäft bleiben.« Er machte eine Pause, ehe er sich mit einer unerwartet fröhlichen Geste auf die Knie schlug. »Aber das ist ein kleiner Preis für einen großen Sieg! Und jetzt wollen wir uns diesen Diamanten ansehen, oder was immer es ist, bevor wir gänzlich sentimental werden.«

Mr Glad schob eine Kante des Kristalls unter das Objektiv. Sein rasselnder Atem war alles, was man während der Untersuchung hörte.

»Das ist kein Diamant. Das kann ich euch gleich sagen«, sagte er, als er sich zurücklehnte und Finns Vater aufforderte, es sich selbst anzuschauen. »Ich glaube nicht, dass Diamanten auf diese Weise tanzen, oder was meint ihr?«

17 SIEBZEHNTES KAPITEL

Mit zusammengekniffenen Augen schaute Finns Vater durch das Okular und winkte dann Finn heran, damit er es sich ebenfalls ansehen konnte. Durch das Äußere des Kristalls hindurch erblickte Finn tief im Innern Streifen eines reinweißen Lichts, die anmutig über die Linse jagten. Es sah auf merkwürdige Art und Weise schön aus.

»Ich weiß nicht, was es ist, aber hier in Darkmouth ist es neu«, sagte Mr Glad.

»Neu?«, wiederholte Hugo, als habe das Wort einen schlechten Beigeschmack. »Wenn es um Legenden geht, hat *neu* nie etwas Gutes zu bedeuten.«

»Das stimmt. Jedenfalls meistens«, sagte Mr Glad.

Finn sah auf seine Füße und dachte an den ersten Kristall, den er gefunden hatte und der jetzt in seiner Unterwäscheschublade versteckt war.

»Ist er der Einzige, der zurückgeblieben ist, Hugo?«, fragte Mr Glad, als Finns Vater sich den Kristall abermals ansah.

»Ja.«

»Bist du sicher?« Mr Glad schaute jetzt Finn an, der ein schlechtes Gewissen bekam. Unter Mr Glads Blick fühlte er sich selbst wie unter einem Mikroskop.

»Ja«, erwiderte Finn und bemühte sich, nicht verräterisch zu piepsen.

»Na dann«, sagte Mr Glad und wandte langsam die Augen ab. »Wenn du nichts dagegen hast, Hugo, behalte ich ihn hier und führe ein paar Tests durch.«

»Kein Problem«, sagte Finns Vater, der das Kinn in die Faust stützte, während er über die unerwünschte Wendung nachdachte, die diese vermeintlich ganz normale Jagd genommen hatte. »Da war noch etwas. Ein zweites Tor.«

»Was meinst du damit?«, fragte Mr Glad.

»Als wir uns um den Hogboon gekümmert haben, ist ein zweites Tor aufgegangen. Laut Scanner war es nur ein kleines. Und nicht länger als ein paar Sekunden offen. Eine Legende hätte nicht durchkommen können.«

Mr Glad rieb mit dem Handrücken über seinen Stoppelbart. »Sie könnten versucht haben, auf einem anderen Weg hereinzukommen, und irgendetwas ist schiefgegangen. Es kommt in letzter Zeit nicht mehr häufig vor, aber es wäre nicht das erste Mal, dass sich zwei Tore auf einmal öffnen. Erinnerst du dich noch an das Jahr, als wir die Plage hatten?«

»Natürlich. Ich habe immer noch nicht alle Flecken aus meinem Kampfanzug rausgekriegt«, sagte Hugo. »Aber so etwas ist in Darkmouth seit Jahren nicht mehr vorgekommen.«

Schweigen legte sich über den Raum, das nur vom Klirren einiger Utensilien, die vorne im Laden hingen, unterbrochen wurde.

»Oh, eins noch, Glad«, sagte Finns Vater, dem plötzlich etwas Wichtiges eingefallen zu sein schien. »Ich brauche von dir noch das ein oder andere Teil für ein Projekt, über das ich mit dir reden wollte. Geh und schau dich ein bisschen um, Finn. Es wird nicht lange dauern.«

Finn schlenderte durch den Raum, während sein Vater und Mr Glad ihren Geschäften nachgingen. Er tat, als interessiere er sich nicht für das, was sie zu bereden hatten, spitzte jedoch die Ohren. Leider bekam er nur ein paar Gesprächsfetzen mit:

»... Fortschritt«, hörte er seinen Vater sagen.

»... Energiequelle ...«, hörte er Mr Glad sagen.

»... es endgültig schließen ...«

»... äußerst gefährlich ...«

»... Krautesel ...«

Finn fragte sich, ob er sich beim Letzten nicht verhört hatte.

Er erkundete den Raum weiter. In der Ecke standen zwei Lanzen, die er von den verblichenen Gemälden im Langen Korridor zu Hause wiedererkannte. Hinter den Lanzen entdeckte er eine an die Wand gelehnte, gerahmte Urkunde, auf der er lediglich die Wörter »der Verborgenen Welt« ausmachen konnte.

Finn strich mit der Hand über eine lange Arbeitsplatte, auf der sich lauter ihm unbekannte Gegenstände stapelten. Er hob ein

eiförmiges, metallisch grünes Etwas auf und schüttelte es ein bisschen.
»Nur gucken, nicht anfassen«, sagte Mr Glad, der plötzlich neben Finn stand und ihm das Ei aus der Hand nahm. »Du willst doch nicht mit weniger Fingern gehen, als du gekommen bist. Und ich will die Schweinerei hinterher nicht aufwischen müssen. Das hier nennt man eine Fingerlos-Granate.«
Als er das Ei ein wenig drückte, sprangen an beiden Enden mehrere Reihen gezackter Klingen heraus, von der eine am oberen Ende einen Stift herausschob. »Sie heißt so, weil du derjenige bist, der am Ende ohne Finger dasteht, wenn du sie falsch in der Hand hältst. Außerdem explodiert sie nach zehn Sekunden.«
Er drückte den Stift zurück an seinen Platz, ehe es dazu kam. »Vielleicht schenken dir deine Eltern eine zu Weihnachten. Wie geht es deiner Mutter eigentlich?«
»Clara geht es gut, danke der Nachfrage«, unterbrach ihn Finns Vater.
»Deine Mutter kenne ich ebenfalls schon sehr lange, junger Mann«, sagte Mr Glad zu Finn und zwinkerte ihm zu. »Länger als dein Vater.«
Finn wollte jetzt nach Hause.
Als sie gingen, hielt Finns Vater mehrere Maschinenteile in der Hand, die er hinten in den Wagen warf, neben den Behälter mit der exsikkierten Legende.
»Sollten wir nicht einfach den Hogboon fragen, wozu der Diamant gedacht ist?«, überlegte Finn.
»Das ist kein Diamant. Und wir können ihm nicht trauen.«

Finn war angespannt. Dass der Hogboon ihn anscheinend erkannt hatte, nagte immer noch an ihm, und er hatte mehr und mehr das Gefühl, seinem Vater erzählen zu müssen, dass es noch einen Kristall gab – vermutlich mit den gleichen seltsamen Eigenschaften, wie sie das Exemplar des Hogboons besaß –, der sich augenblicklich in seiner Unterwäscheschublade befand.

»Was hältst du von Mr Glad?«, fragte ihn sein Vater auf der Heimfahrt.

Finn verzog das Gesicht. »Seine dicken Finger werde ich wahrscheinlich noch eine Woche an meinem Hinterkopf spüren.«

»Er ist ein guter Mann. Und in gewisser Hinsicht selbst eine Legende. Hast du die Plakette in seinem Zimmer gesehen? Das ist die *Niedere Ritterwürde der Verborgenen Welt*, die höchste Auszeichnung, die wir an Zivilisten vergeben. Die hat er nicht bekommen, weil er sein Leben lang die Toaster von Legendenjägern repariert hat. Er hat sie sich verdient, genauso wie seine Narbe.«

Sie bogen in ihre Straße ein, während sein Vater fortfuhr.

»Wenn du etwas brauchst, dann hat er es entweder, oder er weiß, wo er es herbekommen kann. Und irgendetwas wirst du *immer* brauchen, Finn.«

Als sie sich ihrem Haus näherten, entdeckten sie beide gleichzeitig den Schriftzug. Sie hatten Besuch gehabt, während sie unterwegs gewesen waren. Und er hatte eine Botschaft hinterlassen.

Finns Vater drosselte die Geschwindigkeit und ließ die Fensterscheibe herunter, damit sie die Aufschrift betrachten konnten.

Direkt gegenüber ihrer Haustür prangte im orangefarbenen Licht der Straßenlaterne ein zwei Meter großes Graffiti an der Mauer. Es war so frisch, dass die Farbe der Buchstaben noch auf den Asphalt tropfte:

STOPPT DIE MONSTER

Sie stiegen aus und standen, die Hände in die Hüften gestemmt, vor dem Haus. Finn sah, dass der Blick seines Vaters nicht auf das Graffiti gerichtet war, sondern weit über die Mauer hinausging.

»Finn, hattest du schon mal das Gefühl …?«

Er beendete den Satz nicht. Stattdessen trug er den Exsikkatorbehälter und seine neu erworbenen Ersatzteile ins Haus und kehrte mit einem Eimer weißer Farbe und zwei Pinseln zurück. Einen davon drückte er Finn in die Hand. Dann machten sie sich daran, das Graffiti überzustreichen.

Aus »Einführung in die Welt der Legendenjäger«, 3. Band: »Bekannte und unbekannte heimgesuchte Orte«, 16. Ausgabe

Es gibt viele Theorien darüber, warum die Tore zwischen der Verseuchten Seite und dieser Welt so selten geworden sind.

Manche glauben, die Legenden seien der fehlgeschlagenen Invasionsversuche müde geworden und hätten sich in ihre eigene Welt zurückgezogen. Um über ihr Scheitern nachzudenken und sich die klare Überlegenheit von Menschen wie dem Legendenjäger-Clan der Cemitério in Brasilien einzugestehen. Diese Theorie wird jedoch ein Stück weit von der Tatsache untergraben, dass sie ausschließlich auf den Legendenjäger-Clan der Cemitério in Brasilien zurückzuführen ist.

Eine andere Überlegung besagt, die Atmosphäre zwischen den Welten habe sich dermaßen verdichtet, dass ein Eindringen unmöglich geworden sei. Zu den hierbei angeführten Faktoren zählen die Umweltverschmutzung durch die Industrie, die Klimaerwärmung, die Strahlungszunahme durch Mobiltelefone, vulkanische Eruptionen in Island und die Freisetzung von Methangas durch, sagen wir, die »Emissionen« von Rindern.

Die durch Befragungen der schwindenden Zahl von Eindringlingen gewonnenen Zeugenaussagen ergeben, dass sich aus Gründen, welche die Legenden selbst nicht völlig verstehen, ihre Fähigkeit, die Wand zwischen den Welten einzureißen, in den letzten Jahren verschlechtert hat. Es ist jedoch anzumerken, dass am Wahrheitsgehalt solcher Enthüllungen gewisse Zweifel bestehen, da diese in den Mitschriften der Befragungen immer wieder mit Gefühlsäußerungen wie »Neeeeeeein, nicht wieder das Messer!« durchsetzt sind.

18 ACHTZEHNTES KAPITEL

Finn erwachte und schaute blinzelnd ins Sonnenlicht, das ihm durch einen Spalt im Vorhang direkt in die Augen schien. Tief im Innern des Hauses hörte er wieder Bohrgeräusche. SKRIIIIDONG! Pause. Dann wieder SKRIIIIDONG! Dann Stille.

Nachdem er in ein Paar übergroße Bärentatzen-Hausschuhe geschlüpft war, schlurfte er nach unten, wo er seiner Mutter begegnete, die auf dem Weg zum Samstagsdienst in der Zahnklinik war.

»Guten Morgen, Mam«, sagte er und unterdrückte ein Gähnen.

»Ich wünschte, es wäre einer, Finn«, sagte sie. »Ich bin hundemüde. Der Krach, den dein Vater veranstaltet, hat mich in aller Frühe geweckt. Zum Glück darf ich den ganzen Vormittag über Leuten in ihre fauligen Zahnhöhlen schauen. Genau das Richtige, um mich aufzuheitern.«

Sie nahm ihre Schlüssel und ging.
Einen Augenblick später klingelte es an der Haustür. »Na, was hast du vergessen, Mam?«, fragte Finn, als er die Tür öffnete.
»Schöne Hausschuhe«, sagte Emmie. »Hast du den Bären selbst erlegt?«
Finn versuchte, sich hinter der Haustür zu verstecken, während Emmie frierend auf der Stelle hüpfte, weil es draußen ziemlich kalt war. Schließlich sah sie ihn eindringlich an und fragte: »Willst du mich nicht reinlassen?«
Er ließ sie herein. Dann schoss er nach oben, um sich richtig anzuziehen. Als er seine Zimmertür wieder öffnete, stand Emmie direkt davor.
»Wie sieht eigentlich dein Zimmer aus, Finn?«, fragte sie und marschierte geradewegs an ihm vorbei, um sich selbst ein Bild zu machen. »Wow, und ich dachte, *mein* Zimmer wäre unordentlich.«
Sie entdeckte den Goldfisch und klopfte mit dem Finger gegen das Glas. »Wie heißt er?«
»Bubbles«, antwortete Finn. »Ich habe ihn gekriegt, als ich noch klein war«, erklärte er schnell, als Emmie kicherte.
»Was liest du da? Sind das die *Berühmtesten Lebensgeschichten*?«
Sie brauchte beide Hände, um den dicken Wälzer hochzuheben, dabei rutschte ein anderes, kleineres Buch heraus, das zwischen den Seiten gesteckt hatte. Ehe Finn es aufheben konnte, hatte Emmie es sich bereits geschnappt.
»Tierarzt werden leicht gemacht«, las sie. »Willst du Tierarzt werden?«

»Nein. Ja. Vielleicht.«

»Sollst du Tiere nicht, na ja, eher *umbringen*, als ihnen Verbände anzulegen?« Sie gab ihm das Buch zurück. »Viele Stethoskope habe ich auf den Porträts unten jedenfalls nicht gesehen«, meinte sie, während sie geräuschvoll in den Sachen auf seiner Fensterbank herumkramte.

»Vielleicht werde ich nicht so wie all die anderen an der Wand«, sagte Finn.

»Wirklich? Ich dachte, du hättest keine Wahl. Du weißt schon, als einziger Sohn des einzigen Legendenjägers und so weiter.«

»Ja, schon, vielleicht liegt es daran, dass –« Finn suchte nach Worten, um zu erklären, was er meinte. Er hatte noch nie darüber geredet.

»Ja?«, ermunterte ihn Emmie.

»Manchmal fühlt es sich an, als könnte ich vielleicht eine andere Art Legendenjäger sein. Ich lerne so viel über diese unglaublichen Kreaturen, aber alles, was ich tun soll, ist, sie zu bekämpfen, sobald ich eine sehe. Es könnte doch einen anderen Weg geben, mit ihnen umzugehen. Bei dem ich sie nicht verletzen muss. So, wie meine Mam es mit Menschen macht. Sie hilft ihnen und ihren Zähnen, meine ich. Es wäre im Grunde das Gleiche, nur mit anderen Tieren.«

»Ein Legendenjäger. *Und* ein Tierarzt«, sagte Emmie. »Was hält denn dein Dad davon? Nach dem, was du erzählt hast, kann ich mir nicht vorstellen, dass er sich darüber freut.«

Finns Schweigen genügte ihr als Antwort.

»Tut mir leid«, sagte sie und wechselte das Thema, indem sie das achtbeinige Stofftier von der Fensterbank nahm. »Der sieht ziemlich gefährlich aus. Die kleinen Fangzähne sind süß.«

Finn brauchte dringend etwas, um irgendwie seinen Stolz zu retten, also platzte er einfach damit heraus. »Ich habe etwas viel Besseres als das.« Er zog die Schublade auf, wobei er seine Unterhosen so gut es ging verdeckte, wickelte den Kristall aus und hielt ihn ihr hin. Das Licht der tief stehenden Morgensonne wurde in unterschiedlichste Richtungen von ihm reflektiert. Emmies Augen funkelten vor Begeisterung.

»Darf ich ihn anfassen?«

Finn gab ihn ihr, und sie drehte ihn hin und her, fuhr mit dem Finger über die Kanten und spürte seine überraschende Leichtigkeit.

»Er stammt von einer Legende«, erzählte ihr Finn. »Du hältst etwas aus einer anderen Welt in deinen Händen.« Emmie stockte ein klein wenig der Atem bei diesen Worten, und ihre Anerkennung gab Finn neues Selbstvertrauen.

»Wie ist er hierhergekommen?«

»Er hat in der Nase eines Minotaurus gesteckt.«

»Bäh. Ekelhaft!«, rief Emmie und ließ den Kristall aufs Bett fallen.

Irgendwo im Haus hörte Finn schwere Schritte. Er schnappte sich den Kristall und warf ihn wieder in die Schublade.

»Coole Unterhosen«, bemerkte Emmie.

Und schon war Finns Moment des Triumphs dahin.

»Komm mit«, sagte er und drängte sie hinaus. »Ich muss was essen. Ich bin gerade erst aufgestanden.«

Als sie nach unten kamen, bewegten sich gerade sämtliche Paneele an der schmalen Tür zum Langen Korridor, und sie sprang mit einem Klacken auf. Dahinter stand Finns Vater, der etwas im Arm hielt, das wie ein halber Staubsauger aussah, die freigelegten Drähte baumelten ihm um die Hüfte.

»Hallo«, sagte er überrascht, als er Emmie sah, und blieb im Türrahmen stehen.

»Dad, das ist Emmie, eine neue, äh, Freundin aus der Schule.«

»Deine Freundin?«

»Nein«, sagte Finn wie aus der Pistole geschossen. »*Eine* Freundin.«

»Mach dir nichts daraus«, sagte sein Vater. »Er ist morgens immer schlecht drauf. Schön, dich kennenzulernen, Emmie.«

»Hallo, Mr …« Sie schien zu überlegen, wie sie ihn anreden sollte. »Mr der Große« war wahrscheinlich nicht richtig. Schließlich entschied sie sich für: »Hallo, Vater von Finn.«

»Hugo ist cool«, sagte dieser.

Cool?, dachte Finn.

»Und? Was habt ihr Kids heute Morgen so vor?«, erkundigte sich sein Vater.

Kids? Finn hätte nichts dagegen gehabt, wenn ihn die komplette Welt an diesem Morgen in Ruhe gelassen hätte. Aber es hätte ihm in diesem Moment schon gereicht, wenn sein Vater sich in Luft auflösen würde.

»Komm, Emmie, wir gehen«, sagte er und wollte in Richtung Küche verschwinden, in der vergeblichen Hoffnung, so einem weiteren Gespräch mit seinem Vater zu entkommen.

»Was hat deine Familie denn nach Darkmouth verschlagen, Emmie?«, fragte sein Vater, während er den Griff um das maschinenartige Teil korrigierte und es nun wie ein Baby im Arm hielt.
»Arbeit. Die Arbeit meines Vaters. Es gibt nur ihn und mich.«
»Und was macht er?«
»Er ist Berater. Irgendwas Technisches«, sagte sie und zog sich mit einer Hand den Pony ins Gesicht. »Ich kenne mich da nicht richtig aus.«
»Was Technisches? Meinst du Computer?«, fragte Finns Vater.
»Telefonleitungen, glaube ich.«
Finns Vater nickte. »Hört sich interessant an. Hat Finn dir erzählt, was wir machen?«
Halt sofort den Mund, auf der Stelle!, schrie es in Finn.
»Ich beschäftige mich sozusagen mit Schädlingsbekämpfung.«
Das reicht, Dad!
»Ja«, sagte Emmie, plötzlich wieder voll bei der Sache. »Ich weiß Bescheid.«
»Wirklich?«, sagte Finns Vater.
»Oh ja, aus Büchern und so«, sagte Emmie.
»Aus Büchern?«, wiederholte Finns Vater interessiert.
»Na ja, aus Finns Buch. Oben. Und auch von Finn. Er hat mir so viel erzählt.«
Finn fragte sich, ob er ebenso verlegen aussah, wie er sich fühlte.
»Alles klar, na dann: Willkommen in Darkmouth, Emmie«, sagte Finns Vater. »Und lass dir von Finn keinen Floh ins Ohr setzen.«

Floh ins Ohr setzen? Oh Gott!

»Finn, ich muss los und etwas überprüfen lassen. Kommst du allein klar?«, fragte sein Vater.

Zur Demonstration, wie qualvoll diese Szene für alle Beteiligten war, verdrehte Finn die Augen so stark, dass er fast in seinen eigenen Schädel schauen konnte.

Als sein Vater endlich das Haus verließ, stieß Finn einen extralauten Seufzer der Erleichterung aus. Doch gerade als er dachte, dass er die peinlichen Gespräche nun endlich überstanden hatte, steckte sein Vater den Kopf noch einmal zur Tür herein. »Finn, putz bei Gelegenheit deinen Kampfanzug, ja? Er stinkt allmählich, als würde eine Ladung Katzen darin hausen.«

Emmie lachte.

Finn öffnete in stummer Frustration den Mund. Er musste etwas finden, um die Situation zu retten. Und zwar schnell.

Und ganz plötzlich wusste er, was es war.

»Soll ich dir noch etwas zeigen?«, fragte er. »Etwas wirklich Tolles?«

Emmie blieb keine Zeit, zu antworten, ehe Finn auch schon die Tür zum Langen Korridor öffnete. Sie folgte ihm, als er, ohne auf die lange Reihe der Porträts zu achten, durch den Korridor sauste.

Er hielt geradewegs auf die Tür am anderen Ende zu und blieb erst stehen, als er sein Ziel erreicht hatte.

»Eigentlich darf ich da nicht rein«, sagte er und wies auf die Tür, die mit »Bibliothek« gekennzeichnet war.

»Oh, na dann«, sagte Emmie und scharrte mit dem Fuß ein wenig über den Boden. »Ich meine, ich verstehe, wenn du Angst vor deinem Dad hast …«

Mehr war nicht nötig, um Finn endgültig zu überzeugen. Er öffnete die Tür. Der Raum dahinter war anders als alles, was man sich unter einer Bibliothek hätte vorstellen können. Der runde Raum war riesig und reichte bis unter das Dach. Vollgestopfte Regale bedeckten fast jeden Zentimeter Wand.

Hier und da standen Rüstungen in strammer Haltung an den Rändern, ausgestattet mit Schwertern, Schilden und Lanzen.

In der Mitte befanden sich ein paar große, beladene Tische, und in ihrer Nähe standen zwei kuppelförmige Käfige, von denen einer etwa Emmies Größe hatte, während der andere groß genug war, um mehrere Erwachsene aufzunehmen, selbst wenn einige davon auf den Schultern der anderen säßen. Beide wurden von einem breiten Gegenstand überragt, der mit Tüchern zugedeckt war.

Finn hielt sich im Hintergrund und ließ Emmie alles in sich aufnehmen. Sie ging zu den großen Tischen. Auf einem davon stand ein Computer, dessen Bildschirmschoner verschiedene Abbildungen zeigte:

Einen gehörnten Schädel.

Die Zeichnung einer alten Frau mit ledernen Flügeln.

Ein Foto von Finn als Kleinkind, der grinsend ein übergroßes Schwert hielt, während sein lachender Vater ein grimmiges kleines Wesen vor der Nase seines Sohnes schwenkte.

Emmie ging zu dem zugedeckten Gegenstand hinüber. Er

war etwa so hoch wie ein ausgewachsener Mann und doppelt so breit. Rundherum waren verschiedene Werkzeuge auf dem Boden verstreut, ein elektrischer Ventilator, die Trommel einer Waschmaschine, ein Wasserkessel, etwas, das aussah wie die Klinge eines Küchenmixers, und anderer Krimskrams. Als sie näher kamen, spürte Finn ein leises elektrisches Summen im Boden, das an seinen Zehen kribbelte.

»Was ist das?«, fragte Emmie.

Das musste das Ding sein, an dem Finns Vater nächtelang gearbeitet hatte. Finn hatte keine Ahnung, was es war, doch das wollte er nicht zugeben. Daher suchte er krampfhaft nach einer Formulierung, die sich anhörte, als wisse er, wovon er rede. Was herauskam, klang eher wie ein Gurgeln.

Finn war sich nicht sicher, ob Emmie vielleicht einfach nur höflich war, denn sie ignorierte seine klägliche Antwort und hob stattdessen das Tuch ein wenig an, um nachzuschauen. Doch bevor sie allzu weit kam, stach ihr auf den Regalen etwas anderes ins Auge: eine Sammlung von Gläsern in sämtlichen Größen und Formen.

Sie streckte die Hand aus und nahm ein Glas, in dem ein harter Ball herumrasselte. Dann las sie laut vor, was auf dem handbeschrifteten Etikett stand:

»Erw. Gargoyle, ca. 1,50 m, Darkmouth, 13/02/1963«

Sie nahm ein anderes Glas. Es enthielt ebenfalls einen harten Ball, und auf dem Etikett stand:

»Greif, Höhe 1,20 m, Spannw. 1,80 m, Darkmouth, 01/05/1946«

Sie überprüfte ein weiteres. Ein »Grendel«. Dann noch eines. Ein »Gogmagog«. Sie hob den Kopf und sah sich um. Deckenhohe Regale umgaben die Hälfte des Raums, in ihnen reihte sich Glas an Glas. Jedes von ihnen enthielt einen harten Ball, manche davon lederartig, manche pelzig, flaumig oder haarig, aber fast alle waren kugelrund.

»Das sind Legenden«, sagte Finn. Er war froh, sich endlich mal mit etwas auszukennen. »Legenden aus Jahrzehnten, vielleicht sogar Jahrhunderten. Sie werden hier gefangen gehalten, gesammelt und aufbewahrt.«

Emmie nahm ein Glas von einem kleinen Tisch neben den Regalen, das noch nicht einsortiert worden war. Finn konnte nur ein Wort darauf erkennen: *Hogboon.*

»Sind sie am Leben?«

»Ja, gewissermaßen. Im Schlafzustand, genau genommen.«

»Das müssen Hunderte sein«, stellte Emmie fest.

»Dreitausendneunundzwanzig, um genau zu sein«, sagte Finns Vater, der direkt hinter ihr stand. »Und wir wollen doch nicht, dass du Nummer dreitausenddreißig wirst, oder?«

19 NEUNZEHNTES KAPITEL

Emmie war so erschrocken über das plötzliche Auftauchen von Finns Vater, dass ihr das Glas aus der Hand fiel. Es rollte unversehrt vor seine Füße, und er hob es auf. »Du solltest nicht hier sein.«

Panisch suchte Finn nach einer Ausrede: »Ich hab's dir doch gesagt, *Emmie*, die Toilette ist nicht hier unten.«

Hugo und Emmie bedachten ihn mit einem Blick, der ihn zusammenschrumpfen ließ.

Finn hatte seinen Vater schon lange nicht mehr so wütend gesehen. Zumindest nicht wütend auf jemand anderen als auf ihn selbst. »In diesem Raum gibt es Dinge, die dich töten können«, sagte sein Vater aufgebracht. »Dinge, die uns alle töten können. Das hier ist *kein* Spielplatz.«

»Dad ...«, sagte Finn.

»Es wird Zeit, dass deine Freundin nach Hause geht, Finn.«

Seufzend gab Finn Emmie ein Zeichen, ihm zu folgen. Sie waren bereits auf dem Weg zum Ausgang, als Emmie stehen blieb und sich zu Finns Vater umwandte. »Sie wurden exsikkiert, nicht wahr?«
»Was?«, fragte Finns Vater.
»Die Exsikkatoren. Ich habe von ihnen gehört.«
»Von ihnen gehört?«
»Ja, Finn hat mir davon erzählt.«
»Ach, hat er das?«
Hab ich das?, überlegte Finn.
»Er hat gesagt, das Exsikkatornetz wäre für die meisten Legendenjäger schon vor Jahrhunderten zur bevorzugten Waffe geworden«, fuhr Emmie unbeirrt fort, »weil es sie einsperrt, aber nicht tötet. Stimmt das?«
»Ja«, sagte Finns Vater, der sich ein wenig beruhigt hatte und sie nun musterte. »Wir haben die Legenden mit einem Exsikkator gefangen.«
»Alle?«, fragte Emmie, die neuen Mut schöpfte und einen Schritt zurück in die Bibliothek machte.
»Was, hast du gesagt, arbeitet dein Vater noch mal?«
»Er ist Technischer Berater«, antwortete sie und klang wieder ein wenig schüchterner.
»Technischer Berater.« Je wissbegieriger Finns Vater wurde, desto mehr schien sein Zorn abzuflauen. »Und für wie lange seid ihr hier?«
»Nur für kurze Zeit. Dad macht irgendwas an den Telefonleitungen oder so. Ich habe davon keine Ahnung.«

»Nein, warum solltest du auch? Und das über die Legendenjäger hast du alles von Finn erfahren?«
»Oh ja. Ich bin total fasziniert von ihnen. Ihrem Leben. Ihren Kämpfen. Wie es wohl ist, einer Legende Auge in Auge gegenüberzustehen? Ich wäre total gerne selber eine. Eine Legendenjägerin.«
»Wirklich?«
»Ja, wirklich.«
»Aber das geht nicht«, sagte Finns Dad.
»Es geht nicht?«, fragte Emmie.
»Hat Finn dir das nicht erklärt? Keine Zivilisten.«
»Ach ja, natürlich. Aber ich denke trotzdem manchmal darüber nach.«
Finns Vater hielt das Glas mit dem Hogboon in der Hand und rollte es zwischen den Handflächen bedächtig hin und her. »Geht jetzt«, sagte er dann, scheuchte sie hinaus und schloss die Tür hinter ihnen.
Finn und Emmie liefen wortlos durch den Langen Korridor, zurück ins Haus und gingen geradewegs zur Haustür. Finn öffnete sie und wartete darauf, dass Emmie ging.
»Es tut mir leid, Finn«, sagte sie. »Ich hoffe, ich habe dich nicht in Schwierigkeiten gebracht.«
Finn war verwirrt, doch er wusste nicht genau, was ihn verwirrte. »Hast du das ernst gemeint? Dass du gerne eine Legendenjägerin wärst?«
»Auf jeden Fall«, erwiderte Emmie mit leichtem Bedauern in der Stimme. »Was ihr tut, ist unglaublich. Diese ganze Action

und all die Exsikkatoren, die anderen Welten und dann dieser riesige Korridor mit dem riesigen Raum am Ende. Im Ernst, wer hätte das nicht gern?«

Finns Gesicht verbarg die Gefühle in seinem Innern. Schließlich sagte er: »Hab ich dir wirklich vom Exsikkator erzählt? Daran kann ich mich gar nicht erinnern.«

»Ja klar, das musst du. Schon ganz oft, da bin ich mir sicher. Aber jetzt muss ich los.«

Emmie zog sich die Haare ins Gesicht und wandte sich zum Gehen.

Finn schloss die Tür und bemerkte nicht einmal, dass der leuchtend helle Tag ganz unauffällig in ein feuchtes Grau übergegangen und Emmie bereits im dichter werdenden Nebel verschwunden war.

20 ZWANZIGSTES KAPITEL

»Da ist was auf dem Scanner.« Finns Vater deutete auf den Computerbildschirm.

PING.

»Und da, noch was.«

PING.

Finn stand neben ihm und wusste nicht genau, worauf sie beide warteten.

PING.

PING.

Auf dem Bildschirm war der Stadtplan von Darkmouth zu sehen. Zwei kleine, grüne Lichtpunkte leuchteten im Sekundentakt abwechselnd an zwei verschiedenen Stellen auf.

PING. Ein Punkt war unten am Hafen.

PING. Der andere zwei Meilen entfernt, bei dem kleinen Tunnel am Ortseingang von Darkmouth.

Finn wusste, was der Scanner ihnen anzeigte: Zwei Tore hatten sich gerade geöffnet. Der Alarm war losgegangen, als Finn auf dem Weg zurück zur Bibliothek gewesen war, war aber schnell wieder abgeschaltet worden. Er hatte erwartet, dass sein Vater sofort in die andere Richtung losstürzen würde, doch stattdessen stand dieser über den Bildschirm gebeugt und rief Finn zu sich.

»Dad, ich wusste nicht ...«, begann er.

»Später«, lautete die barsche Antwort.

PING.

PING.

»Was siehst du da, Finn?« Sein Vater wartete die Antwort gar nicht ab. »Es sind zwei Tore, aber sie sind beide klein. Und nur eines davon könnte eine Legende von nennenswerter Größe durchlassen. Wirklich seltsam. Ich möchte, dass du dir das kleinere Tor ansiehst, während ich mir das größere vornehme. Du kannst dich im Wagen umziehen, bevor ich dich absetze.«

»Warte, du willst mich irgendwo allein absetzen?«, fragte Finn, dem nicht gefiel, was er da hörte.

Doch sein Vater lief bereits zu einigen Regalen ganz hinten im Raum und zog den Pfropfen aus einem großen, dreieckigen Glas ohne Inhalt.

Zu Finns Überraschung schwang daraufhin ein ganzer Teil der Wand zur Seite, und sein Vater eilte durch die Öffnung. Irritiert starrte Finn ihm einen Moment lang nach.

»Eine Geheimtür? Wann wolltest du mir die zeigen?«

»Das habe ich gerade«, sagte sein Vater. Er steckte den Kopf wieder in die Bibliothek. »Ich wollte nicht, dass du irgendetwas damit anstellst. Und jetzt beeil dich.«

Als Finn ihm seufzend folgte, fand er sich in einem Teil des Gebäudes wieder, von dessen Existenz er bisher nicht die geringste Ahnung gehabt hatte. Er war dunkel und offensichtlich ungenutzt – ein Überbleibsel dessen, wofür dieser Abschnitt der Bibliothek gewesen war, bevor sie von Legendenjägern bezogen wurde. Lange verborgen hinter der runden Wand, war er offensichtlich unverändert geblieben, seit Finns Vorfahren den Rest der Straße übernommen hatten.

Vor ihm öffnete sein Vater eine große Tür, die widerstrebend aufging, bis das matte Morgenlicht hereinfiel und sie auf die Straße traten.

»Wirklich seltsam«, wiederholte sein Vater, als sie unterwegs waren. Finn saß auf dem Rücksitz und kämpfte mit seinem Kampfanzug, während er gleichzeitig versuchte, nicht gegen eine Reihe Messer zu fallen, die im Wagen deponiert war. »Zwei Tore haben sich gleichzeitig geöffnet, aber selbst das größere ist so klein, dass wir uns keine ernsthaften Sorgen machen müssen. Wahrscheinlich ist das der Grund, warum es neblig geworden ist, statt zu regnen.«

Finn stellte währenddessen fest, dass er seinen Anzug verkehrt herum anzogen hatte. Das Metall drückte ihm am Hals die Luft ab. Also versuchte er es noch einmal.

Sein Vater sah immer wieder auf den Scanner am Armaturenbrett, auf dem die gleiche Karte zu sehen war und alle zwei Sekunden grüne Punkte von unregelmäßiger Größe aufleuchteten.

»Es sieht folgendermaßen aus, Finn«, sagte er dann. »Weißt du noch, als neulich das zweite Tor aufgegangen und sofort wieder verschwunden ist? Ich habe mir die Scanner-Aufzeichnungen der letzten Jagden angesehen. Und was glaubst du, was ich festgestellt habe?«

Das wollte Finn um jeden Preis richtig beantworten. »Weitere Tore?«, vermutete er und verlor schon wieder das Gleichgewicht.

»Sehr gut. Es ist schon vier Mal vorgekommen, dass sich in Darkmouth andere, winzige Tore geöffnet haben, während wir unterwegs waren, um eine Legende zu jagen. Bei den anderen war es so kurz, dass sie kaum registriert wurden.« Der Scanner machte PING. »Daher ist das hier ziemlich merkwürdig. Das kleinere könnte der fehlgeschlagene Versuch einer Legende sein, ein großes Tor zu öffnen. Wir müssen auf jeden Fall nachsehen.«

»Muss ich das wirklich allein tun?«, fragte Finn.

»Irgendwann muss es sein«, erwiderte sein Vater. »Also besser dann, wenn ziemlich wahrscheinlich keine große Gefahr besteht.«

»Ziemlich wahrscheinlich?«

Die Scheinwerfer frästen einen Bogen in den Nebel, als sein Vater scharf abbog und Finn quer über die Rückbank in ein Netz mit Behältern flog.

»Falls das Tor noch da ist, wenn wir ankommen, Finn, musst du nichts weiter tun, als es zu bewachen, bis es verschwindet oder ich zurückkomme. Was auch immer zuerst passiert. Es ist zu klein, als dass eine Legende hindurchkommen könnte, also gibt es nichts zu befürchten. Wenn es nötig ist, kannst du mich über Funk erreichen.«

Finn kämpfte immer noch mit seinem Kampfanzug.

»Jetzt komm, Finn. Beeil dich mal.«

Sie kamen in die Nähe des Piers, die dicken Reifen rollten knirschend auf den Bordstein, als der Wagen anhielt. Die Seitentüren glitten automatisch auf, und Finn, der seinen Helm festhielt, damit er ihm nicht vom Kopf fiel, kippte praktisch aus dem Auto. Im Nebel nahm er das sanfte Pulsieren eines goldenen Lichtflecks wahr, der mehr oder weniger in der Luft hing. Es sah fast aus wie eine Straßenlaterne, nur dass sich das Licht zu weit unten befand, etwa auf Finns Augenhöhe. Für einen kurzen Moment war er wie hypnotisiert von der Tatsache, dass da einfach ein Loch in der Luft klaffte. Ein Tor zwischen dieser Welt und der anderen.

Trotz seiner letzten Jagden kannte Finn Tore bislang nur von den wenigen verschwommenen Videos und Fotos, die in der Zeit entstanden waren, bevor sie sich überall, außer in Darkmouth natürlich, geschlossen hatten. Obwohl er von klein auf mit dem Wissen um diese Tore aufgewachsen war, spielten seine Gedanken beim Anblick dieses echten Portals in die Welt der Legenden verrückt. Er hatte großen Respekt davor. Und es jagte ihm gewaltig Angst ein.

»Finn?«, rief sein Vater und riss ihn aus seinen Gedanken. »Hast du nicht was vergessen?«

Er ließ Finns Exsikkator aus dem Wagenfenster baumeln. »Komm schon, Finn. Ich weiß, dass du das hier schaffst, aber du musst hin und wieder deinen Kopf einschalten.«

Finn versuchte, irgendwas Cleveres zu sagen, doch sein Mund war wie ausgetrocknet vor Angst, und er brachte nichts Brauchbares zustande. Also nahm er einfach die Waffe, legte sich die Schlinge ums Handgelenk und sah seinem davonfahrenden Vater nach, bis das Fahrzeug vom Nebel verschluckt wurde.

Dann widmete er sich wieder dem Tor. Er betrachtete es mit gebührendem Abstand, denn er hatte viele Geschichten gehört über Zivilisten und Legendenjäger, die diesen Portalen zu nahe gekommen waren und keine Chance mehr gehabt hatten, ihren Fehler zu bereuen. Er kannte Erzählungen über unerfahrene Jäger, die sich gegenseitig angestachelt hatten, einen kurzen Blick durch das Tor zu werfen – das sich genau in diesem Augenblick wieder schloss, sodass sie sich, wenn auch nur kurz, vor Schmerzen wanden, bis ihre Körper in zwei Hälften zerteilt wurden und ihre Beine noch auf der einen Seite zuckten, während ihr oberes Ende schon lange auf der Verseuchten Seite verschwunden war.

Wenn sie Glück hatten.

Es gab nämlich auch die beliebte Theorie, dass, wenn ein Mensch in ein solches Tor eingeklemmt wird, die Energie des Tors in den Körper des Eingeklemmten eindringt und sich mit ihm vereint. Dies, so war der Gedanke, führe dazu, dass die unglückliche Person für alle Ewigkeit eine körperlose Existenz führen müsse. Und das eintönige Martyrium würde nur durch die besondere Qual unterbrochen werden, immer dann auseinandergerissen zu werden, wenn eine große Legende durch das Tor kriechen wollte.

Das war natürlich nur eine Theorie. Denn unter diesen Umständen wäre es wohl nicht ganz einfach, nach Hause zu schreiben und von dem Erlebten zu berichten.

Finn boten sich im Augenblick also genau genommen verschiedene Möglichkeiten, eines schrecklichen Todes zu sterben. Doch er bemühte sich, diese Gedanken beiseitezuschieben. Sein Vater glaubte, dass keine Gefahr bestand – *ziemlich wahrscheinlich* zumindest. Sonst hätte er Finn diese Aufgabe nicht überlassen. Und er erwartete, dass Finn die Sache erledigte. Er musste seinem Vater vertrauen. Der wusste schließlich, wovon er redete.

Finn hoffte wirklich, dass sein Vater wusste, wovon er redete.

Also begann er vorsichtig, mit leise schepperndem Anzug, hoch erhobener Waffe und noch höherem Pulsschlag, auf das Tor zuzuschleichen.

Zu seiner Linken hörte er das Meer, das unter dem Pier an den steinigen Strand schwappte. Von irgendwo oben aus dem Nebel drang das Geschrei der Möwen. Vorsichtig stieg er über Fischertaue, ungenutzte Hummerkörbe und verstreut herumliegende Plastikstücke.

Als er näher kam, nahm das Tor schärfere Konturen an und gab ein Geräusch wie von fließendem Wasser von sich. Sein Glanz war fast einladend. Die Ränder bestanden aus einem blendenden, weiß schimmernden Licht, das Finn bekannt vorkam. Er begriff schnell, dass es das gleiche Muster aufwies wie jenes, das er in dem Kristall unter dem Mikroskop in Mr Glads Laden gesehen hatte.

Doch ehe er über diesen merkwürdigen Zufall nachdenken konnte, ließ ihn eine dunkle Silhouette am Tor zusammenzucken. Ein Ding. Ein *Etwas*. Ein riesiges Wesen mit breitem Rumpf und einem schrecklich missgebildeten Kopf.

Finns Anzug quietschte. Er blieb wie angewurzelt stehen. Das Wesen unterbrach, was immer es am Tor gerade tat, drehte sich um und sah in seine Richtung.

Finn wagte kaum zu atmen, während er regungslos dastand, den Fuß immer noch halb in der Luft.

Als es nichts entdeckte, nahm das Wesen seine Beschäftigung wieder auf und bückte sich dazu.

Finn vollendete seinen Schritt. Jedes noch so kleine Geräusch seines Anzugs kam ihm vor wie ein Mini-Erdbeben in einer Dosenfabrik. Er ging in die Hocke, griff vorsichtig nach dem Knopf an seinem Kragen, der den Funk aktivierte, und flüsterte: »Dad? Bitte kommen.«

Nichts.

Ein bisschen lauter. »Dad. Hier ist Finn.«

Immer noch nichts.

Er drückte einmal. Zweimal. Absolute Stille. Kein Rauschen, kein Piepton beim Versuch, das Gerät zu aktivieren, nur das

Klopfen seines Herzens, das ihm mit Panikfrequenz bis zum Hals schlug. Er musste beim Kampf mit seinem Anzug im Wagen einen Draht abgerissen haben. Und nun fühlte er sich vollkommen ausgeliefert, obwohl der Nebel so dick war, dass er die Hand hätte ausstrecken und das Wort »Hilfe« hineinschreiben können.

Die Gestalt, die selbst wenige Meter entfernt nicht mehr als eine verschwommene Silhouette war, blieb bei dem Tor. Finn spähte angestrengt hinüber. Es kam ihm vor, als würde sie aus dem Tor etwas *entgegennehmen*, einen kleinen Gegenstand. Aber was? Wieder machte er zwei Schritte auf das Tor zu, um besser sehen zu können. Mit gezückter Waffe, den zitternden Finger am Abzug, verzog er beim kleinsten Quietschen seines Anzugs das Gesicht.

Offensichtlich zufrieden, seine Aufgabe erledigt zu haben, trat das Wesen ein wenig zurück, wobei ein überraschendes Zittern durch seinen Rumpf ging. Finn wusste, dass er jetzt schießen musste, wenn er eine Chance haben wollte. Er atmete tief durch, um das Adrenalin, das durch seine Adern strömte, zu senken. Er spürte den Abzug des Exsikkators unter seinem gekrümmten Finger und zielte. Dann zählte er bis drei. *Eins. Zwei. Drei.*

Das Wesen wandte den Kopf. Finn starrte durch den Nebel und begriff, dass er etwas wesentlich Seltsameres vor sich hatte als eine Legende.

Es war ein *Mensch*. Ein Mann, wie es aussah, mit einem langen Mantel, der ihm bis zu den Knien herabhing. Das Gesicht konnte Finn nicht erkennen, es schien fast völlig von einem Schal verdeckt zu werden, der bis über die Nase gezogen war. Und das, was Finn für einen missgebildeten Kopf gehalten hatte, war in Wirklichkeit eine Hutkrempe, die tief ins Gesicht gezogen war.

Finn atmete aus und ließ den Abzug los.

Für einen kurzen Moment spiegelte sich das goldene Licht des Tores in einem Augenpaar wider. Dann implodierte es mit einem letzten Aufleuchten und einem dumpfen Laut, stürzte in sich zusammen und ließ nur ein schwaches, gelbes Nachglühen zurück.

Die Gestalt sah sich ein letztes Mal um. Finn trat einen halben Schritt vor, um besser sehen zu können.

Was sich als ganz, ganz dumme Idee herausstellte.

21 EINUNDZWANZIGSTES KAPITEL

Finns jahrelange Ausbildung zum Legendenjäger basierte auf der nicht ganz unbegründeten Annahme, dass er in seinem Beruf einmal Legenden jagen würde. Er mochte weder besonders flink oder talentiert noch geschickt oder auf irgendeine andere Weise »zu gebrauchen« sein für die verschiedenen Arten, mit denen diese Geschöpfe bekämpft wurden. Aber die *Theorie* kannte er in- und auswendig.

Theoretisch konnte er einen Drachen erlegen oder einen zischenden Ophiotaurus enthaupten. Und *theoretisch* konnte er auch den feurigen Atem einer Schimäre löschen.

Er hatte hart gearbeitet, um alles zu lernen, was er als *Legenden*jäger wissen musste. Doch kein einziges Mal hatte man ihn gewarnt, dass er möglicherweise nicht nur Legenden, sondern auch Menschen würde jagen müssen. Hätte er das gewusst, wäre in diesem Augenblick womöglich einiges besser gelaufen.

Bei seinem halben Schritt vorwärts verfing sich Finn mit der Zehe in einem dicken, weggeworfenen Tau, das quer über dem Pier lag. Er geriet ins Stolpern, umklammerte unwillkürlich den Exsikkator und feuerte einen Schuss in die trübe Dunkelheit ab.

In seinem sprühenden, blauen Licht entfaltete sich ein Netz, das die Hutkrempe des Mannes streifte und dann weiterflog. Ein gewaltiges, zerstörerisches Knirschen drang durch den grauen Nebelvorhang und hallte durch den Hafen. Überrascht drehte sich der Mann um und ging auf Finn los. Dieser versuchte, sich schnell genug aufzurichten, um noch einmal zu zielen, doch der Mann war im Nu bei ihm und hob ihn hoch, sodass er mit den Füßen hilflos in der Luft strampelte.

Finn wehrte sich und schaffte es, wieder auf den Boden zu gelangen, wo er den Mann von sich stieß. Seine Waffe hing ihm auf dem Rücken. Finn kratzte, schlug und trat aus nächster Nähe zu; er verlor das Gleichgewicht, als sie beide zu Boden stürzten, wo sich ihm sein Exsikkator in die Seite bohrte. Er versuchte, an ihn heranzukommen, bekam ihn aber nicht zu fassen.

Doch dann fand er neben sich ein sternförmiges Metallstück, ein Bleigewicht zum Angeln. Finn griff danach und schlug es dem Mann mit aller Kraft in den Nacken, sodass dieser gequält aufstöhnte. Mit einem wütenden Knurren wurde Finn von seinem Angreifer abermals in die Höhe gehoben und zum Rand der Kaimauer getragen.

Finn spürte, wie der Mann losließ. Und dann nur noch, dass er fiel. Rasend schnell. In die Tiefe.

Er schlug hart auf die Wasseroberfläche auf.
Das kalte Wasser drang sofort in seinen Anzug, und die schützende Hülle wurde nun zu einem Feind, der ihn in die Tiefe zog. Finn kämpfte sich zurück an die Oberfläche. Kälte und Panik raubten ihm den Atem und laugten ihn aus. Wieder sank er hinab. Das Wasser drang in seinen Helm, die stinkende Salz- und Ölbrühe des Hafens schwappte in seinen Mund.
Erneut kam er nach oben und riss das Visier auf, um hustend um Hilfe zu rufen. Er schrie und strampelte mit den Beinen, damit er nicht unterging, legte den Kopf in den Nacken, um Mund und Nase über Wasser zu halten.
Wieder ging er unter.
Sein Kampfgeist erlosch. Erschöpfung machte sich breit. Das Gewicht seines Anzugs zog ihn hinab. Er versuchte es erneut, katapultierte sich hinauf, doch sein Mund kam nur für einen kurzen Moment in den lang ersehnten Genuss der Luft, bevor er wieder hinabsank. Seine Augen waren weit aufgerissen, und doch konnte er im trüben Wasser nichts erkennen. Seine Lunge schrie ihm zu, aufzugeben. Es war, als würde ein Fuß auf seinem Brustkorb stehen, als schlängen sich Arme um ihn und pressten das Leben aus ihm heraus. Da waren tatsächlich Arme um ihn herum. Sie ließen los. Er spürte, wie jemand nach seinen Händen griff, dann nach seinem Kopf und seinen Schultern. Wieder wurde er von Panik und Adrenalin durchströmt. Der Angreifer war hier. Im Meer. Bereit, die Sache zu Ende zu bringen. Finn schlug um sich. Hieb mit schwachen Schlägen durchs Wasser.

Die Hände ließen nicht locker, sie glitten abermals über seine Schultern, packten ihn unter den Achseln und zogen ihn hinauf. Finn hörte auf, sich zu wehren, und ließ sich an die Oberfläche ziehen, wo eine Hand sein Kinn umfasste und es über Wasser hielt. Er konnte nichts sehen, außer einer matten Sonne, die durch den schwindenden Nebel linste. Doch er schmeckte frische, klare Luft. Er sog sie in sich hinein und verschluckte sich kurz, als ihm vom Rand des Helms Wasser in den Mund lief. Finn spürte, wie er auf den steinigen Strand gezogen wurde, wo er hustend nach vorn fiel und schmutziges Salzwasser ausspuckte.

»Das wäre fast schiefgegangen«, sagte sein Retter. »Ich dachte schon, ich erwische dich nicht mehr.«

Finn hob den Kopf und sah Mr Glad neben sich sitzen, keuchend vor Anstrengung, das Wasser rann ihm aus den langen Haaren auf den ausgefransten Anzug. Er spuckte eine Ladung Salzwasser auf die Steine.

Auf der Straße hinter ihnen kam mit quietschenden Reifen ein Wagen zum Stehen. Finns Vater sprang heraus und rannte über den Strand auf sie zu, an seinem Gürtel hüpfte ein Exsikkatorbehälter auf und ab.

»Sieh mich an, Finn. Sieh mich an!«, sagte sein Vater, packte Finn am Kopf und zwang ihn, ihm in die Augen zu schauen. »Was ist passiert?«

»Beim Tor«, stotterte Finn.

»Was? Eine Legende?«

»Nein … ein Mensch. Ein Mann.«

»Was wollten sie?«
»Jetzt gib mir eine Sekunde, Dad«, sagte Finn und schüttelte seine Hand ab. Er sah Mr Glad an. »Wie sind Sie …?«
»Du glaubst wohl, ihr wärt die Einzigen, die Tore beobachten können?«, sagte dieser, fischte einen Scanner aus einer Innentasche seines Anzugs und ließ das Wasser herauslaufen. »Jedenfalls konnte ich das, bevor wir beide schwimmen gegangen sind. Noch bevor ich hier ankam, habe ich ein Geräusch gehört, als würde die Welt einstürzen. Das Tor war verschwunden.«
»Und der Mann?«, fragte Finns Vater.
»Ich habe niemanden gesehen«, erwiderte Mr Glad und stand auf. »Aber in diesem Nebel hätte jeder ohne Probleme entwischen können.«
»Bist du ganz sicher, dass du jemanden gesehen hast, Finn? Hast du versucht, ihn aufzuhalten? Hast du schießen können?«
Finn kauerte auf seinem Platz und spürte, wie das Leben allmählich in seinen Körper zurückkehrte. »Ja, ganz sicher. Aber ich hab nicht …«
»Dann ist er also entkommen?«
»Ja, er ist entkommen«, fauchte Finn. »Nachdem er mich angegriffen und ins Wasser geworfen hat. Aber ich lebe noch, danke der Nachfrage.«
»Hast du was in deinem Behälter, Hugo?«, fragte Mr Glad.
Finns Vater hob das Gefäß an seinem Gürtel an. »Ein Mantikor. Aber nur ein kleiner. Er war noch nicht weit vom Tor entfernt, als ich ihn erwischt habe. Keine große Sache. Allerdings hat er das hier mitgebracht.«

Er hielt einen Kristall in die Höhe. Er hatte die ungefähre Form einer Klaue.

Finn hustete unkontrolliert und beförderte weiteres schmutziges Salzwasser aus seiner Lunge. Sein Vater drückte ihm die Schultern, was bei ihm einer Umarmung schon ziemlich nahekam. »Es wird alles gut.«

»Da wäre ich mir nicht so sicher«, sagte Mr Glad und wies mit dem Kopf zur Hafenmauer, wo jetzt ein Fischkutter zu sehen war – oder besser, das, was von ihm übrig war. Er hatte heftige Schlagseite, und sein Bug hing als kompakter, unförmiger Klumpen aus Holz, Stahl und Tauwerk an den zerdrückten Rändern des restlichen Schiffes.

Finns Schuss hatte ein Ziel getroffen. Allerdings das falsche.

Ein Stück die Straße entlang löste sich in den letzten Nebelschwaden ein dunkler Van vom Straßenrand. Finn erkannte dasselbe Fahrzeug, das am Wochenanfang kurzzeitig an der Straße in der Nähe seines Hauses geparkt hatte.

»Dad, der Wagen –«

Doch dann wurden sie vom Heulen einer Sirene und den blinkenden Lichtern eines herannahenden Polizeiwagens abgelenkt.

»Wir sollten gehen«, schlug Finns Vater vor. Niemand widersprach.

22 Zweiundzwanzigstes Kapitel

Finn saß Mr Glad am Küchentisch gegenüber. Er hatte sich abgetrocknet und umgezogen, während Mr Glad immer noch seine nassen Sachen trug und nach stinkendem Hafenwasser roch.

Draußen vor der Tür hörte Finn gedämpfte Stimmen.

»Warst du schon oft auf der Jagd, Finn?«, fragte ihn Mr Glad.

»Ein paar Mal«, antwortete er widerstrebend. Er stand nach wie vor unter Schock von den morgendlichen Ereignissen, und seinem Mund schien es nicht anders zu gehen. Ihm fehlte einfach die Kraft, zu antworten.

Finn stand auf und blinzelte durch den Türspalt. Sein Vater und Sergeant Doyle führten an der Haustür ein hitziges Gespräch. Der Sergeant war wütend und frustriert. Er warf einen kurzen Blick auf Finn, der sich sofort wegduckte und wieder an den Tisch setzte.

»Als ich das erste Mal einen sah, war ich wie erstarrt«, erzählte ihm Mr Glad. »Es war ein großer Bursche. Ein Greif. Klauen, die Stahl durchschneiden konnten. Flügel, so breit wie die Straße. Große, tote Augen. Sprang direkt vor mir von einem Hausdach. Und ich stand einfach da. Hast du jemals einen im Scheinwerferlicht erstarrten Basilisken gesehen?«

Er wies mit dem Daumen auf sich. »Genauso muss ich ausgesehen haben. Ich hatte zwar keine Ausbildung wie du, aber ich war ein gutes Stück älter und schon das eine oder andere Mal in der Bredouille gewesen. Aber dieser Greif ließ mich einfach erstarren.«

Das Gemurmel im Flur hielt an, nur hier und da hob Sergeant Doyle die Stimme. Finn hörte ihn verärgert »dieser Junge« sagen.

Mr Glad suchte in einer Obstschüssel nach etwas, das ihm zusagte. Finn schaute ihm schweigend zu und fühlte sich krank. Seine Nase schmerzte immer noch von dem vielen Wasser, das er eingeatmet hatte. Er hatte noch immer den Geschmack von Dieselöl im Mund und spürte tief in seinem Magen das schreckliche Gefühl, versagt zu haben.

Mr Glad schälte eine Orange, grub die rissigen Fingernägel in die Schale und sah dabei aus dem Fenster. »Tief im Innern war ich immer ein Außenseiter. Hab nie dazugehört, egal wie viel Respekt ich mir auch verschaffte. An jenem Tag musste ich von zwei Legendenjägern aus verschiedenen Generationen gerettet werden. Die beiden lebten, trainierten und kämpften zusammen. Waren enger verbunden als die Schlangen auf dem Haupt

einer Gorgone. Ich stand in ihrer Schuld, nahm es ihnen aber gleichzeitig übel. Weißt du, wer diese Legendenjäger waren?«
Er steckte sich ein Stück Orange in den Mund, kaute und wischte sich mit dem Handrücken den Saft vom Kinn. »Dein Vater und dein Urgroßvater Gerald. Sein Beiname ›Der Enttäuschte‹ beschreibt die Gemütslage dieses Mannes nicht mal annähernd. Wenn man ihm etwas schuldig war, ließ er einen das nie vergessen.«
Finn hatte das Gefühl, Mr Glad auch etwas zu schulden. Sein Leben zum Beispiel. Gleichzeitig aber spürte er ein wachsendes Unbehagen. Ob es am Schock, seinem Geheimnis oder einfach nur an dem Geruch von Fisch und Diesel lag, konnte er nicht sagen, doch die Anspannung trieb ihn förmlich dazu, den Mund aufzumachen. »Da ist etwas ...«
Sein Vater, der in die Küche zurückkehrte, unterbrach ihn. »Doyle glaubt, wir hätten wieder auf eine Legende geschossen, und wir lassen ihn besser in dem Glauben. Aber glücklich ist er darüber nicht, und damit ist er nicht allein, sagt er. Das Boot wird teuer. Wir müssen uns wieder an den Fonds wenden.«
Finn wusste, dass er den Entschädigungsfonds für Legendenjäger meinte, die für Schäden am Eigentum von Zivilisten aufkommen mussten. Er war vor Hunderten von Jahren im alten Ägypten eingerichtet worden, als ein unglücklicher Zwischenfall dazu geführt hatte, dass die Sphinx ihre Nase verlor. Es war eine sehr nützliche Einrichtung, aber Finns Vater hasste es, sie in Anspruch nehmen zu müssen, weil sie eine Menge Papierkram erforderte.

»Der Fonds ist nicht unerschöpflich«, fügte er hinzu und lehnte sich an die Arbeitsfläche. Seine Miene war angespannt vor Sorge oder Enttäuschung. Welches von beiden, war noch unklar. Und Finn war sich nicht sicher, ob er es überhaupt wissen wollte. »Kein Wort darüber zu deiner Mutter. Es gibt keinen Grund, dass sie sich Sorgen machen muss.«
»Keinen Grund, mir *worüber* Sorgen zu machen?«, fragte Finns Mutter, die gerade in die Küche kam.
Mr Glad stand augenblicklich auf, um sie zu begrüßen. »Clara, wie schön, dich zu sehen.«
»Oh, Ernest. Schön, *dich* zu sehen«, sagte sie. »Es kommt mir vor, als hättest du uns lange nicht mehr besucht.«
»Du weißt ja, wie es ist, Clara. Der Laden hält mich auf Trab, mal ist es dies, mal ist es das.« Die Situation schien ihm unangenehm zu sein, und er war sehr damit beschäftigt, Orangensaft von seinen Händen zu reiben.
»Und deine andere Arbeit?«
»Tja, sie ist nicht mehr das, was sie mal war, das stimmt.« Er sah Finns Vater an. »Aber ich will mich nicht beklagen. Das ist, du weißt schon, der Lauf …« Der Rest blieb unausgesprochen.
»Und was ist mit dir passiert, Ernest?«, erkundigte sich Finns Mutter. »Soweit ich weiß, hat es nicht geregnet. Warum bist du so nass?«
Alle schwiegen.
»Und dieser Geruch …«
Stille.
»Also das ist es, ja? Die großen Geheimnisse der Legendenjäger.

Meine Mutter hat mir geraten, lieber einen Buchhalter zu heiraten.«
»Oder einen Beschaffer?«, fragte Mr Glad.
»Also wirklich, Ernest«, sagte sie mit einem ernsten Unterton.
»Ich wollte nicht …« Mr Glad wirkte verlegen.
»Ich hatte einen langen Tag und werde mich ein bisschen hinlegen«, sagte sie und warf Hugo einen Blick zu, bevor sie ging. »Wenn ich zurückkomme, hätte ich gern eine Tasse Tee, also nimm nicht den Wasserkessel auseinander, während ich weg bin.«
Finns Vater wartete, bis sie außer Hörweite war, ehe er mit gesenkter Stimme sagte: »Glad, ich glaube, wir werden beobachtet. Neulich Abend war es ein Van. Ein anderes Mal nur eine Ahnung. Und –«
»Der Van war auch am Hafen«, sagte Finn, weil er das Gefühl hatte, etwas beisteuern zu müssen. »Ich habe gesehen, wie er weggefahren ist.«
»Und dann das hier – der Mann am Hafen«, fuhr sein Vater fort. »Jemand spioniert uns nach.«
»Ich weiß nicht, wer es war«, sagte Mr Glad, »aber ich kann mir vorstellen, was sie gewollt haben. Ich war gerade auf dem Weg, um mit dir darüber zu reden.«
Er zog einen Filzbeutel aus der Hosentasche, der mit einer Kordel zugebunden war. Wasser tropfte aus ihm heraus, als er ihn aufband und zusammen mit einem stinkenden Schwall Hafenluft einen Kristall auf den Tisch beförderte.
Finns Vater warf den letzten Kristall daneben.

»Weißt du, was das ist, junger Mann?«, wandte sich Mr Glad an Finn und beugte sich mit offenen Handflächen über den Tisch, sodass ihm die verfilzten Haare in den Nacken klatschten. »Ich bin mir ziemlich sicher, dass ich es weiß. Wir haben es hier mit Magie zu. Einer Art von Magie jedenfalls. Mit der Art, die Schlechtes in die Welt bringt.«

Er nahm einen der beiden Kristalle und hielt ihn in die Höhe. Offensichtlich genoss er diesen Auftritt. »Es gibt nicht viele Aufzeichnungen über das Auftauchen dieser Dinge auf unserer Seite der Tore. Jedenfalls keine offiziellen. Aber ich könnte wetten, dass das, was ich hier in der Hand halte, nicht einfach nur irgendein Kristall ist, sondern genau die Substanz, die es den Legenden ermöglicht, zwischen ihrer Welt und unserer ein Loch aufzureißen.«

»Coronium«, sagte Finns Vater. »Ich habe schon mein Leben lang mit Legenden zu tun, aber ich hab noch nie welches gesehen.«

»Das haben nur die wenigsten«, erwiderte Mr Glad. »Wir wissen seit Jahren von der Substanz, aber sie kommt nur auf der Verseuchten Seite vor. Und jetzt besitzt du selbst ein Stück davon.«

Mr Glad legte den Kristall vor Finn und lehnte sich mit einem nassen Geräusch zurück.

»Und du bist sicher, dass es Coronium ist?«, fragte Finns Vater.

»Ich denke schon«, sagte Mr Glad.

»Wir wären in deiner Ausbildung bestimmt noch darauf zu sprechen gekommen, Finn«, sagte sein Vater. »Nach allem, was wir wissen, bringen es die Legenden in der Luft an, sie machen es dort irgendwie fest. Und wenn sie das geschafft haben ...«

»BUMM«, sagte Mr Glad und spreizte die Hände. »Geht die Tür auf und sie spazieren hindurch. Und zwar, ohne vorher anzuklopfen.«

»Normalerweise bringen sie ihr Coronium auch nicht mit.«

In der Stille der Küche lösten sich die letzten Tropfen Salzwasser von Mr Glads Ellbogen und fielen zu Boden, PLATSCH. PLATSCH. PLATSCH.

Finn dachte an die Begegnung am Hafen zurück. »Glaubt ihr, dass es das war, was ich am Tor gesehen habe? Wie jemandem ein Kristall überreicht wurde?«

»Das bezweifle ich«, sagte sein Vater. »Sie können Coronium nicht durch Tore reichen. Das nehmen wir jedenfalls an. Nach allem, was wir wissen, kann Coronium nur dann durch die Tore gelangen, wenn es mit lebendem Gewebe verbunden ist.«

»So lautet die Theorie«, bestätigte Glad.

Beide schauten Finn an, dem langsam zu dämmern begann, dass sie von ihm erwarteten, die richtigen Schlüsse zu ziehen. Er tat ihnen den Gefallen. »Wie der Finger eines Hogboons zum Beispiel.«

»Oder die Klaue eines Mantikors«, ergänzte sein Vater.

»Aber warum?«, fragte Finn.

»Vielleicht ist das gar nicht die Frage, Junge«, sagte Mr Glad. »Vielleicht ist die Frage eher, was wir mit den Kristallen anfangen, jetzt, wo wir welche haben?«

Finns Vater dachte darüber nach. »Coronium ist stark und

explosiv. Es kann die Grenzen zwischen zwei gänzlich verschiedenen Welten aufbrechen. Vor langer Zeit, ganz am Anfang, hat es völlig wahllos verheerende Tore geöffnet.«

»Du musst nur die Dinosaurier fragen«, sagte Mr Glad zu Finn. »Was bedeutet, dass es von selbst explodieren kann. Aber wie es aussieht, haben die Legenden schon vor langer Zeit gelernt, es zu kontrollieren. Und zum Öffnen von Toren zu nutzen.«

Mr Glad rollte einen Kristall zwischen den Fingern hin und her. »Dann könnte das Coronium also ein Schlüssel sein. Oder eine Waffe.«

»Könnte es auch eine Kraftquelle sein?«, fragte ihn Finns Vater.

»Na, das ist doch mal eine Idee. Hast du dem Jungen schon erzählt, was du in deiner Bibliothek gebaut hast, Hugo?«

»Noch nicht.«

»Dann ist jetzt ein günstiger Zeitpunkt«, schlug Mr Glad vor. »Er ist hier. Und ich bin hier. Keiner von uns beiden hat das Ding gesehen. Warum noch länger warten?«

Finns Vater legte für einen Moment das Kinn auf die Brust. »Also gut, vielleicht ist es an der Zeit, es euch zu zeigen«, sagte er. »Es könnte schließlich euer Leben verändern.«

23 DREIUNDZWANZIGSTES KAPITEL

Sie standen vor dem enthüllten Apparat.

Mr Glad verschlug es vor Begeisterung den Atem.

Finn schob verblüfft die Unterlippe vor.

»Unglaublich, Finn, was?«, fragte sein Vater.

Unglaublich war nicht gerade der Ausdruck, den Finn benutzt hätte. *Chaotisch* vielleicht. Oder *wackelig*. Es handelte sich um ein willkürliches Durcheinander aus Metallplatten, Knöpfen und Schaltern, zweckentfremdeten Küchengeräten, umgeben von einem Kranz aus Metallgeschirr. Auf der einen Seite klebte eine Eieruhr neben einer Art Schaltpult, das aus dem großen Schalter einer alten Mikrowelle, einer Tastatur, einem klobigen Lichtschalter und einem kleinen Bildschirm zusammengesetzt war. Der, wie Finn erkannte, von dem Computerspiel stammte, das sie aus Mr Glads Laden mitgenommen hatten. An einigen Stellen war die Maschine zusammengeschraubt, an

anderen geklebt, und in der Mitte konnte Finn durch ein Fenster einen Exsikkatorbehälter erkennen, der mit einer Unmenge von Drähten verbunden war.
»Wunderschön«, sagte Mr Glad, als er um den Apparat ging.
»Was ist das?«, fragte Finn.
»Es könnte das Ende von all dem hier sein«, sagte sein Vater.
»Es ist ein Apparat der Apokalypse«, warf Mr Glad ein. »Dein Vater hat sich bei mir von Anfang an mit Teilen, ein wenig Rat und Expertenwissen versorgt, die Sache aber geheim gehalten, weil ein Fehlschlag verheerende Konsequenzen hätte.«
Finns Vater zuckte nur mit den Achseln und wirkte angesichts der verheerenden Konsequenzen erstaunlich gelassen.
Mr Glad streichelte den Apparat, als handle es sich dabei um ein Schmusetier. »Die Grundidee basiert auf dem Exsikkator, nur dass die Maschine statt auf ein einzelnes Objekt in alle Richtungen zielt. Und statt nur ein Zielobjekt sämtliche Legenden schrumpft, mit denen sie in Berührung kommt.«
»Wie eine Exsikkatorbombe …«, sagte Finn
»Im Grunde genommen, ja«, bestätigte sein Vater.
»Der Gedanke dahinter ist, dass dein Vater wartet, bis ein Tor aufgeht«, erklärte Mr Glad, »dann das Gerät aktiviert, und ein Energiestoß exsikkiert das, was auch immer gerade herüberkommt, ohne dass man dafür das Haus verlassen muss. Und schwuppdiwupp, gibt es keine Legenden mehr.«
»Gar keine, Dad?«
»Genau. Es könnte den Krieg für immer beenden.«
»Wow! Funktioniert es?«

»Die Zukunft hängt davon ab«, sagte sein Vater leise.
»Er muss nur noch einen Weg finden, es anzuwenden, ohne ganz Darkmouth umzubringen«, fuhr Mr Glad fort.
»Das wird nicht passieren«, sagte Finns Vater. »Jedenfalls *sollte* es nicht passieren.«
»Wie auch immer«, sagte Mr Glad, »jedenfalls hatte dein Vater Schwierigkeiten, etwas zu finden, das stark genug ist, um die Maschine anzutreiben. Sie läuft nicht gerade mit einer Autobatterie. Na ja, das ginge schon, aber man würde dafür insgesamt ... wie viele benötigen, Hugo?«
»Dreiundvierzigtausend.«
»Dreiundvierzigtausend Autobatterien. Da wäre selbst ich überfordert. Aber die hier ...« Er hielt die beiden Kristalle in der Hand. »Sie könnten die Antwort sein. So viel Kraft in einem so kleinen Ding. Es ist wie die Kernspaltung in einer Atombombe. Wenn man genug davon hätte, könnte man in einem riesigen Gebiet enormen Schaden anrichten.«
Finn hörte kaum noch richtig zu, das dumpfe Pochen quälender Kopfschmerzen lenkte ihn ab. »Aber hast du nicht gesagt, die Kristalle wären explosiv und könnten in die Luft fliegen?«
»Möglicherweise«, sagte sein Vater. »In seltenen Fällen.«
»Wir müssten schon großes Pech haben«, meinte Mr Glad, der sich vergeblich bemühte, zuversichtlich zu klingen. »Aber wenn es passiert, sollte man lieber nicht in der Nähe sein.«
Als wäre Finns Tag noch nicht schlimm genug gewesen, wusste er nun, dass er an diesem Abend mit einer potenziellen Bombe zwischen seinen Unterhosen zu Bett gehen würde.

Aus dem Vorwort des Verlegers zum letzten Teil der »Berühmtesten Lebensgeschichten der Legendenjäger von der Antike bis heute«. 25. Band (Von Xxogjudqu dem Unaussprechlichen bis Zyta dem Letzten)

Es gab schon immer Befürchtungen, ein besonders verdorbener und ehrgeiziger Legendenjäger könnte sich mit Legenden zusammentun und zum Spion oder Saboteur werden. Doch bislang gab es in der Geschichte des menschlichen Kampfes gegen die Legenden nur drei berühmt-berüchtigte Verräter.

Der erste war Rex der Betrüger, ein vor vielen Jahrhunderten lebender Kriegerkönig, dessen Ausbeute an gefangenen Legenden so einmalig war, dass sein Privatzoo, der Garten der Legenden, als eines der Sieben Weltwunder der Legendenjägerantike bekannt wurde.

Je bekannter und gefürchteter er wurde, desto mehr schreckten die Legenden davor zurück, sich auf einen Kampf mit ihm einzulassen. Irritiert von der Feigheit seiner Feinde und gelangweilt vom Mangel an Gelegenheiten, begann Rex, trotz des ausdrücklichen Befehls des Rats der Zwölf, sich zurückzulehnen und seinen Erfolg zu genießen und systematisch Niederlagen vorzutäuschen, um die Legenden zu weiteren Angriffen zu ermutigen. Sein Plan funktionierte so gut, dass er die Legenden mit seinen Tricks schließlich dazu brachte, eine Masseninvasion zu planen.

In der Gewissheit, Ort und Zeitpunkt des Angriffs in Erfahrung gebracht zu haben, traf Rex seine Kriegsvorbereitungen. Unglücklicherweise fielen die Legenden einen Tag früher ein als geplant und erwischten Rex und seine Armeen so unvorbereitet, dass dieser gerade sein traditionelles Bad vor der Schlacht nahm, als ein dreiköpfiger Zerberus in sein Bade-

zimmer eindrang und ihn verschlang, ehe er auch nur zum Handtuch greifen konnte.
Der darauf folgende Kampf zwischen Menschen und Legenden dauerte mehrere Monate und involvierte Legendenjäger aus allen Teilen der Welt. Unter ihnen befand sich auch der zweite Verräter der Legendenjägerzunft, Erdimon der Selbstsüchtige.
Erdimon hatte eine große Reise auf sich genommen, zahllose Länder, Gebirge und tiefe Flüsse durchquert, endlose Wälder und unergründliche Wüsten, aufrecht gehalten allein von ein wenig karger Nahrung und der Aussicht auf Reichtum und Ehre für jene, die im großen Kampf ums Überleben stritten.
Er traf am Nachmittag des Tages ein, an dem der Krieg geendet hatte. Außer sich über die vergebliche Reise, die ihn sein gesamtes Vermögen gekostet hatte, stand Erdimon auf dem stillen Schlachtfeld und schwor, sich an allen Legendenjägern zu rächen, die dort gekämpft hatten.
Angetrieben von seiner wütenden Verbitterung, suchte er auf der ganzen Welt die heimgesuchten Orte auf, wo er wartete, bis ein Tor aufging, und dann an der Seite der eindringenden Legende kämpfte. Oft genug lauerte er den heranstürmenden Legendenjägern dabei hinterrücks auf.
Erdimon schaffte es, mehrere Legendenjäger zu töten, was in den heimgesuchten Orten große Tumulte verursachte. Seine Schreckensherrschaft endete erst, als er sich bei einem Überfall verschätzte und unter Gebrüll und Schwertgefuchtel mitten in eine Großfamilie von Legendenjägern geriet, die zu diesem Zeitpunkt auch noch eine Zusammenkunft mit Legendenjägern aus dem ganzen Land abhielt.
Der letzte große Verräter war Justin der Widerliche, dessen Eintrag in

den Berühmtesten Lebensgeschichten sehr knapp gehalten ist. Was vor allem daran liegt, dass er in Wirklichkeit extrem unsympathisch war und mit großer Wahrscheinlichkeit genau aus diesem Grund umgebracht wurde. Die Verrätergeschichte klingt eher nach einer guten Ausrede. Schon lange geht das Gerücht herum, der Eintrag eines vierten Großen Verräters stünde unmittelbar bevor. Als Verleger könnten wir diese Behauptung bestätigen oder bestreiten, ziehen es aber vor, dies nicht zu tun.

24 VIERUND-ZWANZIGSTES KAPITEL

Auf der Verseuchten Seite eilte ein kleiner Wolpertinger mit einer Metallhülse zwischen den Zähnen durch kahle Korridore. Das Geschöpf sah aus, als habe jemand einen Eimer mit Körperteilen unterschiedlichster Herkunft auf dem Boden ausgekippt und aus allem, was gerade herausfiel, etwas zusammengebastelt. Ein Geweih. Fangzähne. Fell. Und ein paar Federn. Unter den Achselhöhlen spannten sich winzige Lederflügel. Wenn man gezwungen wäre, würde man das Wesen vielleicht am ehesten als hasenartig beschreiben, mit einer Spur Rentier und einem Hauch Vampir. In anderen Zeiten hatte man Wolpertinger dazu benutzt, heimgesuchte Orte in Deutschland in Angst und Schrecken zu versetzen, weil es immer etwas ganz besonders Verrücktes erforderte, um den Deutschen Angst einzujagen.

Der Wolpertinger lief, so schnell er konnte, und kam nur einmal

aus dem Takt, als er über etwas stolperte, das sich bei genauerem Hinsehen als Schädel entpuppte. Er verdoppelte sein Bemühen, nicht zu spät zu kommen, während er gleichzeitig hoffte, die Metallhülse zwischen seinen Zähnen möge keine schlechte Nachricht enthalten – Gantrua schlechte Neuigkeiten zu überbringen, war, als überreichte man ihm das eigene Todesurteil mit der Bitte, auf der gepunkteten Linie zu unterschreiben.
Er wusste nicht, was die Hülse enthielt, nur, dass sie zur erwarteten Zeit am erwarteten Ort durch das Tor gereicht worden war. Die beiden menschlichen Fingerspitzen, die durch das Loch in der Luft gestreckt worden waren, um die Hülse hindurchzuschieben, hatten köstlich ausgesehen. Und es war dem Wolpertinger schwergefallen, der Versuchung zu widerstehen, sie zumindest ein kleines bisschen anzuknabbern.
Er hatte sich die Hülse geschnappt, war durch den kahlen Wald gesaust und über die Felder mit dem dornigen Buschwerk, in der Gewissheit, dass ihn unterwegs niemand stören würde. Niemand würde es wagen, die Reise eines Boten von Gantrua zu unterbrechen.
Schließlich hatte er die Halle der Feuer erreicht, wo sich ihm die beiden brutalen fomorianischen Wachen in den Weg stellten. Einer der beiden Riesen, auf dessen Stirn eine wulstige, sichelförmige Narbe prangte und an dessen Mund ein Speichelfaden wie eine Liane im Wind hin und her schwang, hatte sich zu ihm herabgebeugt. »Keine krummen Sachen, Wolpertinger. Sonst reiße ich dir die Augen aus dem Kopf, und du kannst damit von Weitem zusehen, wie ich dir jeden Knochen im Leib breche.«

»Trom ist sehr kreativ, wenn es um Schmerzen geht«, sagte der andere Wachposten treuherzig. »Er ist sehr gut in dem, was er tut.«

»Es ist eher ein Hobby als ein Beruf«, erklärte Trom, dem der Speichelfaden am Kinn kleben blieb. »Wenn man seinen Beruf liebt, kommt man morgens viel leichter vom Boden hoch. Stimmt's, Cryf?«

»Das stimmt, Trom.«

Der Wolpertinger wartete und scharrte ein wenig mit den Füßen. Er wollte die Nachricht endlich überbringen. Als sie mit ihrem Einschüchterungsmanöver zufrieden waren, traten die Wachen behäbig beiseite, und der Bote konnte sich endlich in den großen Raum aufmachen, in dem die Hitze der aufgereihten Kessel seine Haut fast Blasen schlagen ließ.

Die weichen Spitzen des Fells auf seinem Rücken knisterten, als er auf den Sockel zuhoppelte.

»Gib es mir!«, befahl ihm Gantrua, der ein großes Schwert umgebunden hatte.

Eine der Wachen riss dem Wolpertinger die Hülse aus dem Maul und übergab sie ihm.

Gantrua öffnete den Behälter und holte ein zusammengerolltes Blatt heraus. Während er las, suchte der kleine Bote in den Furchen seiner Brauen nach einer Reaktion, doch er wirkte einfach nur konzentriert. Auch die Bewegungen von Gantruas Mund waren hinter dem mit abgebrochenen Zähnen bestückten Drahtgeflecht kaum auszumachen.

Gantrua zerdrückte den Behälter. »Unser Spion hat zurückgemeldet, dass es der Minotaurus nicht geschafft hat, den Kristall abzuliefern.«

Allmählich gewöhnten sich die Augen des Wolpertingers an das flackernde Licht, sodass er nun die Umrisse einer verhüllten Gestalt erkennen konnte, die, erheblich kleiner als Gantrua, in gebeugter Haltung neben einer Säule hinter dem Sockel verharrte.

Die Gestalt sprach mit dünner, brüchiger Stimme. »Und der Junge?«

»Er ist da.«

»Dann müssen wir noch einen Kristall schicken, um die schlafende Armee zu wecken, ehe es zu spät ist. Die Invasion aus dem Innern muss beginnen.«

Gantrua holte tief Luft und blähte seinen Brustkorb dermaßen auf, dass seine Rüstung ächzte, als wollte sie in tausend Stücke zerspringen. Der Wolpertinger wartete. Allmählich begann er zu befürchten, dass er tatsächlich gekocht werden würde. Ein Schweißtropfen lief ihm über das Gesicht und fiel mit einem fast unhörbaren PLATSCH zu Boden, was Gantruas riesiges Ohr jedoch augenblicklich aufnahm und ihn an die Anwesenheit des Boten erinnerte.

Gantrua hob die Hand mit dem Blatt und ließ es von der heißen Luft zur Decke hinauftragen, wo es sich zusammenzog und in Flammen aufging. »Was erzählen sie sich draußen, Wolpertinger? Was hörst du über die Prophezeiung?«

Verblüfft starrte ihn der Wolpertinger an.

»Mir ist bewusst, dass deinesgleichen stumm sind. Ich erwarte keine Antwort von dir. Aber deine Augen sagen mir, was ich wissen will. Die Legenden glauben daran. Sie fürchten die Prophezeiung. Das Gerücht hat sich verbreitet, und sie glauben, ein Kind werde dafür sorgen, dass sich die Gelobte Welt für immer verschließt. Dann wäre unsere Verbannung, die schon seit Jahrtausenden absolut inakzeptabel ist, für alle Ewigkeit besiegelt.«

Gantrua stand auf und trat vor, wobei das Schwert in seiner Scheide kratzend über den Steinboden schleifte, sodass ihre Spitze Funken schlug. »Aber du hast sicher auch Gerüchte über die großartige Arbeit in den Coronium-Minen gehört.«

Bei dieser Erwähnung gaben die Knie des Wolpertingers ein wenig nach.

»Auch daran ist etwas Wahres.« Gantrua packte das Schwert und zog es aus der Scheide, was den Boten zusammenfahren ließ. Doch statt auf ihn einzuschlagen, rief Gantrua mit einem Hieb auf den Boden Trom und Cryf herbei. »Die Coronium-Kristalle werden immer rarer und wertvoller. Alles, was gefunden wird, kommt hierher. Zeigt sie ihm.«

Trom und Cryf trotteten zu den großen Hebeln hinüber, die an beiden Enden der Reihen mit brennenden Kesseln aus der Wand ragten. Sie packten jeder einen Hebel und stimmten sich mit einem Nicken ab. Dann zogen sie, so fest sie konnten, wobei es schien, als müssten sie ihre ganze gewaltige Kraft einsetzen.

Überall in der riesigen Halle war zu hören, wie sich Zahnräder in Bewegung setzten und Flaschenzüge zu ächzen begannen. Die Kessel kippten nach vorn, und Feuer tropfte über ihre

Ränder. Ein Rattern ertönte, dann ein Knall, als plötzlich ein einzelner Kessel vollends umkippte und Spritzer einer geschmolzenen Flüssigkeit auf dem Boden landeten. Der Wolpertinger sprang zurück und packte seinen Schwanz, damit sich dieser nicht in einen Kerzendocht verwandelte.

Nach sekundenlanger, sengender Hitze erlosch das Feuer. Und unter dem breiten Ausguss des Kessels lagen zwei Kristalle.

Gantrua richtete sich über dem Wolpertinger auf. »Diese Kristalle sind unser Pfad. Einer von ihnen wird die Waffe sein, die wir in die Gelobte Welt bringen, um sie von innen heraus auszuweiden.«

Der kleine Bote spürte, wie sein Fell vor Beklemmung knisterte, sich ihm vor Angst die Federn sträubten und er vor Furcht eine Gänsehaut bekam.

»Die Kristalle gefallen dir, nicht?«, sagte Gantrua. »Also such dir einen aus.«

Die wild zusammengesetzten Glieder zuckten nervös, als sich der Wolpertinger einen Kristall aussuchte, ihn zwischen die kleinen Fangzähne nahm und zurückkehrte, um ihn vor Gantrua auf den Boden zu legen.

Wieder rückten die fomorianischen Wachen an.

Später, nachdem die kleine Legende mehr Blut verloren hatte, als sie jemals wieder verlieren wollte, und sich dort, wo vorher ein wunderschöner, kostbarer Fangzahn gesessen hatte, ein Kristall befand, begriff der Wolpertinger, dass er von Anfang an keine Wahl gehabt hatte.

25 Fünfundzwanzigstes Kapitel

»Hey, Monsterjunge, ich glaub, wir müssen uns mal unterhalten!«

Finn war gerade vier Sekunden auf dem Schulgelände, als ihm die Savage-Zwillinge auch schon die Zähne zeigten und mit geballten Fäusten auf ihn losgingen. Hinter ihnen lauerten drei weitere Jungen, die klarmachten, dass sie jederzeit für eine Prügelei zu haben waren, solange auch alle anderen mitmachten.

Finn ging weiter auf den Parkplatz zu, der zwischen ihm und den Schultüren lag, ließ die fünf Jungen zu seiner Rechten aber nicht aus den Augen. Bei einem Blick nach links hätte er gesehen, dass dort ein sechster Junge herumschlich. Und er hätte sich vielleicht rechtzeitig geduckt, *bevor* der Junge ihm die Schultasche mit Schwung ins Genick knallte.

Doch Finn sah nicht nach links.

»Aua!«, rief er, als ihn die Tasche erwischte.

Er kauerte sich schützend zusammen und versuchte, den schmerzhaften Schlag zu verdauen. Die Zwillinge bauten sich über ihm auf. »Das war James, der dich geschlagen hat«, sagte Conn. »Sein Dad hat ein Boot. Besser gesagt, er *hatte* eins. Jetzt ist es kaputt.«

Finn richtete sich vorsichtig auf, bis er in voller Größe dastand, wobei er den Zwillingen selbst dann nur bis zum Kinn reichte. Conns abgekautes Ohr sah aus wie eine zerknitterte Chipstüte. Ein anderer Junge schickte einen Tritt in seine Richtung, dem Finn unbeholfen ausweichen konnte.

»*Seine* Oma war beim Einkaufen«, erklärte Manus, »und hat das Krümelmonster gesehen, oder was auch immer es gewesen ist, vor dem du uns eigentlich beschützen solltest. Sie hat einen Riesenschock bekommen und ihren ganzen Einkauf fallen gelassen.«

»Wir mussten ihr die Reste von unserem Essen bringen«, sagte der Junge, der nach ihm getreten hatte.

»Was ist es gewesen?«, fragte Finn.

»Eins von deinen Viechern, ein riesengroßes.«

»Nein, ich meine das Essen. Was gab es denn? War es lecker?«

Egal, was er in diesem Moment auch sagen würde, es wäre eh das Falsche. Also konnte er auch sagen, was ihm gerade in den Sinn kam, und wenigstens ein paar Scherze auf ihre Kosten machen, hatte Finn spontan beschlossen. Außerdem fühlte er sich in Anbetracht der Umstände erstaunlich ruhig.

James holte erneut mit der Tasche aus. Finn wich ihr aus,

doch die Bande hatte ihn jetzt eingekreist, und eine Horde Zuschauer versammelte sich drum herum, weil sie eine Prügelei erwarteten.
»Unser Dad sagt, deine Familie hält sich die Monster als Haustiere«, sagte Conn.
»Er sagt, dein Dad behält sie, weil er ohne sie nichts wert ist, und dass er sie freilässt, bloß um den Leuten Angst einzujagen«, sagte Manus. »Damit er was zu tun hat.«
»Hat er das in der Kneipe aufgeschnappt?«, fragte Finn. »Er ist ja oft genug da.«
Finn wusste nicht, warum, aber das Ganze machte ihm irgendwie Spaß. Die Zeit schien ein wenig langsamer zu verrinnen, und er war ganz ruhig und hatte das Gefühl, die Sache im Griff zu haben. Er merkte sich ihre Positionen, schätzte ihre Reaktionen ab. Nahm alles fast unbewusst in sich auf. Es war, als habe ihm die Nahtod-Erfahrung im Wasser die Angst genommen. Er fühlte sich gut. Er fühlte sich selbstsicher.
Er fühlte einen Schlag gegen den Hinterkopf.
Mit einem spitzen Schrei, der fast wie ein Vorwurf klang, weil der Junge hinter ihm sich so unfair verhielt, wirbelte Finn herum. Dabei schlug ihm eine weitere Tasche gegen die Beine. Die Zeit verging immer noch ein wenig langsamer. Doch leider begann auch seine Selbstsicherheit, langsam zu schwinden.
Trotzdem reagierte Finn, als die Tasche ein weiteres Mal zuschlug. Schnell genug, um sie zu packen und den Jungen, der sie festhielt, mit einem Ruck gegen den Jungen zu schleudern, der neben ihm stand. Die beiden stürzten zu Boden und landeten

in einem Haufen aufeinander. Während sich alle darüber klar zu werden versuchten, was gerade passierte, wurde es für einen Moment ganz still. Dann begann die Menge zu jubeln. Das hier entwickelte sich zu einem spannenderen Kampf, als sie zu hoffen gewagt hatten.

Automatisch nahm Finn eine Martial-Arts-Stellung ein: die Hände vor dem Oberkörper, die rechte Zehe in die Höhe gestreckt. Es war eines der ersten Manöver, die er in der Ausbildung gelernt hatte, weil es ideal war, um sich gleichzeitig zu verteidigen (mit den Händen) und anzugreifen (indem man gegen alles trat, was man von der Legende gerade erwischen konnte). Er hatte ganz vergessen, dass er das wusste.

Die Menge lachte.

Conn stürmte auf ihn los. Finn wich seitlich aus und ließ einfach den Fuß stehen, um ihm ein Bein zu stellen. Dann hielt er Conn von hinten an der Jacke fest und verhalf ihm zu einem halbwegs würdevollen Abgang.

Die Menge machte *Aaah*.

Sie waren auf seiner Seite, registrierte Finn mit einem Kitzel des Triumphs. Manus nutzte den Umstand, dass er kurz aus dem Gleichgewicht war, und schlug ihm seitlich gegen den Kopf, sodass er kreiselnd davontaumelte.

Die Menge macht *Oooh*.

Finn begriff, dass sie einfach nur auf der Seite desjenigen waren, der ihnen gerade die beste Unterhaltung bot.

Jetzt stürmten die Jungen auf ihn los. Finn schlang die Arme um einen Oberkörper und hielt dagegen. Das ächzende Knäuel stolperte ein paar Meter vorwärts und zwang die Zuschauermenge zum Ausweichen. Finn steckte mittendrin und kämpfte im Gewühl aus Mänteln, weichen Körpern und harten Atemstößen. Es lief eigentlich ganz gut.

Dann lief es nicht mehr so gut. Irgendjemand hatte ihn im Schwitzkasten, und ein anderer zerrte an seinem Bein. Mitten im Getümmel spürte Finn, wie ihm etwas Langes, Hölzernes in die Hand geschoben wurde. Er packte es und rammte es demjenigen in den Magen, der ihn im Schwitzkasten hatte. Dann befreite er sich von Manus Savage. Als er endlich merkte, dass es ein Hockeyschläger war, den er in der Hand hielt, holte er weit aus und schlug Conn mit einem tief angesetzten Schlag die Beine weg. Dann holte er noch mal aus, stieß einen weiteren Jungen zu Boden und dann den nächsten; er brachte einen nach dem anderen zu Fall, bis er sich freigekämpft hatte.

Als er aus dem Getümmel sprang, entdeckte er einen roten Haarschopf. Da wusste er, woher der Hockeyschläger gekommen war. »Noch jemand?«, fragte er und schwang den Schläger so bedrohlich wie möglich.

Die Horde rappelte sich mit verschrammten Hosenbeinen auf und stolperte davon. »Bedank dich bei deiner Freundin«, schrie Conn im Gehen.

Finn tat nichts dergleichen. Er zog seine Kleidung zurecht, hob seine Tasche auf und ging durch die sich zerstreuende Zuschauermenge davon. Unterwegs gab er Emmie ihren Schläger zurück. Sie folgte ihm. »Finn! Hey, Finn. Du blutest.«

Er fasste sich ins Gesicht und entdeckte Blut an seiner Stirn. In der Menge war es ihm gar nicht aufgefallen, doch jetzt spürte er die Wunde, die zu pochen begann.

»Ich habe gerade ganz allein sechs Kerle fertiggemacht«, sagte er im Gehen. »Na ja, mehr oder weniger allein.«

»Das war genial«, sagte Emmie. »Ich hab es gesehen. Und als ich kapiert habe, dass du das bist, habe ich überlegt, was ich tun kann. Also hab ich dir den Hockeyschläger gegeben, mit dem du sie umgelegt hast, und dann ... WOW! Einfach genial.«

Sie blieben stehen. »Ich bin auch allein klargekommen«, sagte Finn mit einem leichten Zittern in der Stimme, weil seine Anspannung nachließ.

»Ich wollte dir doch nur helfen.«

»Das hast du auch«, gab er zu. »Danke.«

»Ab heute werden die anderen dich ganz anders behandeln und jede Menge Respekt vor dir haben, Finn.« Sie irrte sich.

Der Tag bestand aus Gekicher, ausgestreckten Zeigefingern, Pfiffen und der kontinuierlichen Abnahme jeglichen Respekts, den er sich mit seiner mutigen Aktion verdient haben mochte. Im Klassenraum beäugte ihn Mrs McDaid während des ganzen Mathematikunterrichts mit misstrauischen Blicken und schaute, selbst als sie einen Vortrag über Winkel und Dreiecke hielt, immer wieder auf die Wunde an seiner Schläfe.

»Gleichschenklig«, sagte sie, die Augen fest auf ihn gerichtet. Währenddessen bohrten ihm die Savage-Zwillinge mit ihren Blicken Löcher in den Hinterkopf.

»Gleichseitig«, fuhr Mrs McDaid fort.

Finn spürte, dass ihn die ganze Klasse anstarrte. Er ahnte, dass sie die Savages dabei beobachteten, wie sie ihn beobachteten.

Er war der Legendenjäger, der in einer Prügelei die Hilfe einer Zivilistin benötigt hatte. Obwohl seine Feinde lediglich vier Gliedmaßen und nur einen Kopf besaßen und ihre Körper keine Mischung aus mehreren gefährlichen Tieren waren.

Trotzdem, er hatte sie geschlagen. Es war vielleicht nicht besonders schön gewesen. Und bestimmt nicht elegant. Aber es war ein Sieg. Er drehte sich zu Emmie um und grinste ihr zu.

Sie grinste zurück.

Einer der Savages pfiff durch die Zähne.

26 SECHSUNDZWANZIGSTES KAPITEL

Uuurgle. Aaargle. Grrck.«

»Was sagen Sie, Mr Laird?«, fragte Finns Mutter, deren Mundschutz sich beim Sprechen vor dem Mund bauschte. Sie stand über einen Patienten gebeugt, der mit weit aufgerissenem Mund auf dem zurückgekippten Behandlungsstuhl lag.

»Ssss uut eeeh.«

»Ich weiß, dass es wehtut, Mr Laird. Aber das haben wir gleich, keine Sorge.« Sie warf Finn einen verschmitzten Blick zu. Er saß auf einem Stuhl in der Ecke und trug ebenfalls einen Mundschutz. Außerdem hatte er sich eine Wollmütze ins Gesicht gezogen, um die üble Wunde an seiner Schläfe zu verdecken.

Er hatte seiner Mutter schon immer gern beim Arbeiten zugesehen. Er bewunderte ihr Geschick, ihr Auftreten und die Eleganz, mit der sie einen Zahn ziehen konnte. Er fragte sich, ob er so auch mit Tieren umgehen könnte, so sanft und aufmerksam.

Und in seiner Phantasie sah er sich an ihrer Stelle, nur hatte er einen großen Schäferhund vor sich statt Mr Laird.

Dieser gluckste gerade vor Schmerzen.

»Ah, jetzt sehe ich das Problem«, sagte Finns Mutter.

»Iiiggh«, erwiderte Mr Laird.

»Keine Bange, Mr Laird, ich habe noch nichts gemacht. Ich schaue es mir nur an.«

Ohne aufzustehen, rollte Finns Mutter auf ihrem Stuhl rückwärts zu einem Schrank. Sie suchte an ihrem Schlüsselbund den richtigen Schlüssel, schloss die kleine Tür auf und holte ein Fläschchen heraus. Dann stach sie eine Spritze oben hinein und zog vorsichtig eine klare Flüssigkeit darin auf.

»Das kann jetzt ein bisschen piken, Mr Laird, aber nur ganz kurz.«

Finn sah seiner Mutter genau dabei zu und gab sich Mühe, nicht allzu sehr zusammenzuzucken, als sie sich mit der Nadel dem Patienten näherte.

»Schon vorbei.«

Seine Mutter gab Mr Laird einen Augenblick Zeit, um sich zu fangen.

»Das Zeug hat es in sich, Finn«, flüsterte sie. »Damit kannst du ein Nashorn ruhigstellen.«

»Nicht wirklich«, murmelte Finn.
»Was hast du gesagt, mein Schatz?«
»Um ein Nashorn ruhigzustellen, bräuchtest du viel mehr«, sagte Finn ein wenig selbstsicherer. »Je größer das Tier, desto mehr Betäubungsmittel brauchst du.«
Er hätte sein Wissen über Tiermedizin gern mit ihr geteilt, aber er durfte seinen geheimen Berufswunsch ja nicht preisgeben. Deshalb unterdrückte er den Impuls und zog die Mütze etwas tiefer.
Fasziniert von seinem plötzlichen Interesse an medizinischen Dingen, hielt seine Mutter einen Moment inne und musterte ihn. »Na, dann vielleicht ein kleines Nashorn«, sagte sie kurz darauf und machte sich wieder an die Arbeit. »Und wie steht es mit dir? Ich nehme an, du bist nicht hier, um dir Mr Lairds Karies anzusehen.«
»Ich musste einfach mal raus«, erwiderte Finn.
»Ist heute Morgen wieder ein Tor aufgegangen? Ich habe es gar nicht regnen sehen. Oder hat es mit neulich zu tun? Es gab doch sicher einen Grund, warum die Küche nach faulenden Garnelen gestunken hat, oder?«
Finn war hin und her gerissen, was er antworten sollte. Das, was er ihr am liebsten sagen *wollte*? Oder das, was er ihr besser sagen *sollte*? Er entschied sich für die entschärfte, mütterfreundliche Version. »Ich habe ein Boot abgeschossen.«
»Ein Boot?«
»Einen Fischkutter.«
»Oh, Finn –«

Vom Stuhl kam ein Gurgeln. »Chan olkn örn.«
»Was sagten Sie da, Mr Laird?«, fragte Finns Mutter und entfernte die Zange, die seinen Mund offen gehalten hatte.
»Ich kann die Wolken hören«, sagte Mr Laird verträumt.
»Das Zeug ist großartig, nicht? Jetzt wollen wir mal den Zahn rausholen.«
Kurz darauf war der Zahn entfernt. Und der Patient brabbelte auf dem Stuhl glücklich vor sich hin. »Ich lasse Ihnen ein bisschen Zeit, wieder zu sich zu kommen, Mr Laird«, sagte Finns Mutter zu ihm und zog sich den Mundschutz herunter.
»Mam?«, fragte Finn.
»Jepp?«, sagte sie.
»Hat es dir je leidgetan? Dass du Dad geheiratet hast, meine ich. Einen Legendenjäger. Und in Darkmouth geblieben bist?«
»Puh, Finn, das ist eine schwere Frage. Zwei Fragen, genau genommen, mit völlig unterschiedlichen Antworten.« Sie begann aufzuräumen. Mr Laird schnarchte leise. »Ich stand von Anfang an auf deinen Vater.«
So genau wollte Finn es gar nicht wissen, und er bereute schon fast, sie gefragt zu haben.
»Das ging allen so, Finn«, sagte sie mit einem warmen Lachen. »Auf Darkmouth habe ich allerdings nicht so besonders gestanden. Ich bin hier aufgewachsen, aber wie viele andere bin ich davon ausgegangen, irgendwann wegzugehen. Selbst als ich deinen Vater geheiratet habe, hat keiner von uns damit gerechnet, dass die Legenden weiter einfallen würden. Sie haben überall aufgehört, also warum nicht auch hier?«

Sie sammelte ihre Instrumente ein und trug sie zu einem Waschbecken, während sie weitersprach. »Selbst als du auf die Welt kamst, habe ich mir eingeredet, du würdest einfach ein paar Dinge lernen, ein bisschen Spaß haben und mit deinem Dad etwas erleben. Aber ich hab nicht damit gerechnet, dass du es jemals einsetzen müsstest. Doch die Legenden haben nicht aufgehört. Und dein Dad, na ja, er auch nicht. Bei seiner Familie und all dem, was sich nach deinem Großvater Niall verändert hat, sollte mich sein Ehrgeiz vielleicht nicht wundern, aber trotzdem …«

»Was ist mit Granddad passiert, Mam? Dad redet nie darüber.«

»Ich bin sicher, er wird es dir sagen, wenn er so weit ist, Finn.«

»Hat er es dir erzählt?«, fragte Finn.

»Nein.«

Finn sah zu, wie seine Mutter ihre Instrumente sorgfältig auf ein Papiertuch legte, sie routiniert aufreihte und durchzählte, um sicherzugehen, dass sie alles hatte, was sie brauchte. Sie hielt ihre Hände unter den Wasserhahn und seifte sie systematisch ein und spülte sie ab. Finn bewunderte ihre Präzision und Sorgfalt und stellte sich vor, wie er sich auch auf diese Weise auf einen Job vorbereiten würde und sich dazu bereit machte. Bereit, zu heilen. Nicht, zu verletzen.

»Es wird komisch sein, wenn er so häufig weg ist«, sagte er. »Dad, meine ich. Er war immer da.«

»Vielleicht wird es gar nicht so schlimm«, sagte seine Mutter, während sie sich die Hände abtrocknete. »Vielleicht springt sogar endlich mal ein Urlaub für mich heraus. Die Chance, hin und wieder aus Darkmouth herauszukommen. Normal zu sein. Jedenfalls so normal, wie es in einer Ehe mit einem Legendenjäger eben sein kann.«

Sorge zeichnete sich auf Finns Gesicht ab. Seine Mutter merkte es.

»Keine Bange, wir lassen dich nicht im Stich. Ich werde dich nie im Stich lassen. Du wirst nie allein sein. Ich bin sicher, dein Dad geht davon aus, dass Ernest – Mr Glad – ein Auge auf dich hat und dir helfen wird, wenn es nötig ist.«

»Wie lange kennst du Mr Glad schon?«, fragte Finn.

»Warum?«, fragte sie ein wenig abwehrend. »Was hat dein Vater erzählt?«

»Nichts.« Finn stieß mit den Fußspitzen gegen den Boden.

Seine Mutter musterte ihn einen Augenblick, ehe sie weitersprach. »Ernest und ich sind in derselben Straße aufgewachsen und zusammen zur Schule gegangen. Wir standen uns einmal sehr nahe.«

»Wie nah?«, fragte Finn, auch wenn er nicht sicher war, die Antwort hören zu wollen.

»Wir sind eine Weile miteinander gegangen, bevor dein Vater und ich ein Paar wurden.«

»War es was Ernstes?«

»Nein!«, sagte seine Mutter entschieden. »Jedenfalls nicht für mich. Aber das ist lange her. Dein Vater ist aufgetaucht und, tja, das war's. Ernest wurde sein Beschaffer, reiste ein bisschen herum, kehrte aber immer wieder in seinen Laden zurück. Ich habe ihn im Laufe der Jahre nicht oft zu Gesicht bekommen.

Es war ziemlich überraschend, ihn neulich in der Küche sitzen zu sehen, noch dazu klatschnass.«
Mr Laird erwachte mit einem Schnarcher.
»Hallo, Mr Laird. Geht es Ihnen besser?«, fragte Finns Mutter.
Dieser sah auf seine Hände und wackelte mit den Daumen. »Ist Ihnen schon mal die Farbe der Fingerspitzen aufgefallen? Sie ist irgendwie … melodisch.«
»Ich glaube, wir lassen Sie lieber abholen, Mr Laird.«
»Meine Finger schieben den Himmel hin und her.«
Finn sah ihn an und zog die Nase kraus. »Was hat er gesagt?«
»Mr Laird?«, fragte seine Mutter.
»Ja«, sagte Finn.
»Meine Finger«, säuselte Mr Laird wieder. »Der Himmel.«
»Da hörst du's«, sagte Finns Mutter.
»Schieben den Himmel hin und her«, murmelte Finn.
»Dieses Zeug macht einen wirklich ein bisschen gaga«, sagte sie.
Aber Finn hörte nicht mehr zu. Er dachte nur noch an Mr Lairds Worte, die ihm wieder und wieder durch den Kopf gingen und an sein Hirn klopften, bis eine Erkenntnis herauskam. Den Himmel schieben. Er sprang auf und rannte zur Tür.
»Ich muss los. Danke, Mam, bis später.«
»Finn?«
Aber er war bereits weg.

27 SIEBENUND-ZWANZIGSTES KAPITEL

Finn folgte dem inzwischen vertrauten Klopfen und Surren und rannte geradewegs zur Bibliothek.

»Dad, mir ist gerade etwas eingefallen!«

Finns Vater stand an der Maschine und bemühte sich, etwas aus einem Zwischenraum herauszufischen. Auf der anderen Seite des Apparats tauchte Mr Glad auf, die Hemdsärmel bis zu den Ellbogen aufgekrempelt. Er hob zur Begrüßung das Kinn.

Der kleinere der beiden leeren Käfige im Raum war vorgezogen. Zwischen ihm und dem Apparat stand ein runder Tisch mit zwei Dingen darauf: einem Apfel und Finns Goldfischglas. Bubbles stupste träge gegen das Glas. Auf dem Boden vor dem Apparat befand sich ein Kreis aus Bonsaibäumen.

»Dad, mir ist zu dem Mann am Tor gerade etwas eingefallen.«

»Jepp«, sagte sein Vater, ohne aufzusehen, weil er immer noch dabei war, irgendetwas aus der Maschine holen.

»Ich hatte angenommen, der Mann hätte etwas entgegengenommen. So hat es für mich jedenfalls ausgesehen.«
»Ähä ...?« Mit einem Ächzen riss sein Vater das Teil heraus, an dem er gerade gearbeitet hatte. Es sprühte Funken und verbrannte ihm die Finger.
»Aber was ist, wenn er gar nichts *aus* dem Tor entgegengenommen, sondern selbst *etwas hindurchgereicht* hat?«
»Was denn zum Beispiel?«, fragte sein Vater abgelenkt.
»Weiß ich nicht.« Finn wusste es wirklich nicht. So weit hatte er nicht gedacht. »Einen Gegenstand? Oder eine Nachricht vielleicht?«
Sein Vater stand da, schüttelte die kribbelnden Finger und ließ sich die Idee durch den Kopf gehen. Allmählich nahm sein Gesicht einen Ausdruck an, den Finn noch nicht kannte, aber er vermutete, dass es fast so etwas wie Respekt sein könnte.
»Nicht schlecht«, sagte er. »Das würde vermutlich Sinn ergeben, wenn jemand von hier mit ihnen ... Warte mal, was ist mit deinem Kopf passiert?«
Finn hatte sich geistesabwesend die Mütze vom Kopf gerissen, als er ins Haus gestürmt war, und damit die Wunde freigelegt. »Nichts«, sagte er.
»Nichts?«, wiederholte sein Vater. »Das ist ziemlich viel Blut für ›nichts‹.«
Mr Glad, der an der Maschine zugange war, unterbrach sie. »Ich glaube, wir sind so weit, Hugo.«
Finn sah auf die Maschine und dann auf das Goldfischglas. »Äh, warum ist Bubbles hier?«

Die beiden Männer ignorierten ihn und beschäftigten sich mit einer Reihe von Prüfungen und Gegenprüfungen, während Finn herumstand, als hätte ihm jemand die Luft herausgelassen. Mr Glad machte einen vorsichtigen Schritt über den Bonsai-Kreis und ging zu den Regalen hinüber, wo er die Gläser durchsah. »Was nehmen wir? Ein Hippalektryon? Zu unberechenbar. Den Hippogreif? Zu gefährlich.«

»Der hat mich fast eine Niere gekostet«, warf Finns Vater ein. »Das war ein harter Tag. Wie wär's mit dem Hogboon?«

»Ja, lass uns den nehmen. Er hat den Kristall hergebracht, also soll er ruhig auch mitansehen, wie wir ihn für einen guten Zweck einsetzen«, sagte Finns Vater.

Mr Glad zog den Stopfen aus dem Glas und legte die harte Kugel des exsikkierten Hogboons in den Käfig.

Finns Vater eilte zu einer Wand und schnappte sich einen Exsikkator. Mit geübtem Griff zog er den Lauf heraus und schob den Kolben zur Seite. Er nahm den Zylinder ab, guckte hinein, schlug ein paarmal dagegen und schraubte ihn dann direkt an den Lauf.

»Eine Reanimation habe ich dir noch nie gezeigt, Finn«, sagte sein Vater. »Das war auch nie nötig. Aber es wird dir gefallen.«

Finn hatte bisher nur von Reanimationen gelesen und verstand von dem Vorgang so viel wie von der Wissenschaft hinter einer Exsikkation. Nämlich so gut wie gar nichts.

»Solange es sich um organische Materie handelt«, erklärte sein Vater, »kann alles, was man schrumpft, in seiner ursprüng-

lichen Größe und Form wiederhergestellt werden. Meistens jedenfalls. Wir haben vor, den Kerl zurückzuholen, um den Apparat zu testen. Mr Glad hat angeboten, mir dabei zu helfen.«
Per Knopfdruck entfernte Finns Vater den Auslöser des Exsikkators und schob ihn auf dem Rückweg in eine Aussparung am unteren Ende des Zylinders. »Ein Exsikkator macht in gewisser Weise das Gleiche wie ein Reanimator, nur umgekehrt, Finn. Der eine schrumpft, der andere vergrößert. Das gleiche Prinzip, die gleichen Chemikalien, nur der umgekehrte Prozess. Früher hatten Legendenjäger immer zwei Waffen dabei, eine für jeden Vorgang. Für den unwahrscheinlichen Fall, dass sie eine Legende reanimieren wollten, um sie zu befragen oder Experimente mit ihr zu machen oder, was auch vorkam, um sie einfach zu ärgern. Aber ich fand, dass eine Waffe genügen sollte, also habe ich einen Exsikkator so umgebaut, dass ich beides mit einer Waffe erledigen kann.«
»Die erste hat er gebaut, als er gerade mal fünfzehn war«, warf Mr Glad ein, der immer noch am Apparat herumhantierte. »Er nannte sie einen Ex-Exsikkator.«
»Das erschien mir damals passend«, sagte sein Vater, während er sich die neu zusammengesetzte Waffe vor das rechte Auge hielt und überprüfte, ob der Abzug unter dem Zylinder auch richtig saß.
»Aber wozu braucht ihr meinen Fisch?«, fragte Finn.
»Seit Jahren nehmen wir sie uns einzeln vor, eine nach der anderen«, fuhr sein Vater fort. »Wir erlegen eine Legende, verfrachten sie ins Glas, warten auf die nächste, erlegen sie wieder,

stecken sie ins Glas und so weiter und so weiter. Angriff für Angriff. Die Maschine, an der ich gearbeitet habe, wird die Sache ein für alle Mal erledigen. Das Problem dabei ist nur, es hinzubekommen, ohne ganz Darkmouth dabei in ein Bällebad zu verwandeln. Und dafür war es ganz nützlich, ein paar lebende Legenden im Regal zu haben.«

Mit gezücktem Lauf näherte er sich dem Käfig. Er drückte mit dem Daumen den Messinghebel hoch, und im Innern des Reanimators setzte ein leiser Heulton ein, der immer höher und höher wurde, bis er nicht mehr wahrnehmbar war. Dann ein gleichmäßiges TICK, TICK, TICK.

Der Reanimator war bereit.

Bubbles knabberte an einem Stein auf dem Boden seines Glases.

»Wir wagen jetzt einen Versuch«, sagte Finns Vater, »Aber wenn ich ›Lauft‹ sage, rennt ihr aus der Tür, verstanden? Und kommt erst wieder rein, wenn ich es sage.«

Finn nickte. Seine Schläfe pochte. »Was ist mit Bubbles?«

»Wenn alles nach Plan verläuft, futtert er heute Abend wieder seine eigene Fischkacke, wie immer.«

Sein Vater stupste mit der Waffe durch die Käfigstangen gegen die Kugel des Hogboons. Für einen kurzen Moment schimmerte die exsikkierte Legende in einem satten, gleichmäßig grünen Licht, das schnell wieder erlosch.

Finns Vater trat zurück.

Der Ball hüpfte. Wie ein Flummi hopste er vor, zur Seite und wieder vor.

Dann ertönte ein markerschütternder Schrei.

28 ACHTUNDZWANZIGSTES KAPITEL

Broonie schrie.

Und schrie.

Und schrie.

Hätte man den Schrei in seine Einzelteile zerlegt, hätte sich herausgestellt, dass er aus ungefähr 43 Vokalen, 28 Konsonanten und mehreren Lauten bestand, die in jede dieser Kategorien gepasst hätten. Oder in gar keine. Oder in beide.

Er konnte nicht sagen, was schlimmer war: exsikkiert zu werden oder reanimiert. Über die Exsikkation wusste er ein wenig Bescheid. Sie lehrten auf der Verseuchten Seite, wie sich das Netz um eine Legende legt und ihren Stoffwechsel so sehr verlangsamt, dass ihr die Zeit wesentlich länger erscheint als die halbe Sekunde, die das Ganze ungefähr dauert. Wie lange, hängt von der Größe ab. Einem Wesen von der Größe eines Menschen – oder gar einem Menschen selbst – mag es vor-

kommen wie ein ganzer Tag – je nachdem, was er zu Mittag gegessen hat.
Aber für, sagen wir, eine Hydra, die drei Mal so groß ist wie ein Elefant, plus ihre sieben Drachenköpfe, würde sich das Erleben einer Exsikkation entsetzlich lange hinziehen. Die einzige Hydra, die jemals von einem Exsikkator getroffen wurde, musste das Gefühl gehabt haben, genau 243 Jahre lang in Erstarrung verbracht zu haben. Wenn man bedenkt, dass das Ganze vor 150 Jahren passierte, befindet sie sich, von ihrer Perspektive aus betrachtet, also vermutlich immer noch in diesem Zustand. Und ist vermutlich stinksauer darüber.
Broonie fühlte sich, als würde er Stunden um Stunden in diesem Zustand feststecken, während die Welt um ihn herum erstarrt zu sein schien. Er konnte nichts anderes tun, als abzuwarten, während der Strahl jeden Teil seines Körpers durchdrang – jede Faser, jede Zelle, jedes Molekül. Einer der größten Vorteile des Exsikkatornetzes bestand, wie Broonie herausfand, darin, dass seine Opfer in dieser Phase nicht das Geringste spürten. Abgesehen von grenzenloser Langeweile natürlich.
Schließlich stellte sich gegen Ende des Prozesses ein etwas seltsames Gefühl ein. Broonie fühlte sich fast so, als wenn ihm ein Schmetterling ins Genick niesen würde. Er dachte sogar kurz: »Ach, eigentlich ist es doch gar nicht so schlimm.«
Dann nichts.
Bis …
… die letzte Phase der Reanimation sich folgendermaßen anfühlte:

1. Als würde man an der Nase durch ein Teesieb gezogen.
2. Als wäre man ein Luftballon – eine Millisekunde vor dem Platzen.
3. Als würde man aufwachen und sein Inneres draußen wiederfinden. (Draußen vor dem Haus, genauer gesagt.)

Als Broonie schließlich aufhörte, zu schreien, lag er einen Augenblick lang keuchend auf dem Boden, ehe er registrierte, wo er sich befand. In einem Käfig. In einem großen Raum. In einer Welt aus Schmerzen.

Der allergrößte Vorteil einer Reanimation besteht darin, dass sie nur relativ kurze Zeit dauert und es eine winzig kleine Stelle in der mittleren Zehe des rechten Fußes gibt, die nicht wehtut. Zumindest nicht so sehr wie der Rest des Körpers.

Aber die Luft war belebend. Sauber. Kühl. Die Luft der Gelobten Welt. Und während er langsam zu sich kam, merkte Broonie, dass ihn drei Menschen anstarrten. Den ältesten kannte er nicht, aber die beiden anderen kamen ihm vertraut vor. Der eine war der Legendenjäger. Der andere war *der Junge*.

Langsam und unter Schmerzen stemmte sich Broonie hoch und versuchte, so viel Gewicht wie möglich auf den Zeh seines rechten Fußes zu verlagern, der sich nicht ganz so übel anfühlte. Schließlich hatte er sich weit genug aufgerappelt, um die Hand nach dem Jungen auszustrecken. Er zeigte mit dem Finger auf ihn.

»Was macht er da?«, fragte der Junge.

»Lade den Apparat, Hugo«, sagte der ältere Mann.

»Wartet!«, schrie der Junge.

Broonie streckte ihm den Finger noch weiter entgegen und zwang sich, klar und deutlich zu sprechen, jetzt, wo er eine zweite Chance hatte, die Nachricht zu überbringen.

»Der …« schaffte er es, zu sagen.

Finns Vater drehte einen großen Schalter zu etwa einem Drittel herum.

»Jetzt, Hugo!«, schrie Mr Glad.

»… Junge …«, stammelte Broonie.

Der Legendenjäger schlug kräftig auf einen dicken, roten Knopf.

»… wird …«

Im Seitenfenster des Apparats begannen die Kristalle, zu funkeln, dann leuchteten sie gelb auf, sodass für einen Moment der ganze Raum davon erfüllt wurde.

Broonie gurgelte ein letztes Wort, wurde jedoch von einem gewaltigen Geräusch übertönt, als wollte der Apparat tief Luft holen, um sämtlichen Sauerstoff aus dem Raum zu saugen.

»Lauft!«, schrie der Legendenjäger. Doch der Junge stand mit offenem Mund da, bis er ihn am Ellbogen packte und fortzog.

Eine Explosion zerriss den Raum, dann folgte eine Schockwelle knisternder Atome. Broonie hob abwehrend die Arme, doch es war zwecklos.

Mit einem dumpfen WUUUSCH wurde er wieder zu einer harten Kugel zusammengesaugt, die so klein war, dass sie in jede beliebige Tasche passte.

Es war ein wenig angenehmer, als reanimiert zu werden.

Aber nur ein ganz klitzekleines bisschen.

29 NEUNUNDZWANZIGSTES KAPITEL

Finn, sein Vater und Mr Glad stürzten zurück ins Zimmer. Finn war verwirrt und wollte unbedingt wissen, wer und warum, und wann, und vor allem, *was* dieser Hogboon gesagt hatte.

Sein Vater rannte geradewegs zum Käfig. Er hob ihn an und schüttelte ihn, bis die Tür aufschwang. Der exsikkierte Hogboon fiel heraus und kullerte über den Boden.

Mr Glad hob den Apfel auf, der immer noch auf dem kleinen, runden Tisch lag. »Soll ich?«, fragte er.

»Unbedingt«, sagte Finns Vater.

Mr Glad biss kraftvoll in die pinkfarbene Apfelschale und machte ein Gesicht, als wäre es der köstlichste Apfel, in den je ein Mensch seine Zähne gegraben hatte.

»Hat sich nicht verändert«, stellte er fest.

Finns Vater ließ sich auf alle viere nieder und inspizierte die

Bonsaibäume. »Nicht ein Zweig am falschen Platz. Nicht ein Blatt. Nichts!« Er sprang wieder auf die Füße.
Finn ging zu seinem Goldfisch hinüber und klopfte ans Glas, um zu sehen, ob es Bubbles gut ging.
»Ich glaube, es hat funktioniert«, erklärte sein Vater.
»Du hast es geschafft, Hugo«, sagte Mr Glad und biss wieder in den Apfel. »Tolle Sache.«
»Dad …«, sagte Finn leise.
»Ehrlich gesagt, war ich mir überhaupt nicht sicher, Glad. Ich meine, ich habe die Frequenz oszilliert, die Reichweite eingeschränkt und all das, aber ich war mir trotzdem nicht sicher.«
»Dad, mein Fisch …«, sagte Finn jetzt ein wenig lauter.
»Gerald wäre stolz auf dich, Hugo.«
Das dämpfte die Begeisterung von Finns Vater ein wenig.
»Tut mir leid, Hugo. Ich wollte dich nicht daran erinnern … Das war nicht meine Absicht.«
»Dad?«
»Was ist denn, Finn?«
Er trat zu Finn, der das Goldfischglas inspizierte.
»Wo ist Bubbles, Dad?«
Der Goldfisch war verschwunden. Das einzige Anzeichen dafür, dass er jemals da gewesen war, bestand aus einigen aufgewirbelten Kieselsteinen, die langsam zu Boden sanken, und ein paar Schuppen, die auf der Oberfläche trieben. Finn sah sich auf dem Fußboden um. Bubbles war weder hinausgesprungen noch herausgefallen. Er war einfach verschwunden.
Ein finsterer Ausdruck legte sich plötzlich auf das Gesicht von

Finns Vater, der wohl nicht so schnell wieder verschwinden würde. »Ich besorge dir einen neuen Goldfisch. Den Unterschied merkst du gar nicht.«
Finn dachte an all das, was Bubbles zugestoßen sein könnte. Vielleicht war er auf eine Größe geschrumpft worden, die kleiner war als Staub. Vielleicht hatte er sich aufgelöst, oder er war explodiert, getötet oder unsichtbar geworden. Was auch immer. Finn spürte das Gefühl des Verlusts in sich aufsteigen. Sein einziges Haustier. Das einzige Tier, das er in einem Glas in seinem Zimmer halten durfte und das nicht in einem Einmachglas in der Bibliothek stand.
»Armer Bubbles«, murmelte Finn. Dann fielen ihm die Worte des Hogboons wieder ein. »Er hat es wieder gesagt, Dad. Irgendetwas hat der Hogboon zu mir gesagt. Er hat definitiv *mich* gemeint!«
»Das darfst du nicht so ernst nehmen, Finn«, sagte sein Vater. »Er war desorientiert. Und völlig durcheinander – im wahrsten Sinne des Wortes.«
»Aber er hat mit mir gesprochen.«
»Finn, wir versuchen hier, die beste Waffe zu bauen, die ein Legendenjäger sich nur vorstellen kann. Okay, es braucht noch ein paar Verbesserungen. Anscheinend gibt es ein Problem, mit dem wir uns befassen müssen. Aber wir haben eine Welle ausgeschickt, die eine kleine Legende geschrumpft hat. Und weder dem Apfel noch den Pflanzen ist dabei was passiert. Ich hab keine Ahnung, was mit deinem Fisch geschehen ist, aber das finden wir schon noch raus. Und ich weiß nicht, ob es auch

bei größeren Legenden funktioniert, aber das finden wir auch noch raus. Das hier wird alles verändern. Für uns. Für dich.«

»Aber der Hogboon –«, flehte Finn.

»*Genug* vom Hogboon!«, fauchte sein Vater. »Kannst du mir nicht einen Moment der Freude gönnen?«

Da die Stimmung zerstört war, legte Mr Glad seinen Apfel hin und begann, ein paar Teile aufzuheben, die um den Apparat herumlagen. Finn ging zum Tisch und nahm das Goldfischglas an sich. Er achtete genau darauf, das hin und her schwappende Wasser nicht zu verschütten. Nur für den Fall, dass Bubbles noch darin war. Unsichtbar. Oder einfach nur winzig klein.

»Es ist Zeit für dein Training, Finn«, sagte sein Vater.

»Was?«, protestierte Finn, und ein kleiner Schwall Wasser schwappte über den Rand des Glases auf seine Hand.

»Du hast fünfzehn Minuten.«

Finn verließ die Bibliothek und kehrte erst nach *neunzehn* Minuten zurück. Es war die mutigste Art des Protests, die er unter diesen Umständen zustande brachte.

30 DREISSIGSTES KAPITEL

»Komm schon, Finn, das kann dir das Leben retten.«

»Welches Leben? Ich habe kein Leben. Ich trainiere hier mit dir.«

Finn trug seinen Kampfanzug, den sein Vater ihm gereicht hatte, sobald er den Trainingsraum betreten hatte. Finn ahnte, dass das nichts Gutes zu bedeuten hatte. Und die dunkle Vorahnung lastete fast ebenso schwer auf seinen Schultern wie der lose sitzende Anzug.

Wieder versuchte er, die Bewegung auszuführen, die sein Vater ihm beibringen wollte. Und wieder versagte er.

Finn war frustriert: Er *kannte* diese Manöver. Er wusste, was er tun musste. Er sah sie im Geiste vor sich. Sah sie sich sogar selbst ausführen.

Er konnte sie nur einfach, nun ja, nicht *wirklich* ausführen.

Trotzdem rutschte er über den Boden, wiederholte es mit noch mehr Schwung, verzog das Gesicht und rappelte sich wieder auf, ein hölzernes Übungsschwert zitternd von sich gestreckt. Beim Aufstehen wurde er von einem Exsikkator abgelenkt, der in der Ecke lag. Finn hatte das ungute Gefühl, dass er aus einem bestimmten Grund da lag, den nur *er* noch nicht kannte.

Mr Glad kam in den Raum und sah ihnen zu. »Lass dich aus der Hüfte fallen, und gleite über den Boden«, sagte er. »Erzwing es nicht. Nutze deinen Schwung. Ich zeige es dir.«

»Wir kriegen das schon hin, Glad, vielen Dank«, sagte Finns Vater gereizt. »Ich glaube, es gab am Apparat ein Problem mit dem Kernfluktuator. Könntest du das mal überprüfen? Vielleicht fehlt eine Feder oder so etwas?«

»Der Kernfluktuator?«, fragte Mr Glad.

»Das Ding, das wie ein alter Staubsauger aussieht. Na ja, genau genommen *ist* das ein alter Staubsauger.«

Mr Glad zögerte einen Moment, und seine Augenbrauen verrieten eine winzige Missstimmung, ehe er langsam hinausschlurfte.

»Also, Finn«, sagte sein Vater. »Lass dich aus der Hüfte fallen. Und fühle die Abläufe.«

»Die *Abläufe fühlen*? Ich weiß nicht mal, was das heißt«, sagte Finn.

»Na, die Abläufe der Bewegungen. In dir. Und in deinem Gegner. Es ist alles in deinem Kopf.«

Finns Vater ließ sich fallen, glitt ein Stück über den Boden und sprang dann auf die Füße, wobei er das Gesicht bereits wieder seinem Sohn zugewandt hatte und ihm das Schwert an die Nasenspitze hielt.

»Und dann ziehst du ihnen eins über. Verstanden, Finn?«

»Nein.«

»Prima«, sagte sein Vater. »Jetzt versuch es noch mal.«

Finn war nur allzu bewusst, wie unbeholfen er war. Statt die Aktion damit zu beenden, dass er in einer einzigen flüssigen Bewegung wieder auf die Füße kam, hievte er sich hoch wie ein alter Mann, der mit einem Hut aus Beton auf dem Kopf aus dem Bett aufzustehen versucht.

»Das war gut«, sagte sein Vater.

»Wenn du schon lügst, dann gib dir wenigstens ein bisschen Mühe«, erwiderte Finn keuchend.

Sein Vater überhörte ihn. »Lass es uns noch mal versuchen.«

Finn versuchte es wieder und verlor beim Aufspringen das Gleichgewicht; er kippte rückwärts um und wälzte sich auf den Bauch, um wieder aufzustehen.

Nach Fassung ringend, schloss sein Vater die Augen und sagte: »Okay, noch ein Mal. Langsam. Ich mache es vor.«

»Ich will aber nicht«, sagte Finn.

»Du musst.«

»Warum?«, fragte Finn mit hängenden Armen. »Du baust da drinnen eine Maschine, die die Arbeit für mich erledigt. Man drückt einfach auf den Knopf, und sie sind weg. Ich muss das nicht mehr machen.«

»Falsch«, sagte sein Vater, der nun etwas härter klang. »Du bist heute mit einer Wunde aus der Schule zurückgekommen.«

»Das war ein Baum!«
»Es sieht aus, als hätte dich etwas getroffen. Zu breit für einen Stein. Und es war definitiv kein Ast.« Finns Gesicht sprach Bände. Sein Vater nahm einen etwas ruhigeren Tonfall an. »Finn, du bist innerhalb weniger Tage schon zwei Mal mit Menschen aneinandergeraten statt mit Legenden. Aber die Wahrheit ist, dass du, wenn du mit den einen nicht fertigwirst, auch mit den anderen nicht klarkommen wirst. Ich weiß, das hier ist nicht immer leicht, aber ich glaube an dich. Ich habe Vertrauen in dich. Du bist mein Junge. Irgendwann wird es *klick* machen.«
»Ich muss wissen, was –«, setzte Finn an.
»Ich bringe dir genau das bei, was du wissen musst«, unterbrach ihn sein Vater.
»Nein, ich muss wissen, was der Hogboon gemeint hat.« Sein Vater wandte sich ab, aber Finn ließ nicht locker. »Du weißt irgendwas, Dad, stimmt's? Es gibt irgendwas, das du mir nicht sagen willst.«
Im Gesicht seines Vaters arbeitete es. Eine kleine Ader pulsierte an seinem Hals. »Vielleicht fehlt dir nur eine kleine Herausforderung …«, erklärte er, ehe er aus dem Raum ging.
Als er zurückkam, trug er etwas im Arm, das mit einem blauen Tuch verhüllt war. Er stellte es auf den Boden zwischen Finn und den Exsikkator. »Manchmal geht es am schnellsten, wenn man ins kalte Wasser geworfen wird.« Er riss das Tuch weg. »Ich hab eine Legende für dich reanimiert.«
Ein Mantikor lag da und schnarchte leise. Die giftigen Stacheln

auf seinem Schwanz waren allesamt mit einem Korken versehen und sein Maul zugebunden, aber seine Klauen waren frei. Finns Dad ging wieder in Richtung Tür.

»Wo willst du hin?«, fragte Finn, der gegen die Panik in seiner Stimme ankämpfte.

»Denk einfach an das, was du gelernt hast«, sagte sein Vater. Er zog sich im Gehen den Gürtel aus der Hose und schlug dem Mantikor damit wie mit einer Peitsche aufs Hinterteil. Dieser fuhr mit einem Schrei aus dem Schlaf.

»Dad!«

In der geschlossenen Tür ging ein Gitterfenster auf, und Finn sah die Augen seines Vaters hindurchspähen, dann, ganz kurz, seinen Mund. »Dir passiert nichts«, rief er. »Guter Junge!«

31 EINUNDDREISSIGSTES KAPITEL

Der Mantikor war benommen und desorientiert, als erwachte er gerade aus einem Nachmittagsschläfchen. Aber als er Finn sah, war sein Instinkt sofort hellwach, und er schoss augenblicklich einen Stachel auf ihn ab.

Da er immer noch im Korken steckte, prallte der Stachel an Finns Stirn ab und rollte davon.

Der Mantikor flatterte zur Decke, schlug seine Klauen hinein und blieb einen Moment dort hängen, um sich zu sammeln. Finn vermutete, dass er sich außerdem schon ein teuflisches Rätsel zurechtlegte, mit dem er ihn überraschen konnte.

Finns Vater streckte die Hand zur Tür herein und drückte auf einen Knopf, der Funken über die Decke tanzen ließ. Mit einem Heulen fiel die Legende herunter, und der widerliche Gestank von angesengtem Fell verbreitete sich im Raum.

Finn rannte zur Tür. Aber es war zu spät.

Sie fiel wieder zu.
Der Mantikor rappelte sich auf und konzentrierte sich auf Finn.
»Mmmpf mmpf mmmmmmpf«, orakelte die Legende und begriff schließlich, dass ihr Maul mit einem Draht zugebunden war. Offensichtlich war dies die ultimative Demütigung für den Mantikor. Die Muskeln in seinen Vorderbeinen arbeiteten, und die Sehnen spannten sich an, bis die Klauen hervorsprangen. Es waren elfenbeinerne Dolche, die im gedämpften Licht weiß leuchten. Der Mantikor ging auf Finn los, der instinktiv den Arm hob, die Legende abwehrte und sie mit einem dumpfen Schlag gegen die Wand warf. Doch sie erholte sich rasch und attackierte Finn erneut. Der wich ihr aus und bohrte dem Geschöpf sein Holzschwert in den Bauch und schleuderte es im hohen Bogen davon.
»Guter Junge!«, schrie sein Vater von draußen.
»Hör auf damit, Dad, das ist unfair!«
»Du machst das großartig. Pass auf!«
Der Mantikor landete direkt auf Finns Brust, fuhr mit den Klauen über die Brustplatte seines Kampfanzugs und drückte ihm die Luft ab, während er Finn zu Boden zwang. Dieser packte sein Schwert an beiden Enden und benutzte es, um das Geschöpf auf Abstand zu halten, das wild nach seinem Gesicht schlug, bis Finn, ohne nachzudenken, den Griff packte und ihn der Legende ins Auge stieß.
Während der Mantikor jaulend von ihm abließ, sprang Finn auf. »Das machst du toll!«, hörte er seinen Vater sagen. Doch für Finn schien die Zeit plötzlich langsamer zu vergehen, und sein

Blickfeld hatte sich verengt. Er sah nur noch den Mantikor, der auf der gegenüberliegenden Seite in Stellung ging und sprang. Finn schien plötzlich auf alles eingestellt zu sein, während die Legende auf ihn zuflog. Mit dem Schwert neben sich glitt er unter ihr hindurch auf den Exsikkator zu und kam zu seiner eigenen Überraschung mit einer einzigen geschickten Bewegung wieder auf die Beine.

Er tat es, wie vor ihm Wrigley der Kopflose – lediglich einen Moment zu früh.

Finn prallte gegen den Brustkorb des Mantikors, sodass beide stöhnend vor Schmerzen zu Boden gingen.

Sein Vater kam wieder herein. »Das war viel besser, Finn«, sagte er. »So gut wie noch nie.«

Finn klingelten die Ohren. Der Mantikor gurgelte protestierend.

»Das war nicht fair!«, schrie Finn und schlug sich auf die Ohren, in der Hoffnung, dass das Klingeln aufhören würde.

»Aber es hat funktioniert, Finn«, sagte sein Vater und packte ihn an den Schultern. »Mehr oder weniger jedenfalls. Du wirst irgendwann ein großartiger Legendenjäger. Du brauchst nur einen kleinen Schubs, mehr nicht.«

»Einen kleinen Schubs? Du tust nichts anderes, als mich zu schubsen«, fauchte Finn. »Vielleicht haben die anderen ja recht. Vielleicht kommen die Legenden wirklich nur wegen uns. Wegen *dir*.«

Sein Vater ließ ihn los und trat einen Schritt zurück.

»Wie kommt es, Dad, dass du all diese Jahre gegen die Dinger gekämpft hast, dass alle auf den Gemälden ihr Leben damit

zugebracht haben, gegen die Dinger zu kämpfen, aber sie kommen trotzdem weiter? Du änderst dich nie. Ich bin derjenige, der lernen soll, aber du hast überhaupt nichts dazugelernt.«
Finn warf das Holzschwert auf den Boden und begann, sich den Kampfanzug vom Leib zu reißen.
»Hör zu, Finn«, sagte sein Vater, »unser Leben ist nicht leicht –«
»Vielleicht soll es auch einfach nicht *mein* Leben sein!«, schrie Finn und zerrte sich den Anzug über den Kopf. »Es gibt irgendetwas, das ich nicht hören soll und das du mir nicht sagst. Dieser Hogboon versucht immer wieder, mir etwas mitzuteilen, und du bringst ihn immer wieder zum Schweigen.«
»Ich tue für dich, was ich kann, Finn.«
»Du erzählst mir dauernd, was ich einmal sein werde. Aber du hast mich noch nie gefragt, was ich eigentlich werden *will*«, sagte Finn, der jetzt auf dem Boden saß und die Beinschienen des Kampfanzugs abschüttelte. »Ich werde nicht das hier. Ich werde nicht wie du.«
Als er den Kampfanzug endlich los war, stand Finn auf, rannte zur Tür hinaus und ließ seinen Vater allein im Trainingsraum zurück.
Der Mantikor auf dem Boden gab ein gedämpftes Protestknurren von sich. Finns Vater, der sich gerade erst wieder an seine Anwesenheit erinnerte, griff nach dem Exsikkator und erledigte ihn beiläufig. Das kurze, kümmerliche Knurren der Legende war eine letzte an sich selbst gerichtete Ermahnung, das nächste Mal besser die Klappe zu halten.

32 ZWEIUND-DREISSIGSTES KAPITEL

Finn rannte geradewegs zu Emmies Haus. Er pochte laut an ihre Tür. Keine Antwort. Er trat ein paar Schritte zurück und suchte nach einem Lebenszeichen. Nichts. Zur Sicherheit schlug er noch einmal an die Tür. Diesmal gab sie nach. Er drückte sie auf und trat nach kurzem Zögern ein.

»Emmie?«

Immer noch keine Antwort. Er sah in der Küche nach, blickte in den kleinen Garten hinter dem Haus und schaute sich im Wohnzimmer um, in dem das einzige Lebenszeichen der Fernseher war, der mit heruntergedrehtem Ton lief.

Das Haus war nur spärlich eingerichtet. Es gab keine Bilder an den Wänden, kaum Möbel, weder Dekoration noch Lampen. Abgesehen von einigen Lebensmitteln in der Küche hatte es kaum den Anschein, als wäre es überhaupt bewohnt.

Im Fernsehen brach das Publikum in Gelächter und Applaus aus. Von oben hörte Finn ein Geräusch. Das Schlurfen von Schuhen vielleicht.

»Emmie?«

Vorsichtig stieg Finn die schmalen Stufen hinauf. Ein Knarren über ihm ließ ihn innehalten, doch er zwang sich, weiterzugehen. Er entschied sich für eine Tür und machte sie langsam auf. Irgendetwas fiel ihm entgegen. Er trat erschrocken um sich, ehe ihm klar wurde, dass es sich nur um einen Stapel Handtücher handelte und er die Tür zum Wäscheschrank geöffnet hatte.

Er beruhigte sich, wählte eine andere Tür und öffnete sie.

Dieser Raum war düster, die Jalousien waren herabgelassen und ließen nur wenig Licht durch die Schlitze. Trotzdem waren die Kameras klar zu erkennen, die auf eine Reihe von Stativen montiert und alle auf ein Fenster gerichtet waren.

Sicher, dass niemand im Zimmer war, ging Finn zu den Geräten hinüber. Eines davon war eine Videokamera, der Rest war mit langen Objektiven ausgerüstet, von denen Finn wusste, dass sie für Aufnahmen aus weiter Ferne benutzt wurden. Aber von was? Er reckte sich auf die Zehenspitzen, um durch eine der Kameras zu schauen. Was er sah, machte ihn schwindlig.

Das Objektiv war auf ein Haus gerichtet: sein Haus.

Finn ging zur nächsten Kamera. Sie war ebenfalls auf sein Haus gerichtet, genau wie die Videokamera. Finn suchte nach dem Play-Knopf, drückte ihn und sah eine Aufnahme von sich selbst, wie er vor einigen Stunden mit der Wollmütze auf dem Kopf durch die Haustür gestürmt war.

33 DREIUND-DREISSIGSTES KAPITEL

Sobald Finn ins Haus geplatzt war und einen Schwall von hastigen Informationen von sich gegeben hatte, schnappte sich sein Vater den Exsikkator und rannte auf die Straße. Mr Glad folgte ihm mit finsterer Miene.

Der Mann aus Emmies Haus kam um die Ecke auf sie zugerannt. Statt beim Anblick der Waffe sofort stehen zu bleiben, verringerte er lediglich das Tempo, ehe er schließlich gelassen weiterging, als sei es völlig normal, einen Exsikkator auf sich gerichtet zu sehen.

Hinter dem Mann sah Finn in einiger Entfernung Emmie stehen, die ihn flehend ansah. Er erwiderte ihren Blick nicht, sondern ließ seinem Schmerz freien Lauf.

»Wer sind Sie?«, fragte Finns Vater mit einer Strenge, die jedes Gebrüll überflüssig machte.

»Ich bin Emmies Vater.«

»Interessant.« Finns Vater ließ die Waffe nicht sinken. »Ich nehme mal an, dass auf Ihrer Visitenkarte nicht ›Hausmann und Vater‹ zu finden ist. Also was dann?«

»Ich würde mit dem Exsikkator lieber nicht so herumfuchteln. Wenn das Ding losgeht, werden Sie von mir nicht allzu viele Antworten erhalten.«

»Wenn ich Sie noch einmal fragen muss, dann erst, nachdem ich Sie exsikkiert und im Magen eines verstorbenen Zerberus reanimiert habe. Also, zum letzten Mal …«

Emmies Vater richtete sich auf. »Ich bin der Sohn von Eric dem Unbesiegbaren. Enkel von James dem Immerwährenden. Urenkel von …«

»Hab ich Sie nach Ihren Großtanten gefragt oder nach *Ihrem* Namen?«

»Er lautet Steve«, sagte Emmie und trat vor. Ihr Vater warf ihr einen wütenden Blick zu.

»Steve?«, schnaubte Hugo mit einem spöttischen Lachen. »Tatsächlich? Steve? Hast du das gehört, Glad? Nicht gerade ein beeindruckender Name für einen Verräter. *Steve.* Vielleicht sollten Sie sich als Decknamen etwas aussuchen, das ein bisschen gefährlicher klingt, zum Beispiel …«

»Hermann«, schlug Mr Glad vor.

»Oder Attila«, fügte Finns Vater hinzu. »Etwas, keine Ahnung, Verräterischeres.« Er sah Mr Glad an. »Kann man das sagen: ›verräterischer‹?«

Mr Glad zuckte die Achseln.

Emmies Vater wirkte gereizt. »Ich bin kein Verräter.«

»Wir sind nur gekommen, um zu helfen«, sagte Emmie. Sie sprach direkt zu Finn, den sie stumm um eine Antwort anflehte.
»Ich habe dich in mein Haus gelassen …«, sagte Finn und trat zurück. Er spürte, wie sich die Welt unter ihm auflöste; ein Abgrund der Enttäuschung fraß sich in seine Brust. »Ich habe dir Sachen erzählt.«
»Überlass das mir, Emmie«, sagte ihr Vater.
»Ja, hör auf Steve, junge Dame«, sagte Finns Vater. »Also, was hat Sie wirklich nach Darkmouth verschlagen, Steve? Sind Sie ein Fan? Wenn Sie ein Autogramm wollen, hätten Sie einfach nur fragen müssen. Schnapp dir einen Stift, Finn.«
»Sie wissen es wirklich nicht, Hugo, oder?«
»Aber natürlich.« Die Waffe immer noch erhoben, trat Finns Vater vor. »Sie sind ein Legendenjäger, wie ihre kleine Ahnenkunde vermuten lässt, aber Sie haben die zarte Haut eines Jägers, der nicht jagt, und den Leichtsinn eines jungen Hundes. Ich kenne Ihre Sorte. Sie haben vor langer Zeit vollendet, aber seit, was weiß ich, Jahrzehnten keine Legende mehr zu Gesicht bekommen. Die Frage ist, warum ich von Ihnen und Ihrer kleinen Helfershelferin ausspioniert werde?«
Steve hielt seinem Blick stand. »Sie werden in den Rat der Zwölf berufen, Hugo. Glauben Sie wirklich, die schicken Ihnen einfach nur eine Einladung und warten darauf, dass Sie aufkreuzen?«
»Ich glaube jedenfalls nicht, dass sie eine Kameralinse in mein Fenster halten.«

»Überprüfungen, Hugo. Verfahrensweisen. Das müssen sie Ihnen doch gesagt haben.«
»Und *Sie* sind der, den sie geschickt haben? Gehen denen inzwischen die Lakaien aus?«, erwiderte Finns Vater.
»Sie brauchen die Gewissheit, dass sie Ihnen vertrauen können, Hugo«, fuhr Steve fort, sichtlich bemüht, den Eindruck zu erwecken, er sei Herr der Lage und habe die Oberhand. »Und dass sie Ihrem Jungen vertrauen können. Dass er sich um Darkmouth kümmert, wenn Sie nicht da sind.«
Finn blieb der Mund offen stehen. Aber es gab nichts, was er sagen konnte, während das Gefühl der tiefsten Demütigung einmal mehr von ihm Besitz ergriff.
»Also hat man mich hergeschickt. Und was finde ich hier vor?«, sagte Steve. »Legenden sorgen für Chaos. Sie lassen Ihren Jungen allein an einem Tor, sodass er fast ertrinkt.«
»Das hier ist ein heimgesuchter Ort, *Steve*.«
»Der einzige, der immer noch von Legenden heimgesucht wird.«
»Was haben Sie erwartet? Einen Vergnügungspark? Oder vielleicht einen Streichelzoo?«, erwiderte Finns Vater.
»Diesen Schlamassel jedenfalls nicht. Das steht fest«, sagte Steve.
»Ach«, sagte Finns Vater. »Und der Rat der Zwölf hat Sie geschickt, um alles noch schlimmer zu machen.«
»Um Beobachtungen anzustellen«, sagte Steve. »Und Bericht zu erstatten. Und notfalls einzuschreiten. Haben Sie gedacht, man würde sich dort einfach zurücklehnen und das Beste

hoffen? So arbeitet der Rat nicht. Und so gewinnt man auch keine Kriege.«

»Schöne Rede. Haben Sie gestern Abend vor dem Spiegel geübt?«, höhnte Finns Vater.

»Und nur damit Sie es wissen, ich *habe* schon gegen Legenden gekämpft«, sagte Steve und reckte das Kinn. »Gegen viele.«

»Und wo?«, fragte Hugo. »Meines Wissens haben sie sonst nirgendwo mehr Gastauftritte.«

»Im Training. Die Zwölf haben einige von ihnen auf Lager, die sie bei Bedarf reanimieren.«

»Ah, im *Training*. Wie nett. Hat man Ihnen dafür eine Ehrennadel angesteckt? Oder vielleicht haben sie Ihnen ja einen schönen Jägernamen verliehen. Wie lautet er noch mal?«

Steve gab keine Antwort. Finns Vater hob abermals den Exsikkator. »Dann wollen wir mal raten, ja? Fällt dir irgendwas ein, Glad?«

»Vielleicht Steve der Namenlose«, schlug Mr Glad vor, der sich neben Finn im Hintergrund hielt.

»Finn, willst du es probieren?«

Wollte er nicht. Alles, was er wollte, war, ins Haus zu laufen, sich aufs Bett zu werfen und sich erst nach einer langen, langen Zeit wieder blicken zu lassen, sagen wir, wenn die Welt untergegangen war.

»Okay, dann versuche ich es«, fuhr sein Vater fort. »Steve, der 60-Anschläge-die-Minute-Schnelltipper. Richtig lang und beeindruckend.«

»Sie werfen mir vor, ein Weichling zu sein«, gab Steve zurück.

»Aber schauen Sie sich selbst an. Ohne die Waffe in der Hand kämen Sie nicht weit. Alles, was Sie machen, ist zielen und abdrücken. Das ist keine Kunst.«
Hugo hob die Augenbrauen. »Keine *Kunst*?«
»Das hat nichts mit Handwerk zu tun. Mit Geschicklichkeit.«
»Mit *Geschicklichkeit*?« Hugo trat zurück und breitete einladend die Arme aus. »Ich sage Ihnen was, Steve. Ich gebe Ihnen einen Vorsprung und verbinde mir die Augen. Dann werden wir ja sehen, wie geschickt ich noch bin.«
»Wo ist da das Reine, das Ursprüngliche?«, fragte Steve.
»Das Ursprüngliche?«
»Ein Kampf mit den bloßen Händen. Aus nächster Nähe. Das Überwältigen von Legenden mithilfe eigener Klugheit statt mit Technik. Wenn ich in dieser Stadt Legendenjäger wäre –«
»Sie meinen, wenn Sie nicht damit beschäftigt wären, Bleistifte anzuspitzen.« Ein zufriedenes Lächeln lag auf den Lippen von Finns Vater. »Aber reden Sie weiter.«
»Wenn ich in dieser Stadt der Legendenjäger wäre, würde ich es anders machen.« Steve hielt kurz inne. »Und ich hätte auch keinen so verweichlichten Jungen großgezogen.«
»Hey!«, protestierte Finn.
»Hey!«, protestierte Emmie.
Finn knirschte mit den Zähnen, als er ihr schließlich in die Augen sehen musste und sie stumm beschwor, endlich zu begreifen, dass er ihre Hilfe nicht wollte.
»Nehmen Sie sich in Acht, Steve«, warnte ihn Hugo.
»Wie lange noch, bis er vollendet? Ein Jahr? Oder weniger? Hat

er wenigstens schon drei einfache Jagden absolviert?« Emmies Vater sah Finn an. »Nichts für ungut, mein Sohn.«
Das war zu viel für Finn: »Nennen Sie mich nicht so. Ich bin nicht Ihr Sohn.«
»Man hält ihn für den ersten richtigen Legendenjäger seit langer Zeit, Hugo«, sagte Steve, ohne den Blick von Finn zu lösen, der am liebsten davongelaufen wäre. »Es gibt große Pläne für die Zeremonie. Würdenträger. Ein Chor. Aus irgendeinem rätselhaften Grund sogar lebende Legenden. Auf jeden Fall wird es ein Mordsspektakel. Aber das weiß er alles, nicht?«
Lebende Legenden?, dachte Finn alarmiert. *Was soll das?*
»Das ist Ihre letzte Chance«, sagte sein Vater und trat vor.
»Andererseits«, fuhr Steve fort, »werden die Kinder nun mal halbe Zivilisten, wenn man eine Zivilistin heiratet. Sie wissen, dass er Tierarzt werden möchte, oder?«
Er hatte die letzten Worte kaum ausgesprochen, als Hugo auch schon bei ihm war und ihm mit dem Lauf des Exsikkators die Luft abdrückte. Röchelnd griff Steve danach. »Dann wollen wir mal sehen, wie verweichlicht dein Genick ist«, knurrte Hugo. »Vielleicht kann ich dabei ein wenig Geschicklichkeit beweisen.«
Er drehte den Lauf. Steve ächzte protestierend. »Wie fühlt sich das an, Steve?«, flüsterte Hugo ihm ins Ohr. »Braucht es hier noch ein wenig Handwerk? Sag mir einfach, wenn ich irgendetwas falsch mache.«
Steve lief mittlerweile blau an, er rang nach Luft und wehrte sich gegen Hugos Würgegriff.

Finn trat nervös auf der Stelle. Er fühlte sich gefangen und war sich zunehmend unsicherer, ob sein Vater die Sache nicht doch durchziehen würde.

»Lassen Sie ihn in Ruhe!« Emmie ging auf Hugo los, sprang ihm auf den Rücken und zog ihn an den Haaren, bis er lockerließ und sie abschüttelte. Steve rang hustend nach Luft.

»Folgendes, Steve«, sagte Finns Vater und neigte sich zu seinem Ohr hinunter. »Ich glaube Ihnen. Es leuchtet mir ein, dass die Zwölf Sie hergeschickt haben, um mich im Auge zu behalten, denn ich habe noch nie gegen eine Legende gekämpft, die so schwach war. Ihre kleine Tochter hier hat mehr Kampfgeist in sich als Sie.«

»Das sind mutige Worte von jemandem, der immer noch Legenden jagt, während alle anderen ihre schon besiegt haben«, brachte Steve heraus.

»Ich sage Ihnen, was mich wirklich beschäftigt, Steve. Wenn Sie tatsächlich ein Legendenjäger sind, was haben Sie dann am Tor entgegengenommen?«

»Wovon reden Sie?«

Finns Vater trat aufgebracht vor. »Jemand hat das Tor am Hafen als Briefkasten missbraucht und dann meinen Sohn angegriffen. Und meines Erachtens kommt dafür niemand anders in Betracht als der Mann, der heimlich meine Familie gefilmt und seine eigene Tochter benutzt hat, um sich in mein Haus einzuschleichen.«

Er richtete den Exsikkator genau zwischen die Augen von Emmies Vater. »Ich zähle bis drei, dann verraten Sie mir, was

Sie dort gemacht haben, oder Ihre Tochter kann Sie in Zukunft nur noch als Briefbeschwerer auf meinem Schreibtisch sehen.«
»Das war ich nicht.«
»Eins.«
»Sind Sie wirklich sicher, dass ich ein Verräter bin?«, rief Steve mit wachsender Verärgerung.
»Zwei!«, rief Finns Vater.
»Glauben Sie, die Zwölf würden jemanden schicken, dem sie nicht vertrauen können?«
»Drei! Genießen Sie Ihr Nickerchen, *Steve*.«
Am Gürtel von Finns Vater begann ein kleines, schwarzes Kästchen zu brummen. Dann zu piepen. Ein rotes Licht blinkte. Im Haus setzte die Alarmanlage ein. Und Regen begann, vom sich verdunkelnden Himmel zu fallen.

34 VIERUNDDREISSIGSTES KAPITEL

Finns Vater blieb in Stellung, er hielt den Exsikkator fest auf Steves Stirn gerichtet und schnaufte wütend durch die geweiteten Nasenflügel. Finn klopfte das Herz, als wolle es flüchten, und zum ersten Mal, seit er sie kannte, wirkte Emmie verloren und verletzlich.

Das drängende Schrillen der Alarmanlage im Haus ließ nicht nach.

»Sie haben keine Wahl, Hugo«, sagte Steve, so ruhig er konnte. »Wenn Sie jetzt abdrücken, haben die Zwölf Sie bei Sonnenuntergang hinter Schloss und Riegel gebracht. Und den Jungen auch.«

Das Alarmsignal wurde ein wenig schriller, als wolle es verzweifelt Aufmerksamkeit erregen.

Hugo ließ den Exsikkator sinken und neigte sich an Steves Ohr. »Noch mal Glück gehabt.« Er ging davon.

Mit einem erleichterten Aufatmen sank Steve für einen Moment auf die Knie.
Mr Glad trat Hugo in den Weg. »Willst du ihn wirklich laufen lassen? Nach dem, was Finn entdeckt hat?«
»Ich kann mich später mit ihm befassen«, sagte Hugo und schob ihn beiseite. »Wir müssen uns zuerst um das hier kümmern.«
Mit einem Nicken wollte Mr Glad ihm folgen. Hugo hielt inne und drehte sich zu ihm um. »Du nicht, Glad«, sagte er. »Das hier geht nur Legendenjäger etwas an, das weißt du doch.«
Einen Moment lang standen Finn und Mr Glad nebeneinander. »Es steht eben nicht in meiner Jobbeschreibung, nicht wahr, Junge?«, murmelte Mr Glad. »Wir wollen ja nicht größenwahnsinnig werden.« Er zog sich den Mantelkragen enger um den Hals und trottete in Richtung seines Ladens davon.
Als Hugo das Auto erreichte, blieb er stehen und gab Finn ein Zeichen, ihm zu folgen. »Was stehst du immer noch herum? Komm schon.«
Finn folgte ihm pflichtbewusst.
»Ich dachte, sie wäre okay, Dad«, sagte er, als er auf dem Beifahrersitz Platz nahm. Sie sahen zu, wie Emmie sich ihrem Vater näherte, der ihr Hilfsangebot mit einem Winken abtat und unsicher zu seinem Haus zurücktrabte.
»Schon gut, du konntest es ja nicht wissen«, sagte Finns Vater und ließ den Motor an.
»Ich habe sie ins Haus gelassen.«
»Das stimmt«, erwiderte sein Vater und sah ihn dann an: »Aber

du bist ihnen auch auf die Schliche gekommen. Erkenne einen Verdienst ruhig an, wenn er dir gebührt.«

Finn dachte darüber nach und ließ sich davon ein kleines bisschen aufheitern. »Ja, das hab ich wohl …«, sagte er, kam aber nicht dazu, seinen Satz zu beenden, weil ihn die Beschleunigung des Fahrzeugs in den Sitz drückte.

Ein schwarzer Van kam um die Ecke geschossen. Es war dasselbe Fahrzeug, das sie im Hafen beschattet und das in ihrer Straße gestanden hatte. Emmie und ihr Vater saßen darin. Finns Vater trat aufs Gas und heftete sich ihnen an die Fersen.

Während sie durch Darkmouth rasten, kam Finn ein anderer Gedanke.

»Dad?«

»Ja, Finn.«

»Werden bei meiner Zeremonie wirklich lebende Legenden da sein?«

Sein Vater antwortete nicht. Stattdessen beschleunigte er noch mehr, sodass das Motorengeräusch den Innenraum erfüllte. Dann sah er schließlich zu Finn.

»Tierarzt, Finn? Ist das dein Ernst?«

35 FÜNFUNDDREISSIGSTES KAPITEL

Das Röhren der Fahrzeuge dröhnte durch die Stadt, sodass die Hunde die Köpfe hoben und die Katzen für einen Moment aufhörten, sich zu lecken. Die Bewohner von Darkmouth waren bereits dabei, in Hauseingänge zu huschen und von der Straße zu flüchten. Der Wetterbericht hatte am Morgen angekündigt, dass es trocken bleiben würde. Doch das war es nicht. Höchste Zeit, sich aus dem Staub zu machen.

In den Geschäften und Cafés sahen sich die Leute an und schnalzten mit der Zunge. In einem Friseursalon an der Hauptstraße ließ eine Frau, deren Lockenwickler strammer saßen als die Lederhose eines Sumo-Ringers, die Zeitschrift sinken und blickte auf die feuchte Straße hinaus. Sie sah die beiden schwarzen Fahrzeuge in einer Fontäne aus Lärm und spritzendem Wasser am Fenster vorbeisausen.

Sie stieß einen tiefen Seufzer aus und erklärte dem Rest des Salons: »Das kann so nicht weitergehen.«
Aus der Schar der anwesenden Kunden kamen leise Zuspruchsbekundungen.
Auf der Hauptstraße war ein großes Tor aufgetaucht. Wagen und Van kamen mit quietschenden Reifen links und rechts davon zum Stehen, gerade noch rechtzeitig, um einen Wolpertinger herausgleiten zu sehen. Die Legende schüttelte den Pelz auf ihrem Kopf und die Federn auf dem Rücken, während das Tor ins Nichts gesaugt wurde.
Finn wurde von Schmerz, Verwirrung und einer neu entdeckten Abscheu überwältigt, als Emmie sich ihm von der Seite näherte.
»Es tut mir leid«, sagte sie.
Finn rückte von ihr ab. Er wollte einfach nur nach Hause. Allein sein. Es war leichter gewesen, als es noch niemanden gegeben hatte, der ihn enttäuschen konnte.
»Bleib zurück, Emmie«, sagte Steve. »Ich kümmere mich darum.«
»Du auch, Finn«, befahl sein Vater. »Diese Lektion ist nicht für dich bestimmt.«
Der Wolpertinger schien einen Moment zu zögern und blieb dann, wo er war, und entschied sich, zu kämpfen und die Chance zu nutzen, sich ein wenig Menschenfleisch schmecken zu lassen. Aber gegen welchen Menschen sollte er kämpfen? Finn sah, wie er die fast identischen Anzüge der beiden Legendenjäger beäugte, die sich glänzend vom Hintergrund abhoben.

Das undurchdringliche Schwarz ihrer Helme gab nicht den geringsten Hinweis darauf, welche Gefühle sich darunter versteckten. Allerdings wirkte einer der beiden Anzüge kampferprobt, zerkratzt, eingedellt und zerbissen. Der andere hätte an diesem Morgen frisch angefertigt worden sein können.
Der Wolpertinger warf einen letzten Blick auf die beiden und schien eine Entscheidung getroffen zu haben. Er ging auf einen Mann los, der sich hinter einer Straßenlaterne versteckte.
Finns Vater hob den Exsikkator, doch in dem Moment, als er abdrückte, trat Steve vor und drückte das Gewehr nach unten, sodass ein Stück Teer aus dem Straßenbelag gerissen wurde, das nun auf dem Grund eines frisch entstandenen Kraters herumrollte.
»Der gehört mir«, sagte Steve, fasste hinten an seinen Gürtel und zerrte eine lange Kette mit einer stacheligen Kugel heraus. Er schwang die Waffe über dem Kopf und ließ sie los. Die Kette straffte sich, und die Kugel flog in einem eleganten Bogen ihrem Ziel entgegen. Mit einem Blick über die Schulter wechselte der Wolpertinger im letzten Moment die Richtung, sprang hoch in die Luft, stieß sich an einer Mauer ab und katapultierte sich mit einem Überschlag aus der Gefahrenzone.
Die Kette wickelte sich um den Laternenpfahl, und die Stacheln der Kugel bohrten sich wenige Zentimeter über dem Kopf des schreienden Mannes, der sich dahinter versteckte, ins Holz.
Seufzend hob Finns Vater den Exsikkator. »Das ist lächerlich.«
Steve trat vor den Lauf des Gewehrs. »Auf diese Chance habe ich mein ganzes Leben gewartet.«

»Und hast trotzdem nicht getroffen.«
Finn sah ihnen zu, bekam aber nur zur Hälfte mit, was sich vor seinen Augen abspielte.
»Ich wollte dich wirklich nicht verletzen«, sagte Emmie. »Ich habe es gehasst, dich anzulügen.«
»Jedenfalls warst du sehr überzeugend darin, so auszusehen, als würde es dir Spaß machen«, erwiderte Finn trocken und erschrak, als sich plötzlich Emmie an ihm vorbeidrängte.
»Dad!«, schrie sie.
Der Wolpertinger hatte die Gelegenheit ergriffen, von hinten auf Steve loszugehen. Doch dieser reagierte augenblicklich, hob im Umdrehen das Schwert und stellte sich der heranstürmenden Legende entgegen. Der Wolpertinger hielt geradewegs auf ihn zu und ging genau in dem Moment zum Angriff über, als Steve mit dem Visier voran auf die Straße flog und das Schwert vor ihm auf dem Boden landete.
Ein Seil umschlang seine gefesselten Füße. Das andere Ende hielt Finns Vater in den Händen. Mit der freien Hand betätigte er den Abzug des Exsikkators. Und der Wolpertinger verwandelte sich mit einem dumpfen WUUUSCH in eine pelzig-fedrig-knöcherne Hülle seines früheren Selbst und prallte auf dem Weg zum Boden an Steves Helm ab.
»Ist das die Art von Reinheit und Ursprünglichkeit, die du gesucht hast, Steve?«
Finn ging mit schleppenden Schritten zum Wagen zurück, die Schmach seiner Demütigung erstickte jeden Anflug von Freude darüber, mit anzusehen, wie Emmie und ihr Vater jetzt eben-

falls gedemütigt wurden. Sie war losgelaufen, um ihrem Vater zu helfen, dann aber stehen geblieben, als ihr klar wurde, dass dieser ihre Hilfe mal wieder nicht wollte.

Hugo kam näher und zog ein Messer. Steve zuckte zusammen.

»Halten Sie still, um Himmels willen. Sie sind schlimmer als einer von denen«, sagte Hugo. Er schnitt Steve hinten im Genick einen kristallenen Fangzahn aus dem Anzug. »Sieh mal einer an, was uns das kleine Häschen mitgebracht hat.«

Hugo ging davon und blieb nur kurz stehen, um den exsikkierten Wolpertinger aufzuheben und ihn in Steves Handschuhe zu werfen. »Sorgen Sie dafür, dass das alles in Ihren Bericht kommt.«

Er erreichte den Wagen. Müde stieß sich Finn von der Motorhaube ab, um seinem Vater zu folgen.

»Was ist mit dem zweiten Tor, Hugo?«, rief Steve vom Boden aus, wo er mithilfe des Schwertes seine Beine befreite. »Fragen Sie sich, was Sie übersehen.«

Finns Vater hatte bereits den Motor angelassen und übertönte ihn, indem er das Fahrzeug durch den neuen Krater in der Straße manövrierte.

Der Nieselregen über Darkmouth ließ nach, und der Tag wurde wieder freundlicher. Die Stadtbewohner kehrten auf die Straße zurück und entdeckten den Fremden in seinem Anzug, der sich vom Boden aufrappelte, und das junge Mädchen an seiner Seite. Über ihnen hing der verbogene Laternenpfahl, und neben ihnen klaffte das Schlagloch in der Fahrbahn.

Nicht weit entfernt saß Sergeant Doyle mit einer halb ausgetrunkenen Tasse Kaffee in seiner kleinen Polizeistation und sprach mit einem Anrufer nach dem anderen. Sie alle wollten wissen, was er in Bezug auf dieses anhaltende Problem zu tun gedachte.

»Es wird immer schlimmer«, klagten sie.

»Warum ist Darkmouth der einzige Ort, an dem so etwas noch passiert?«, stöhnten sie. »Hat diese Familie nicht den Auftrag, das Problem zu lösen, statt es schlimmer zu machen?«

»Dieser nutzlose Junge ...«, sagten sie.

»Hugo der Alles-andere-als-Große ...«, sagten sie.

»Ich sagen Ihnen«, meinten sie, »diese Familie braucht die Legenden, sonst ist sie bedeutungslos. Sie *lassen* sie angreifen. Vielleicht ist es an der Zeit, dass wir *sie* angreifen, um ihnen zu zeigen, dass wir das nicht mehr hinnehmen.«

Sergeant Doyle versuchte, sie zu beruhigen, zu beschwichtigen, ihnen zu versichern, dass er an der Sache dran war und sie mit größter Dringlichkeit verfolgen würde. Dann holte er Papier und Stift heraus und begann, einen weiteren Brief zu schreiben, in dem er um seine Versetzung bat.

Es musste doch irgendwo ein Hochsicherheitsgefängnis für gemeingefährliche Strafgefangene geben, in dem man seine Unterstützung benötigte.

Aus »Einführung in die Welt der Legendenjäger«, 5. Band,
23. Kapitel: Der Rat der Zwölf

Wie die meisten Geheimgesellschaften werden auch die Legendenjäger von einem weisen Rat geführt, der als der Rat der Zwölf bekannt ist. Und wie bei den meisten weisen Räten ist der Großteil seiner Arbeit entsetzlich langweilig, besonders in Zeiten, in denen die Welt von Legenden fast gänzlich in Ruhe gelassen wird.

Nichtsdestotrotz hat der Rat der Zwölf einige äußerst wichtige Funktionen.

Zum einen muss der Rat die Informationen kontrollieren. Es gab eine Zeit, als Legenden weltweit anerkannt und Stoff von Geschichten, Gedichten und Liedern waren. Doch im Laufe der Jahrhunderte ermutigte der Rat die Öffentlichkeit, sie als Fabeln und Aberglauben anzusehen, als Relikte eines anderen Zeitalters.

Gerüchte und Verschwörungstheorien gab es weiter, aber solange die Legendenjäger ein Problem innerhalb der Mauern der heimgesuchten Ortschaften zu halten vermochten – und die einfachen Leute vor Geschöpfen beschützten, die sie als Zahnstocher benutzen wollten –, gaben sich die Regierungen der einzelnen Länder damit zufrieden, sie ohne größere Einmischung gewähren zu lassen.

Zweitens muss der Rat in den Reihen seiner überflüssig gewordenen und frustrierten Krieger für Ruhe sorgen. Den besten Beleg dafür liefert eine vor wenigen Monaten unter Legendenjägern durchgeführte Studie, in der »berufliche Orientierungslosigkeit und ein damit verbundenes niedriges Selbstwertgefühl« als Hauptproblem von der Mehrheit der Legendenjäger benannt wurde. Das zweitgrößte Problem war »keine Legenden, gegen die man kämpfen kann«.

Bei einer vor zwanzig Jahren durchgeführten gleichartigen Studie lautete die Hauptsorge der meisten Legendenjäger noch, »dass mir der Arm abgebissen wird«. Seltsamerweise gaben sie als zweitgrößtes Problem an, »dass mir beide Arme abgebissen werden«.

Zudem schlichtet der Rat auch bei Konflikten zwischen Legendenjägern. Tritt ein solcher Disput ein, wird er als dringliche Angelegenheit an den Rat weitergeleitet. Bis dessen Entscheidung letztendlich fällt, nachdem die Angelegenheit sämtliche zuständigen Kanäle durchlaufen hat – eine Voranhörung, die Lesung des ersten Entwurfs, ein obligatorisches Unterkomitee und schließlich die abschließende Debatte an einem Sonntag, wenn die meisten Leute nach Hause gegangen sind –, haben sich die zerstrittenen Parteien meist aus Langeweile bereits einer ganz anderen Fehde zugewandt.

Der Rat der Zwölf betreibt seine Geschäfte also mit unbarmherziger und unermüdlicher Bürokratie. Die einzigen Ausnahmen sind die regelmäßigen Unterbrechungen durch jüngere Assistenzlegendenjäger, die die Tage der Zwölf dem komplexen und unvorhersehbaren Rhythmus ihrer Toilettenpausen anpassen müssen.

Trotz der ruhigeren und weniger aufregenden Zeiten ist nach wie vor die Auffassung weit verbreitet, die Zwölf seien in vielen streng geheimen Angelegenheiten weiter aktiv und beaufsichtigten streng überwachte Operationen und vertrauliche Projekte.

Allerdings bestreitet der Rat der Zwölf vehement, auf diesem Level der Geheimhaltung zu operieren oder Diskussionen über laufende Missionen wie die Operation SAGEN WIR NICHT! zu zensieren oder die Große DAS SAGEN WIR ERST RECHT NICHT! und besonders die bevorstehende UND DAS SOWIESO SCHON MAL GAR NICHT!.

Was die unrühmliche Affäre Niall Schwarzzunge angeht, stellt sich der Rat strikt auf den Standpunkt »Niemand spricht gern darüber«, auch wenn einige Ratsmitglieder der Ansicht sind, UND WENN WIR DAS VERRATEN WÜRDEN, MÜSSTEN WIR DICH AUF DER STELLE EXSIKKIEREN!.

36 SECHSUND-DREISSIGSTES KAPITEL

Von seinem Platz auf dem Hügel beobachtete Gantrua die Bewegungen im Tal, wo eine Kolonne Hogboons Steine und Erde aus einem Spalt im Berg schleppte, durch den man in das riesige Netz der Coronium-Minen gelangte. Die einzige Belohnung, die sie für ihre Tätigkeit erhielten, war das Versprechen, ihre Behausungen – anwesende Bewohner nicht ausgeschlossen – nicht niederzubrennen. Auch wenn es keine große Belohnung sein mochte, war es dennoch ein sehr effektiver Anreiz.

Die geernteten Steine wurden zu großen Sortierfeldern gebracht, wo man jeden einzelnen Krümel umdrehte, auf der Suche nach Kristallen. Die Funde waren mager. Es waren die Überreste der letzten bekannten Coronium-Vorkommen in dieser Welt, am letzten Ort, an dem man sie noch in der Luft befestigen konnte, um diese aufzureißen.

Gantrua hatte Trupps ins ganze Land ausgeschickt, die weitere Vorkommen entdecken sollten, aber vergebens. Nur hier war zu finden, was sie brauchten. Hier, wo die Tore in die Gelobte Welt in ein einziges Dorf führten. Und zu einem einzigen Ziel.
Unter Gantruas Kommando würden die Legenden das Gespinst zwischen den Welten zerfetzen und sich hindurchgraben, sich einen Weg von dieser auf die andere Seite bahnen. Dort würde sie eine Armee erwarten, die einzig für diesen großen Moment aus ihrem Schlaf erweckt worden war.
Gantrua konnte den Sieg riechen. Nun ja, er hätte ihn riechen können, wenn nicht der überwältigende Gestank seiner fomorianischen Wachen zu ihm hinaufgedriftet wäre.
Unter ihm machte sich Trom einen Spaß daraus, Steine in die Kolonnen der Hogboons zu schleudern, die sich jedes Mal wegduckten und auseinanderströmten. Cryf bewertete seine Würfe.
»Ich verstehe es immer noch nicht«, sagte Trom zu Gantrua, während er mit einer Leichtigkeit, als würfe er Kieselsteine in einen Teich, einen weiteren Brocken in die Kolonnen beförderte. Die Hogboons kreischten auf und warfen sich zur Seite.
»Sieben von zehn«, stellte Cryf fest.
»Was verstehst du nicht, Dummkopf?«, fragte Gantrua mit Nachsicht.
»Warum wir ohne eine Armee einmarschieren.« Trom holte aus und schleuderte einen weiteren großen Stein.
Cryf verzog das Gesicht. »Nur fünf von zehn, Spatzenhirn.«
Während das Licht einen weiteren Tag verblassen ließ – was weniger mit einem dramatischen Rückgang an Helligkeit zu

tun hatte als mit einer Vertiefung der üblichen Dunkelheit, die selbst in den hellsten Stunden des Tages herrschte –, überblickte Gantrua das Geschehen. Er sehnte sich fort von diesem Ort.

»Wir haben eine Armee, du Riesenidiot«, sagte er mit einem Seufzen. »Sie ist genauso unsichtbar wie deine Weisheit. Genauso unerreichbar für dich wie Intelligenz. Dir ebenso verborgen wie …«

Wieder warf Trom einen Stein. Ein halbes Dutzend Hogboons sprang aus dem Weg.

»Oh, eine Acht, würde ich sagen«, stellte Cryf fest.

Gantrua hob einen Fuß und versetzte Trom einen Tritt gegen die Schulter, sodass dieser kopfüber den Hügel hinunterpurzelte, geradewegs in eine Reihe Hogboons, die in sämtliche Richtungen auseinanderstürmten und -sprangen. Steine und Erde verteilten sich zwischen den Stoppeln, die aus dem giftigen Boden sprossen.

Cryf bog sich förmlich vor Lachen bei diesem Anblick. Gantrua versetzte auch ihm einen Tritt.

Dann ging er die andere Hügelseite hinab in sein Zelt, das jenseits des Tumults der Kolonnen und des Gebrülls der fomorianischen Wachen stand. Er zog den Stoff beiseite und zwängte seinen gewaltigen Leib hinein, während sein Schwert hinter ihm herschleifte.

Der Schein des niedrigen Feuers, das man im Innern entfacht hatte, machte seinen Augen zu schaffen. Er fühlte, wie der Hass sein Herz zerfraß, spürte dessen langsamer werdende Schläge, als würde sich sein Körper dagegen wehren, hier zu sein. Das Ende konnte nicht schnell genug kommen.

»Du musst geduldig sein, mein Freund«, sagte eine schwache Stimme aus einer Ecke am entgegengesetzten Ende des Zeltes. »Versuche es mit Meditation. Nimm Verbindung zum Äther auf statt zu deinem Zorn. Das wird dir guttun.«

Gantruas Schultern hoben sich unter seinen tiefen Atemzügen. Mit zusammengekniffenen Augen sah er zu der verhüllten Gestalt hinüber, die im Schneidersitz auf dem Boden saß. »Das mag dein Weg sein«, knurrte er. »Aber nicht meiner.«

Die Gestalt hob leicht den Kopf, sodass ein trüber Lichtschein auf die dünnen Lippen und die runzlige Haut ihres Kinns fiel. »Und doch sind wir hier. Nach wie vor gefangen in dieser Welt. Und sie sind immer noch in ihrer.«

Gantrua gab keine Antwort. Man hörte nichts als das Geräusch, mit dem er die schale Luft in seine Lunge sog, wie das leise Brummen einer großen Orgel.

»Was geht da draußen vor?«, fragte die verhüllte Gestalt.

»Sie sammeln die Kristalle. Wir haben die Coronium-Minen fast völlig erschöpft, für nicht mehr als eine Handvoll Steine.«

»Aber reicht es, um die Tore offen zu halten?«

»Ja.«

Die verhüllte Gestalt bewegte sich ein wenig auf ihrem Platz und nahm dann ihre ursprüngliche Haltung wieder ein. »Es geht nicht darum, was wir hier tun, Gantrua. Es geht darum, was in der Gelobten Welt geschieht. Dort schläft eine gewaltige Armee, und wir haben den Schlüssel überbracht, den unser

Agent braucht, um sie aufzuwecken. Du bekommst deinen letzten Vorstoß zum Sieg.«

»Und der Junge?«, fragte Gantrua.

»Der Junge ist nur dann eine Bedrohung für dich, wenn er überlebt. Und das wird er nicht.«

Gantrua legte der verhüllten Gestalt eine Hand auf die Schulter und drückte sie gerade so fest, dass man es sowohl als Zuneigung oder als Bedrohung verstehen konnte. »Du solltest besser recht behalten.«

37 SIEBENUNDDREISSIGSTES KAPITEL

Tiefes Schweigen hatte sich ausgebreitet. In Finns Haus. Und in seiner Familie. Von seinem Vater war seit Tagen kaum etwas zu sehen, keine Geräusche aus der Bibliothek, keine quietschenden Werkzeuge, keine klappernden Teile. Und auch keine Tore.

Das Gesicht seiner Mutter war schon tagelang voller Sorge. Das wenige, was Finn über die Nachwirkungen der Enthüllungen über Emmie und ihren Vater wusste, hatte er von ihr erfahren, bei seinen Besuchen in ihrer Praxis in der Broken Road. Sie erzählte ihm, dass die Zwölf über Hugos Beschwerde gegen Steve in Kenntnis gesetzt worden waren. Weitere Anweisungen würden jedoch erst kommen, wenn man sich ordnungsgemäß mit der Mitteilung auseinandergesetzt hatte: »unter Einhaltung von Paragraf 52, Artikel 3.1. der Legendenjägerverfassung und gemäß der vorgesehenen rechtlichen Verfahren etc., etc.«

»Das kann morgen sein«, erklärte Finns Mutter. »Oder nächsten Monat. Als er sie um die Erlaubnis gebeten hat, Darkmouth zu verlassen, damit wir in die Flitterwochen fahren konnten, kam die Reaktion zwei Tage vor unserem ersten Hochzeitstag. Und die Antwort war immer noch Nein.«

Mit angezogenen Beinen hockte Finn in ihrem Behandlungszimmer. Er hatte einen Mundschutz vorm Gesicht, der sich beim Ausatmen wölbte, und ließ einen Bohrer rotieren, bis seine Mutter ihn ihm wieder wegnahm.

»Hör zu, Mam, es gibt etwas, das er mir nicht erzählt.«

»Wer?«, fragte seine Mutter geistesabwesend. Sie bereitete sich auf ihren nächsten Patienten vor, allerdings ohne die Leichtigkeit, die Finn normalerweise beim Arbeiten an ihr beobachtete.

»Dad«, sagte er mit Nachdruck. »Der Hogboon, den wir gefangen haben, hat irgendwas zu mir gesagt. Er schien mich zu erkennen.«

»Ich weiß nicht, Finn«, sagte seine Mutter erschöpft.

»Wirklich. Er hatte eine Botschaft für mich. ›Der Junge wird fallen‹, hat er gesagt, und zwar direkt zu mir, aber Dad meint, es hätte nichts zu bedeuten.«

»Dann ist es vielleicht so«, sagte seine Mutter.

»Glaubst du, ich kriege je eine Antwort?«, fragte Finn.

»Von wem?«

»Von Dad. Von den Zwölf. Von irgendjemandem!«

»Hör mal, Finn«, sagte sie und wirkte nun ein wenig verstimmt. »Er erzählt mir nicht alles. Ich wünschte wirklich, er täte es, aber er tut es nicht. Und der Rat erzählt ihm offensichtlich auch nicht alles. So machen es alle. Sie lügen, behalten Geheimnisse für sich oder gehen Dingen aus dem Weg, weil sie hoffen, dass sie dann von selbst verschwinden.«

Seine Mutter holte tief Luft und fuhr dann fort, als lasse sie etwas heraus, das sie schon viel zu lange für sich behalten hatte. »Ich habe mir das jahrelang gefallen lassen, weil sie einfach so sind, wie sie sind. Und was noch viel schlimmer ist, man fängt selbst an und macht es genauso. So läuft es nun mal. Bis eines Tages alles schiefgeht.«

»Glaubst du, er weiß, was der Hogboon gemeint hat?«, fragte Finn.

»Wer weiß schon, was er weiß?«

»Aber könntest du ihn nicht fragen? Hat der Hogboon damit sagen wollen, dass ich anders bin? Dass ich, keine Ahnung, irgendwas Besonderes bin?«

Seine Mutter rollte mit ihrem Stuhl ganz nahe an ihn heran, und ihr Tonfall wurde wieder freundlich. »Finn, schon bevor du geboren wurdest, wussten wir, dass du etwas Besonderes sein würdest. Und als du zur Welt kamst, wussten wir es erst recht. Du *bist* etwas Besonderes, das musst du begreifen. Und dein Vater weiß das auch.«

Die Tür ging auf, und eine Frau kam herein. Finns Mutter stand auf und bat sie, sich zu setzen. »Okay, Mrs Stack, dann wollen wir mal sehen, wie es Ihrem Abszess geht.«

Finn lungerte noch einen Moment herum, bis seine Mutter ihn hinausscheuchte.

Als er sich auf der Türschwelle die Kapuze über den Kopf zog, glaubte er zu seiner Rechten eine Bewegung wahrzunehmen. Doch als er hinsah, konnte er nichts Ungewöhnliches entdecken, abgesehen von den Blicken der Passanten, deren Augen vor Wut ganz dunkel waren.

An diesem Abend erschien Finn wie gewöhnlich zum Training im Raum T2 mit dem langen Spiegel, der sich über die ganze Wand erstreckte, und den weichen Matten auf dem Boden. Er wartete auf seinen Vater. Aber niemand kam.

Schließlich hockte sich Finn auf den Boden und lehnte sich mit dem Rücken an die Spiegelwand. Er hatte seinen Kampfanzug im Schoß und machte sich mit Nadel und Faden und einigen Nieten daran, ihn enger zu nähen.

Nach einer Weile stand er auf und ging durch den Langen Korridor, wo ihn die Toten von den Wänden beobachteten und sich ihm die Missbilligung in ihren Augen bei jedem Schritt einbrannte. Es schien, als wüssten selbst sie um das dumpfe Schweigen, das ins Haus gesickert war und sämtliche Räume vergiftet hatte.

38 ACHTUNDDREISSIGSTES KAPITEL

Am Montagmorgen, als Finn sich auf den Schulweg machte, wartete Emmie an ihrer Straßenkreuzung. Angetrieben von Wut, Scham und einer Woge Adrenalin, die seine Beine unkontrollierbar zittern ließen, beschleunigte er das Tempo, als er stumm an ihr vorüberging.

Am Montagnachmittag stand sie am Schultor. Also sprang er über eine Mauer, wobei er sich die Hose an einer Glasscherbe zerriss. Sie folgte ihm mit einigem Abstand bis nach Hause, seine Schultern kribbelten angesichts ihrer unerschütterlichen Gegenwart.

Am Dienstagmorgen stand sie wieder an der Ecke. »Finn!« Emmie schrie fast schon. Also überquerte er die Straße, bog in die falsche Richtung ab, flitzte durch eine Gasse, überquerte eine andere und gelangte auf einem völlig fremden Weg zur Schule. Dreißig Sekunden später war sie wieder hinter ihm.

Am Dienstagnachmittag kehrte Finn auf dem umgekehrten Weg nach Hause zurück. Und Emmie ebenfalls.
Am Mittwoch fuhr er mit seiner Mutter. Es war die einzige Möglichkeit. Und in der Schule setzte er sich ganz nach hinten, damit sie ihm mit ihren Blicken keine Löcher in den Hinterkopf brennen konnte. Stattdessen gab er sich alle Mühe, nicht auf *ihren* Hinterkopf zu starren. Er versagte, tröstete sich aber damit, dass sie das nicht wusste.
Am Donnerstag war Emmie nicht da. Weder auf der Straße noch in der Schule. Mrs McDaid rief sie bei der Anwesenheitskontrolle zweimal auf, doch dort, wo sie unter einem Wust von roten Haaren hätte sitzen sollen, stand nur ein leerer Stuhl. Finn starrte auf den leeren Platz und fragte sich, wo sie sein könnte, bis ihm ein nasses, erbsengroßes Papierbällchen an den Kopf flog und ihn aus seinen Gedanken riss. Die beiden Savage-Zwillinge setzten wie auf Kommando Trauermienen auf.
Am Freitagmorgen fehlte Emmie schon wieder, und Finn spürte ein überraschendes Gefühl in sich aufsteigen. Zuerst erkannte er es fast nicht. Sie war fort. Sie hatte Darkmouth verlassen, war in die Großstadt zurückgekehrt, in ihr altes Leben. Und Finn ... *vermisste* sie. Nur ein kleines bisschen, aber doch so sehr, dass er die Wut in seinem Bauch, die sich kurzzeitig zurückgezogen hatte, erst wieder heraufholen musste.
An diesem Nachmittag schlenderte er langsam nach Hause und wünschte sich fast, beim Umdrehen festzustellen, dass sie ihm aus der Ferne wieder folgte. Doch keine Spur von Emmie.

Er bog um die Ecke, doch sie war nicht da. Finn nahm die Abkürzung zu ihrem Haus, zögerte dann aber kurz, weil er nicht sicher war, ob er sich ihrer Haustür nähern sollte oder nicht. Nein, beschloss er, er musste Emmie und ihren Vater hinter sich lassen. Sie waren nicht mehr als eine schmerzhafte Lektion in Sachen Vertrauen. Es war Zeit, sich dem zuzuwenden, was der Rest seines Lebens für ihn bereithielt.

Er drehte sich um und machte sich auf den Rückweg.

»Finn?«

Er sprang vor Schreck praktisch in die Luft.

»Tut mir leid. Ich wollte dich nicht erschrecken«, sagte Emmie. Sie stand auf dem Weg, der zu Finns Haus führte.

Während er an ihr vorüberging, sprudelte seine Wut wieder an die Oberfläche.

»Tut mir leid«, wiederholte Emmie.

»Lass mich einfach in Ruhe.«

»Ich habe meinem Vater nichts von dem Kristall erzählt, den du genommen hast.«

Finn blieb stehen. »Na und?«

»Ich hätte es tun können«, sagte Emmie. »Das sollte ich eigentlich. Aber ich hab's nicht getan.«

»Super, jetzt willst du mich also auch noch damit erpressen«, sagte Finn. »Tolle Art, zu zeigen, wie leid es dir tut.«

»Ich habe es ihm nicht erzählt, weil mir klar geworden ist, dass ich es nicht erzählen *will*. Eigentlich sollte ich *alles* an ihn weitergeben, und ich dachte, das könnte ich auch. Aber der Kristall war dein Geheimnis. Und du hast es mit mir geteilt. Das war der Punkt, an dem ich wusste, dass ich nicht tun kann, was sie wollen. Weil du mein Freund warst.«

»Genau. Du *warst* meine Freundin. Vergangenheitsform«, sagte Finn.

»Mit tut das alles leid. Es war nicht meine Absicht –«

»Es war alles Absicht. Jede kleinste Kleinigkeit. Du hast mich benutzt, um an meinen Vater heranzukommen. Nur aus dem Grund seid ihr doch nach Darkmouth gekommen.« Finn wollte weitergehen.

»Nein, das stimmt nicht«, sagte Emmie.

»Lügnerin!«, sagte Finn.

»Nein, Finn, wir waren nicht hier, um deinen Vater zu beobachten.«

»Noch mehr Lügen«, sagte Finn und ging weiter.

»Wir waren hier, um *dich* zu beobachten!«, schrie Emmie ihm nach.

Voller Wut und Verwirrung blieb Finn erneut stehen und versuchte, das alles zu begreifen. »Dann glauben selbst sie nicht daran, dass ich jemals vollenden werde –«

»Es geht nicht nur darum«, sagte Emmie. »Da ist noch etwas. Ich weiß nicht genau, was, und mein Dad erzählt mir nicht viel, aber ich habe hier und da etwas aufgeschnappt. Über die Zwölf. Sie reden viel von dir. Machen sich Sorgen um dich. Um irgendeine Art von …«, sie zögerte, als habe sie Angst, das Wort auszusprechen, »… Prophezeiung.«

Finn spürte, wie die Welt ins Wanken geriet, genau wie an dem Tag, als er bei der Verfolgung einer Legende hingefallen war und ausgestreckt auf dem Boden gelegen hatte, während von hoch oben aus dem eintönigen Grau der Regen auf ihn herabgetropft war.

Sie standen auf der leeren Straße. Finn fand, dass Emmie anders aussah, brauchte aber einen Moment, um zu begreifen, warum. Ihre Haare waren zurückgebunden und gaben ihr Gesicht vollständig frei. Jetzt, wo er es bemerkt hatte, sah sie nicht nur anders aus, sie war kaum wiederzuerkennen.

»Glaub ich nicht«, sagte er und ging weiter.

Emmie presste die Arme an den Körper und ballte die Hände zu Fäusten. Sie schrie ihm nach. »Aber es stimmt! Deshalb haben sie mich gebeten, mich mit dir anzufreunden!«

»Glaub ich trotzdem nicht«, rief er, ohne anzuhalten. Doch er war unsicher. Der Hogboon hatte versucht, *ihm* eine Botschaft zu übermitteln. Emmie und Steve waren gekommen, um *ihn* zu beobachten. Er hatte das Gefühl, mitten in etwas hineingesaugt zu werden.

Etwas Großes.

Er ging weiter, doch seine Wut und Verwirrung wurden nach und nach von einem anderen Gefühl überlagert, das ihm nur allzu vertraut war. Als er bei seinem Elternhaus anlangte, hatte er Angst – schreckliche Angst.

39 NEUNUNDDREISSIGSTES KAPITEL

An diesem Abend wartete Finn in seinem Kampfanzug, den Helm in der Hand, wieder auf das Training, doch es war niemand da, den er schlagen sollte. Der Lichtschein rings um den Türrahmen der Bibliothek am Ende des Langen Korridors verriet Finn, dass sein Vater sich dort befand. Finn wusste, was er zu tun hatte, um das Schweigen zu brechen. Er wusste, dass es an der Zeit war, ein Geheimnis gegen ein anderes auszutauschen, selbst wenn ihm dann alles um die Ohren fliegen würde.

Bevor er die Bibliothek betrat, blieb Finn vor dem Porträt von Gerald dem Enttäuschten stehen. Es gab keinen Zweifel: Wenn es jemals einen Mann gegeben hatte, der aussah, als habe das Leben eine Münze auf den Boden geklebt und ihm bei dem Versuch, sie aufzuheben, in den Hintern getreten, dann war es Finns Urgroßvater.

Wie es wohl wäre, von jemandem großgezogen zu werden, der so absolut unglücklich war über den Lauf der Dinge? Wie es wohl wäre, einem Mann gefallen zu wollen, der aussah, als habe sich jedes noch so kleine Vergnügen aus seinem Leben verflüchtigt?

Und wie es wohl wäre, den eigenen Vater zu verlieren, jenen Mann, dessen Porträt an der Wand einen unablässig an sein Fehlen erinnerte?

Es musste einen Menschen hart werden lassen, vermutete Finn.

Es würde ihn in seinen Vater verwandeln.

Er holte tief Luft und betrat die Bibliothek.

Sein Vater saß abgewandt und mit hängenden Schultern vor dem Computer und starrte auf den Bildschirm. Finn ging zu ihm hinüber, die Stille verstärkte das Geräusch jedes seiner Schritte, doch sein Vater schien sich seiner Gegenwart gar nicht bewusst zu sein; er rieb sich lediglich die Stirn, als versuche er, einen tief sitzenden Gedanken heraufzuholen.

Der Bildschirmschoner zeigte verschiedene Fotos; eines davon gehörte zu Finns Lieblingsbildern. Es zeigte ihn als Vierjährigen, wie er mit seinen Eltern am steinigen Strand von Darkmouth saß. Er hielt Eimer und Schaufel in der Hand, auch wenn es dort nur wenig zu schaufeln gegeben hatte.

Sie sahen aus wie eine ganz normale Familie, auf einem ganz normalen Ausflug, in einer ganz normalen Stadt.

Finn griff in das Oberteil seines Kampfanzugs und zog den Kristall des Minotaurus aus einer Innentasche. Er hielt ihn fest an sich gepresst.

»Das war ein schöner Tag«, erklärte sein Vater, der ihm immer noch den Rücken zuwandte. »Wir sind mit dir schwimmen gegangen, aber du wolltest partout keinen Schwimmreifen tragen. Du wolltest einfach ins Wasser rennen und losschwimmen. Also habe ich dich gelassen. Ich stand da und sah zu, wie du gespritzt und gestrampelt und alles versucht hast, um oben zu bleiben. Deine Mutter hat gerufen und geschrien, ich sollte dich hochheben, aber ich habe ihr gesagt, dass dir nichts passiert.«

»Bin ich geschwommen?«

»Nein, ich musste dich retten. Aber darum geht es nicht. Entscheidend war, dass du es versucht hast. Du hast Mut bewiesen und eine Beharrlichkeit, von der ich wusste, dass sie dich zu einem großartigen Legendenjäger machen würde. Von der ich *weiß*, dass sie dich großartig machen wird.«

Das Foto wechselte zum nächsten. Es war das Porträt von Gerald dem Enttäuschten, das im Langen Korridor hing. Sein Vater schaltete den Bildschirm aus. »Aber seien wir ehrlich, bis jetzt ist es nicht gerade großartig gelaufen. Und ich habe es versucht. *Wir* haben es versucht.«

Stirnrunzelnd dachte Finn an den Hogboon und die Botschaft, die dieser ihm zu übermitteln versucht hatte. »Dad, was hat der Hogboon über mich gesagt? Bin ich irgendwie anders? Ich weiß, dass du mir irgendetwas verschweigst.«

»Du musst dir diesen Unsinn aus dem Kopf schlagen, Finn, und zwar schnell.«

Während sein Vater auf dem Stuhl herumfuhr, steckte Finn den Kristall wieder in seinen Anzug.

»Aber Mam hat es zugegeben.«
»Was zugegeben?«, fragte sein Vater.
»Sie hat gesagt, dass ich besonders bin«, sagte Finn.
»Tatsächlich?«
»Und ihr wusstet schon vor meiner Geburt, dass ich besonders sein würde.«
Hugo packte Finn bei den Schultern, holte tief Luft und starrte ihm mit einem Laserblick in die Augen. »Natürlich hat sie dir gesagt, dass du besonders bist, Finn. *Jede* Mutter hält ihr Kind für etwas Besonderes. So etwas müssen Mütter sagen.«
Finn fühlte sich, als ob er von den Worten seines Vaters zerschmettert würde. Ungefähr so musste es sein, wenn man exsikkiert wurde. Noch näher würde er dem Gefühl vermutlich niemals kommen.
»Unterbreche ich gerade einen bewegenden Moment zwischen Vater und Sohn?« Die Hände in den Taschen seines fleckigen Mantels vergraben, stand Mr Glad im Türrahmen. Als er spürte, dass sein Witz nicht gut ankam, lachte er unbeholfen. »Tut mir leid. War keine Absicht. Jedenfalls ist es Zeit, dass du dich wieder an die Arbeit machst, Hugo. Ehrlich gesagt, ist es auch höchste Zeit, diese Jogginghosen mal wieder auszuziehen, bevor man sie dir noch vom Leib schneiden muss. Und macht das Fenster auf. Ich bin schon Greifen begegnet, die besser gerochen haben als dieses Zimmer.«
Er kam herein, marschierte geradewegs zum Apparat und begann, Werkzeuge, Kaffeebecher und Krimskrams einzusammeln.

Finn hatte sich abgewandt, um die Bestürzung zu verbergen, die ihm ins Gesicht geschrieben stand. Sein Vater sah zu Mr Glad, stand aber nicht auf. »Das erscheint mir im Moment nicht so wichtig, Glad.«

»Hör mal, Hugo«, sagte Mr Glad. »Die Zwölf haben Coco den Clown, oder wie auch immer er heißt, hergeschickt, um dir und dem Jungen auf den Zahn zu fühlen. So sind die Zwölf. Das ist ihre Art. Die Kerle würden sich nicht mal Hühnersuppe bestellen, ohne vorher zu überprüfen, welche Farbe die Federn des Huhns gehabt haben.«

Für einen Moment wurde Hugo aus seinem Selbstmitleid gerissen. »Sie haben nach Gründen gesucht, warum ich nicht den Zwölf beitreten darf«, sagte er. »Jetzt haben sie jede Menge.«

Finn wollte sich heimlich davonschleichen und lief in einem kleinen Bogen zum Ausgang.

»Hättest du je gedacht, dass dein Vater einmal so schnell aufgeben würde, junger Mann?«, fragte ihn Mr Glad, als Finn an ihm vorbeiging. Finn blieb stehen. »Er hat während der Weihnachtsinvasion vor vielen Jahren nicht aufgegeben«, fuhr Mr Glad fort. »Und bei der ganzen Geschichte mit deinem Großvater Niall auch nicht. Aber jetzt steht er da und gibt das alles auf. Sogar dich.«

Hugos Blick wurde zornig. »Lass Finn aus dem Spiel.«

»Es geht nicht anders, Hugo.«

Finns Vater wirbelte wieder zum Schreibtisch herum und legte den Kopf in die Hände. »Ich hab mein ganzes Leben Darkmouth geopfert.«

»Dann kommt es auf ein paar Tage mehr auch nicht an«, sagte Mr Glad.
»Sie haben schon damit angefangen, mir alles wegzunehmen«, sagte Hugo. »Dieser Möchtegernspion, den sie geschickt haben, wird ihnen wahrscheinlich einreden, er könne hier das Kommando übernehmen.«
»Dann solltest du ihnen einen Grund liefern, warum das nicht passieren darf. Den Apparat fertigzustellen wäre ein solcher Grund.« Es lag fast etwas Flehendes in Mr Glads Stimme. »Ich habe dich nie für jemanden gehalten, der einfach aufgibt. Und dein Sohn sicher auch nicht.«
Finn blieb, wo er war. Er hatte den Kopf gesenkt und war hin und her gerissen zwischen dem unbändigen Verlangen nach der Wahrheit, dem Bedürfnis zu fliehen und dem Wunsch, dass alles wieder normal werden würde. Er dachte an die Möglichkeiten, die der Apparat für seine Zukunft bot. »Mein Dad gibt niemanden auf«, sagte er, kaum hörbar.
»Was hast du gesagt, Finn?«, fragte Mr Glad.
»Ist schon gut«, sagte Hugo. »Du musst nichts sagen.«
Den Blick auf seinen Vater gerichtet, hob Finn die Stimme. »Ich habe gesagt, mein Dad gibt nicht auf.«
Er konnte dem Blick seines Vaters nicht länger standhalten, deshalb schloss er die Augen und wandte sich ab. Er versuchte, das Gefühl der Enge zu verdrängen, das ihm in die Kehle gekrochen war. Er nahm jetzt nur noch den muffigen Geruch von Mr Glads Kleidung wahr und hörte einen Stuhl quietschen.
Als er die Augen wieder aufschlug, sah er seinen Vater langsam

auf den Apparat zugehen. Er schleppte sich förmlich hinüber und bückte sich schwerfällig, um einen Hammer aufzuheben. Als er damit an die Maschine trat, hielt er den Hammer so fest umklammert, dass seine Knöchel weiß wurden. Sein Vater atmete schnell und tief. Seine mächtigen Schultern hoben und senkten sich. Er hob den Hammer hoch über den Kopf, als würde er sich bereit machen, die Maschine zu zertrümmern.

Finn hielt den Atem an. Mr Glads Augen weiteten sich.

Zögernd ließ Hugo den Arm wieder sinken und legte den Hammerkopf in die Handfläche seiner freien Hand. Mit einem Seufzen schienen sich seine Anspannung und sein Vorsatz zu verflüchtigen. »Gib mir den Flügel«, sagte er.

Mr Glad begriff, dass Hugo ihn angesprochen hatte. »Ach ja, den Flügel. Welchen denn?«

»Den, der aussieht, als stamme er von einem Zimmerventilator. Es *ist* der Zimmerventilator.« Hugo machte sich an irgendwelchen Verdrahtungen zu schaffen.

Mr Glad schaute Finn an, und über sein Gesicht huschte ein Lächeln, dessen Charakter Finn nicht zu deuten wusste. Zufriedenheit vielleicht. Erleichterung. Triumph. Was es auch sein mochte, es beunruhigte Finn.

»Das hier wird alles verändern, junger Mann«, sagte Mr Glad. »Ich weiß, dass du nicht sonderlich scharf darauf bist, noch mehr Tieren wehzutun, aber manchmal muss man eben Opfer bringen.«

In diesem Moment entdeckte Finn etwas, das ihn zusammenzucken ließ. Doch er fing sich rasch wieder. »Ich muss Hausaufgaben machen«, erklärte er und verließ den Raum, so schnell er konnte, ohne dabei so auszusehen, als ob er vor etwas davonlief. Was er tatsächlich tat.

Er ahnte, dass Mr Glad ihn beobachtete. Er spürte seinen stechenden Blick bis zur Tür. Doch er konnte nicht einschätzen, ob Glad ihm aus Neugier oder aus Misstrauen nachschaute. Wusste er, dass in seinem Nacken ein dunkelblauer Fleck zum Vorschein kam, wenn seine Haare nach vorn fielen? Die Ränder waren gelb und unscharf. Dennoch war dort ohne Zweifel der Abdruck eines Sterns zu erkennen, der ihm ins Fleisch gepresst worden war.

Genau die Art von Bluterguss, die jemand haben würde, der mit einem sternförmigen Angelgewicht geschlagen worden war.

Es war Mr Glad gewesen, unten am Hafen.

Mr Glad am Tor.

Mr Glad, der mit den Legenden kommunizierte.

40 VIERZIGSTES KAPITEL

»Sag das noch mal, damit wir genau wissen, wie sehr du dich irrst.«

Finns Vater war an diesem Abend nicht ganz so übel gelaunt wie die letzten Tage zum Abendbrot erschienen. Doch die »gute« Stimmung hatte gerade mal geschlagene zwei Minuten angehalten – genauso lange, wie er brauchte, um Finn zu fragen, wie es ihm ging. Und dieser ihm mit einer Reihe vorsichtiger Fragen über Mr Glad antwortete. Wie lange sein Vater ihn schon kenne, wie nahe sie sich standen und ob er irgendeinen Verdacht habe, dass Mr Glad, nun ja, vielleicht, unter Umständen, der Verräter sein könnte.

»Weiter, Finn. Erzähl es mir noch mal.«

»Droh ihm nicht mit der Gabel, Hugo«, warf Finns Mutter ein.

Finn verschränkte die Arme vor der Brust. »Ich weiß, dass ich

dem, der mich am Hafen angegriffen hat, etwas an den Hals geschlagen habe. Ich sag ja bloß, was ich gesehen habe.«
»Nein, du sagst, was du *glaubst* gesehen zu haben. Glad hat oft genug in Schwierigkeiten gesteckt und sicherlich ein paar Flecken und Narben davongetragen. Als ich in deinem Alter war …«
»Super, jetzt geht das wieder los.«
Sein Vater warf ihm einen wütenden Blick zu und fuhr dann fort. »Als ich in deinem Alter war, hat Glad praktisch hier gewohnt. Er stammt aus einer Familie von Beschaffern. Absolut loyal. Immer da, wenn man sie braucht.«
»Finn ist offensichtlich überzeugt, etwas gesehen zu haben«, sagte Finns Mutter. »Außerdem hättest du mir von diesem Kampf erzählen müssen, Hugo.«
»Fang nicht damit an, Clara. Ich bin derjenige, der mit ihm draußen ist, ihn trainiert und versucht, ihn darauf vorzubereiten, ein Legendenjäger zu werden. Das ist nicht leicht, das kannst du mir glauben. Er hat ständig solche Sachen im Kopf.«
»Hallo, ich bin hier, falls du das vergessen hast«, sagte Finn. »Du kannst mir das auch direkt sagen.«
»Mein Platz im Rat der Zwölf ist wahrscheinlich futsch wegen dem, was sich am Hafen abgespielt hat.«
»Warum willst du überhaupt zu denen gehören, Dad? Ich kapier das nicht. Es hört sich todlangweilig an, nichts als Vorschriften und Gesetze und den ganzen Tag am Schreibtisch hocken und –«
Sein Vater fiel ihm ins Wort. »Es gibt zahllose Legendenjäger

auf der ganzen Welt, die nichts anderes tun, als ihre Speere zu polieren. Ich weigere mich, einer von ihnen zu werden, wenn Darkmouth die Legenden irgendwann endgültig los ist. Außerdem bieten sie mir, trotz allem, was in dieser Familie geschehen ist, die Chance, ihren Ruf zu retten. *Unseren* Ruf. Ich lasse nicht zu, dass du mir das kaputt machst.«

»Beruhige dich, Hugo«, sagte Finns Mutter. »Zeig ein bisschen Verständnis.«

»Das versuche ich. Das versuche ich tagtäglich, aber ich werde immer wieder auf die Probe gestellt.«

»Ist dir jemals in den Sinn gekommen, dass das vielleicht nicht *mein* Weg ist, Dad?«, fragte Finn.

»Dein Weg?«, erwiderte sein Vater so heftig, dass ein Bröckchen Fleisch über den Tisch flog. »Dein *Weg*?«

»Ich versuche, dir etwas zu sagen, aber du willst mir nicht glauben«, sagte Finn, Messer und Gabel in den Fäusten aufgerichtet. »Ich habe versucht, über so vieles mit dir zu reden, aber du hörst mir nie zu. Über Mr Glad, diesen Hogboon und das, was er gesagt hat. Und jetzt hat Emmie mir erzählt, dass sie hergekommen sind, um *mich* zu beobachten.«

»Wann lernst du endlich, dass du diesen Leuten kein Wort glauben darfst«, sagte sein Vater.

»Also, vielleicht geht hier ja irgendwas vor. Vielleicht soll ich ja gar kein Legendenjäger werden«, fuhr Finn fort. »Vielleicht ist es mir ja *tatsächlich* bestimmt, anders zu sein?«

Sein Vater ließ sein Besteck fallen. »Na schön, dann bist du eben *anders*. Glaubst du etwa, ich hätte nicht bemerkt, dass du dein

Fleisch kaum anrührst, Finn? Du schiebst es über den Teller und versuchst, es zu verstecken, und es kommt nicht mal in die Nähe deines Mundes. Also gut: Er *ist* anders, Clara. Er ist ein Vegetarier. Woher hat er das nur? Von mir jedenfalls nicht.«

»Irgendetwas geht hier vor, Dad. Und egal, wie sehr du mich auch davon ablenken willst, ich weiß, dass du etwas vor mir verheimlichst.«

»Hugo, du musst ihm zuhören«, sagte Finns Mutter. »Und es ist an der Zeit, dass du ihm über ein paar Dinge die Wahrheit sagst.«

»Schön, Finn«, fuhr sein Vater fort. »Hier ist eine Wahrheit. Du willst also, dass ich, unmittelbar bevor ich als erstes Mitglied dieser Familie einer der Zwölf werde, vor den Rat trete und ihnen sage, dass mein Beschaffer – ein Mann, dem sie die höchste Auszeichnung verliehen haben – mit der Verseuchten Seite gemeinsame Sache macht.«

»Ich sage nur, was ich gesehen habe, Dad.«

»Vielleicht sollte ich gleich noch ein paar Witze über ihr Reinlichkeitsverhalten reißen, wenn ich schon dabei bin.«

»Es war Mr Glad, der mich angegriffen hat«, sagte Finn. »Ich weiß es.«

»Wenn du etwas weißt, dann nur, weil ich es dir sage. Und das ist deine Lektion für heute: Eher friert die Verseuchte Seite zu, bevor ich akzeptiere, dass mein ältester Freund ein Verräter ist.«

Finns Vater schnaubte erregt durch die Nase; seine Brust hob und senkte sich. Sein Handy vibrierte und rutschte ein paar

Zentimeter über den Tisch, ehe er es aufhob und die Nachricht las. Sein linkes Auge zuckte beim Lesen.

Er sah Clara an.

»Was steht da?«, fragte sie.

Er reichte ihr das Telefon, stand auf und ging aus dem Zimmer. Finn stand ebenfalls auf, um seiner Mutter über die Schulter zu schauen und die Nachricht zu lesen. Sie bestand nur aus einer Zeile.

DRINGEND! ANWENDUNG VON ORDER 23 B,
§ 5. ZIELPERSON: GLAD.

»Was bedeutet das, Mam?«

»Ich bin mir nicht sicher«, sagte Finns Mutter gedehnt, »aber ich hab das Gefühl, es bedeutet, dass dein Vater anfangen sollte, auch mal auf jemand anderen zu hören als sich selbst.«

41 EINUNDVIERZIGSTES KAPITEL

Mit versteinerter Miene steckte Finns Vater den Kopf wieder zur Küchentür herein. »Komm mit.«

Finn schleppte sich vom Küchentisch weg und folgte seinem Vater durch den Langen Korridor, im Glauben, sie gingen zur Bibliothek. Doch sein Vater blieb vor dem Porträt von Gerald dem Enttäuschten stehen.

»Das war nicht sein ursprünglicher Jägername«, sagte sein Vater. »Weißt du, wie er hieß?«

Finn schüttelte den Kopf.

»Gerald der Wilde. Und weißt du, warum der Name geändert wurde?«

»Nein.«

»Wegen mir. Als er für dieses Porträt Modell saß, sollte für ihn als Legendenjäger eigentlich Schluss sein. Er sollte sich um seine Bonsaibäume kümmern, Äxte verzieren und nichts anderes tun, als sich an seinen Hobbys zu erfreuen. Frei von der Verantwortung, sich jeden Tag, jede Stunde, jede Minute um die Sicherheit von Darkmouth kümmern zu müssen.«

Wütend öffnete sein Vater eine schmale Tür auf der gegenüberliegenden Seite und holte einen Kampfanzug heraus. Er stieg hinein, schloss die Schnallen an den Beinen und dann an den Schultern. »Stattdessen lief in seinem Büro ein kleines Kind herum, während das Porträt gemalt wurde. Ich. Und er war alles andere als frei – wegen des Mannes neben ihm. Seinem Sohn. Meinem Vater. Niall Schwarzzunge.«

Finn sah zu Niall Schwarzzunges Porträt hinüber. Der Legendenjäger wirkte nervös, als habe er Angst, dem Betrachter in die Augen zu schauen. Die Teile, die um ihn herum verstreut lagen, schienen ihn mehr zu interessieren.

»Wenn du die Dinge anders handhaben willst, dann tu es, Finn«, fauchte sein Vater. »Versuch es. Aber du wirst enden wie mein Vater und alles im Stich lassen, was du eigentlich schützen sollst. Und ich werde enden wie Gerald und die Scherben aufsammeln.«

Finn betrachtete das Gesicht seines Großvaters. Er meinte, etwas Neues in seinen Augen zu entdecken. In der Demut, die er dort immer gesehen hatte, lag ein Hauch von Entschlossenheit.

»Wie soll ich die Fehler vermeiden, die er gemacht hat, wenn du mir nicht erzählst, was er getan hat?«

Mit einem tiefen Seufzen griff sein Vater nach dem Helm, drückte die Tür zur Bibliothek auf und schnappte sich einen Exsikkator. Dann marschierte er geradewegs zu den Regalen und betrat den dahinterliegenden versteckten Geheimgang. Finn folgte ihm hinaus auf die Straße, wo Steve in einem Kampfanzug lässig an seinem Van lehnte.

»Dann haben Sie also die Order der Zwölf erhalten?«, sagte er.

»Das war Ihr Werk, nehme ich an«, erwiderte Hugo.

»Ich habe gesehen, was am Hafen passiert ist. Ich habe das Tor ausfindig gemacht und vom Van aus zugesehen. Ich musste den Zwölf alles berichten.«

»Der Nebel dort war mindestens so undurchdringlich wie Ihr Schädel. Sie können nicht viel gesehen haben.«

»Mr Glad war als Erster da, aber ich habe ihn nicht kommen, sondern nur gehen sehen. Er muss vor allen anderen dort gewesen sein. Als Sie erzählten, es wäre ein Mensch am Tor gewesen, habe ich zuerst nicht geschaltet. Aber dann kam ich darauf: Er muss es gewesen sein. Und wir müssen ihn verhaften.«

Endlich verstand Finn, was vor sich ging und dass er mit seinem Verdacht recht gehabt hatte.

»Vielleicht. Aber haben Sie den Zwölf auch berichtet, dass wir gesehen haben, wie *Sie* von dort verschwunden sind?«, fragte sein Vater.

»Das Problem ist, dass Sie nur das sehen, was Sie sehen wollen, Hugo«, erwiderte Steve.

»Ich sagte Ihnen bereits, das hier ist meine Stadt.«

»Und es ist Ihr Schlamassel.«

»Die Zwölf haben *mir* die Order gegeben – ich brauche keinen Lehrling, der mir im Weg herumsteht«, sagte Hugo.

»Aber Sie brauchen diesen Sitz im Rat der Zwölf. Sie können

mich zurücklassen, aber ich glaube nicht, dass Sie diese Chance ausschlagen werden.«

»Du wartest hier, Finn«, sagte sein Vater. Dann sprang er in den Wagen und brauste davon. Als Steve in seinen Van stieg und sich ihm an die Fersen heftete, sah Finn im Dämmerlicht Emmie auf der Straße stehen.

»Na toll«, stöhnte er.

»Dad hat gesagt, ich soll hierbleiben, während er sich Mr Glad schnappt«, sagte sie zerknirscht. »Diesmal hat er sogar einen Exsikkator mitgenommen, also muss es ernst sein.«

Das überraschte Finn. Sein Vater hatte auch einen Exsikkator mitgenommen, aber er hätte nicht erwartet, dass er bei einem Menschen zum Einsatz käme. Emmie und Finn lauschten den Motorengeräuschen der Wagen, die auf dem Weg zu Mr Glad waren. Eine Frage ließ Finn nicht los.

»Emmie, was meinst du, warum der Rat wollte, dass du mich beobachtest?«

»Das habe ich dir doch gesagt«, erwiderte sie. »Keine Ahnung. Weil sie sich Sorgen um dich machen.«

»Warum?«

»Keine Ahnung.«

Frustriert rieb sich Finn das Gesicht. »Du hast gesagt, es gäbe eine Prophezeiung.«

»Schon, aber ich kenne sie nicht.«

»Du meinst, du willst es mir nicht sagen«, sagte Finn.

»Nein, ich kenne sie wirklich nicht«, beteuerte Emmie. »Mir wurde einfach gesagt, dass ich Zeit mit dir verbringen soll, zu dir nach Hause gehen und Dad berichten, was bei dir los ist.«

»Du gehörst auch zu denen, die mir nicht erzählen wollen, was ich wissen will. Obwohl ich ein Recht darauf habe. Sogar die Legenden scheinen irgendwas über mich zu wissen, worüber niemand reden will.«

»Warum fragst du dann nicht eine von ihnen?«, sagte Emmie.

»Eine von was?«

»Den Legenden.«

»Ja, klar, wir warten einfach, bis sich ein Tor öffnet und –«

»Darauf musst du gar nicht warten«, sagte Emmie.

Er brauchte ein paar Sekunden, um zu begreifen, worauf sie hinauswollte.

»Äh ... die Bibliothek?«, sagte sie ganz langsam, als ob er ein Idiot wäre.

Was er offensichtlich war.

42 ZWEIUND-VIERZIGSTES KAPITEL

Finn stand mitten in der Bibliothek und wusste zwei Dinge: Er sollte das hier auf keinen Fall tun; und Emmie sollte auf keinen Fall dabei sein, während er es tat.

Eigentlich war es ziemlich einfach. Die Waffenteile, die zu einem Reanimator umgebaut worden waren, lehnten immer noch an der Wand der Bibliothek. Der Hogboon befand sich in einem Glas, ganz vorn auf einem niedrigen Regal.

»Ich wollte dir ja sagen, dass wir hier sind, um dich auszuspionieren«, sagte Emmie gerade. »Aber ich konnte es nicht. Ich durfte es nicht. Ich hätte schrecklichen Ärger bekommen.«

Während sie weiterplapperte, suchte Finn zusammen, was er brauchte.

»Es hat mir wirklich Spaß gemacht, Zeit mit dir zu verbringen«, fuhr sie fort. »Ehrlich. Ich fand es schrecklich, dich anzulügen. Obwohl ich genau genommen nie wirklich gelogen habe. Ich habe dir bloß nicht die Wahrheit erzählt.«

»Ich komm auch gut allein klar«, sagte Finn.

»Ich dachte, du willst vielleicht meine Hilfe bei der Rean…«

»Ich meine, nicht jetzt im Moment.«

»Oh.«

Doch obwohl er Emmie gegenüber weiter auf Abstand zu bleiben versuchte, spürte er, wie ihr Mut ihn anzustecken begann. Was er hier tat, verstieß gegen alles, was sein Vater von ihm erwartete, und doch fühlte es sich an, als wäre es das Einzige, was er tun konnte.

»Ich denke, ich erinnere mich noch gut genug daran, wie mein Vater die Legende reanimiert hat«, sagte er und bemühte sich wieder, Emmies Blick auszuweichen. »Du schnappst dir diesen Exsikkator und schießt, wenn es irgendwelche Probleme gibt.«

»Ja, ungefähr so …«

»Tu einfach das, was du im Training gemacht hast.« Er suchte weiter zusammen, was er brauchte.

»Ich …«, sagte Emmie zögerlich. »Ich hatte das nie im Training.«

»Wirklich?«

»Mein Dad macht sich immer solche Sorgen um mich. Ich trainiere zwar, aber einen Exsikkator lässt er mich trotzdem noch nicht benutzen. Einmal durfte ich einen halten, aber das war's auch schon. Er meinte, ich könnte mir damit ein Auge ausschießen.«

Finn gestattete sich für einen Augenblick ein Gefühl der Überlegenheit, und seine Laune hob sich augenblicklich. Dieser Abend schien doch schon ein bisschen besser zu werden.

Ein schwaches Licht drang aus Mr Glads Laden, sickerte in die dunkler werdende Gasse und warf die Silhouetten von Hugo und Steve auf die Mauer, vor der sie kauerten.

»Wir gehen hinten rein«, wisperte Steve mit geöffnetem Visier, den Exsikkator auf der Schulter.

»Wir gehen vorne rein«, sagte Hugo, stand auf und lief los.

Sie stellten sich an die beiden Seiten der Eingangstür. Die Körbe mit Elektrotrödel türmten sich vor dem Laden, bereit, einen weiteren Tag auf Kundschaft zu warten, die niemals kommen würde.

»Glauben Sie immer noch, dass Glad nicht der Verräter ist, Hugo?«

»Er hat dabei nichts zu gewinnen.«

»Wenn ich mir das hier so anschaue, kommt es mir eher vor, als hätte er nicht viel zu verlieren«, meinte Steve.

Hugo schulterte den Exsikkator. »Es wird keinen Grund geben, zu schießen, also machen Sie keine Dummheiten. Und jetzt bringen wir es hinter uns.«

Hugo fischte einen schmalen, zigarrenförmigen Gegenstand aus seinem Gürtel, rammte ihn ins Schlüsselloch und drückte auf das Ende. Man hörte das dumpfe Knacken eines zersplitternden Schlosses. Die Tür glitt langsam auf.

»Zieh den Käfig hier rüber«, sagte Finn zu Emmie.
Sie hatte endlich aufgehört, zu reden, und als Finn die Kugel des exsikkierten Hogboons auf den Käfigboden legte, bemerkte er ihren Blick, und ihm wurde klar, dass sie ihn nicht nur aus Neugierde beobachtete. Sie war offensichtlich beeindruckt von seiner Erfahrung. Er setzte seine zuversichtlichste Miene auf, während er sich immer wieder selbst sagte, dass er das hier auf keinen Fall vermasseln durfte. Unter keinen Umständen.
Finn nahm den Reanimator und wiederholte die Bewegungen, die er bei seinem Vater gesehen hatte. Er schob mit dem Daumen den Hebel hoch und wartete, bis der hohe Heulton in das Ticken überging, das die Bereitschaft des Geräts anzeigte. Dann richtete er die Mündung auf den geschrumpften Hogboon. »Du bleibst am besten zurück«, sagte er zu Emmie.
Der exsikkierte Ball begann zu glühen, kühlte ab, sprang und zuckte, bis ein Schrei, den man in jedem heimgesuchten Ort des Kontinents hätte hören können, die Rückkehr des Hogboons ankündigte.

Das sanfte, gedämpfte Licht im Laden warf Schatten auf die Wand: die Umrisse von alten Messingkesseln und Plastikröhren, die in Bündeln von der Decke hingen und kaum hörbar schepperten, als die beiden Männer vorbeischlichen. Hugo blieb stehen, um nach dem Knopf an seinem Helm zu suchen, der die eingebaute Nachtsichtfunktion aktivierte und seine Welt mit einem Flackern in körniges Grün tauchte. Steve lief von hinten auf ihn drauf.

»Warum klingeln Sie nicht gleich an der Tür?«, zischte Hugo.

»Und warum rufen Sie ihn nicht einfach an, wenn Sie finden, dass er keinen Grund hat, sich zu verstecken?«, flüsterte Steve.

Sie arbeiteten sich durch den Laden, stiegen über Kisten und Fässer, bahnten sich einen Weg durch die Öffnung im Verkaufstresen zum Hinterzimmer, das hinter leicht schwingenden Perlenschnüren verborgen lag. Sie warteten vor dem Eingang. Steve spähte durch das schwache Licht und glaubte, auf einem Stuhl am anderen Ende des Zimmers eine Gestalt auszumachen. Durch sein Nachtsichtgerät erkannte Hugo eindeutig die Silhouette einer Person – regungslos, leicht vorgebeugt und mit einem breitkrempigen Hut.

Steve griff nach den Perlenschnüren. Hugo hielt ihn am Handgelenk fest und glitt dann vor ihm durch den Vorhang. Lautlos näherte er sich der Person auf dem Stuhl. Als er sie erreicht hatte, beugte er sich langsam hinab und schaute ihr einen Moment ins Gesicht, ehe er sicher war, was er vor sich hatte.

Hugo schaltete die Nachtsichtfunktion aus und schob das Visier hoch. »Es ist bloß eine Schaufensterpuppe«, sagte er.

»Eine Attrappe?«

Hugo lauschte, doch er hörte nichts außer den schwirrenden Gedanken in seinem Kopf und dem Zerbröckeln seiner Gewissheit. Er ging zum Bett und stach hinein, obwohl er wusste, dass Mr Glad nicht dort war. Er schaltete eine Lampe an, die den Raum ein wenig erhellte.

»Nicht gerade luxuriös wie ein Penthouse, aber er hat hier ein paar nette Gerätschaften«, meinte Steve. »Hat er noch irgendwelche anderen Verstecke?«
Nachdenklich schüttelte Hugo den Kopf und starrte dabei auf eine von Mr Glads Fingerlos-Handgranaten, die auf dem Boden lag.
»Ich werde mich hier ein bisschen bedienen«, sagte Steve, während er langsam auf die Schaufensterpuppe zuging. »Natürlich erst, sobald wir ihn gefunden und exsikkiert haben. Vielleicht kann uns dieser Plastikfreund hier etwas verraten.«
In diesem Moment entdeckte Hugo den Draht, der von einer Granate zur nächsten verlief und immer weiter führte, bis er am großen Zeh der Puppe endete, um den er gewickelt war.
»Nicht bewegen!«
Doch Steve hatte die Schaufensterpuppe bereits herumgedreht, und der Draht spannte sich. Aus der am nächsten liegenden Granate sprangen Klingen, die einen Stift herausschoben, der wiederum die Klingen der nächsten Granate auslöste und der übernächsten – eine nach der anderen in einer Reihe, die um den halben Raum führte.
TICK, machten die Granaten. TICK.

43 DREIUND-VIERZIGSTES KAPITEL

Hört auf damit!«, schrie Broonie, ehe er auf dem Boden zusammenbrach.

Dreiundfünfzig endlos scheinende Sekunden später war der Tsunami aus unerträglichen Schmerzen in Broonies kleinem, malträtiertem Körper zu einer fast schon erträglichen Flut spitzer Nadelstiche abgeebbt.

Ein kleines bisschen Energie war in ihn zurückgekehrt, von den knotigen Zehengelenken bis in die schlappen Enden seiner Ohren, und er hatte eine etwas gesündere, grünere Farbe angenommen.

Trotzdem wappnete er sich für weitere Katastrophen. Dieser Ausflug in die Gelobte Welt war bislang nicht gerade optimal verlaufen. Eine Reise, die damit beginnt, dass einem ein Finger abgeschnitten wird, hat ohnehin keine großen Aussichten darauf, sich noch in eine nette Ferienreise zu verwandeln. Doch die Art und Weise, wie diese Menschen seinen Körper immer wieder zerstörten und wiederherstellten, ließ selbst die Fomorianer weicher erscheinen als den Morast vor der Tür seiner Behausung.

Er vermisste sein Zuhause im Augenblick wirklich sehr.

Als er wieder aufblickte, hielt der Junge nervös eine Waffe auf ihn gerichtet.

»Das war *genial*!«, quietschte das Mädchen. »Lass uns ihn wieder schrumpfen und es noch mal machen.«

»Nein, bitte nicht«, flehte Broonie. »Es tut so weh. Es fühlt sich an, als hätte mir jemand das Hirn aus dem Hintern gezogen und es dann wieder reingestopft.«

Dann kniff er misstrauisch die Augen zusammen. »Wo sind die anderen? Die Erwachsenen?«

»Wo tut es denn genau weh?«, fragte der Junge. »Ich habe ein bisschen was über Tiere gelesen, medizinische Sachen. Vielleicht kann ich dir helfen.«

»Tiere?«, sagte Broonie tödlich beleidigt. »Ich bin kein Tier. *Ihr* seid die Tiere. Und wenn ihr glaubt, ich würde seltsam aussehen, dann kann ich euch verraten, dass ihr selbst auch nicht viel hermacht mit euren mickrigen Ohren, den viereckigen Zähnen, dieser komisch gefärbten Haut und den lächerlich kleinen Nasenflügeln. Mit einer so winzigen Nase würdet ihr nie einen Partner finden.«

»Er ist ja so niedlich«, sagte das Mädchen. »Ob er wohl schon mal Gorgonen begegnet ist?«

»Wie bitte?«, fragte Broonie.

»Oder einem Zyklopen. Oder irgendwelchen Riesen. Ich würde furchtbar gern einem begegnen.«

»Ich bin sicher, einer von ihnen fände in seinem Magen noch ein kleines Plätzchen für dich, wenn du so versessen darauf bist, ihnen zu begegnen«, sagte Broonie.

»Das mit dem Einschrumpfen und Wiederaufblasen tut mir leid«, sagte der Junge mit einer Höflichkeit, die Broonie überraschte. Er hatte damit gerechnet, inzwischen mit den Gedärmen an einem Haken von der Decke zu baumeln. Das war die Art von Dingen, die Menschen taten. Zumindest hatte man ihm das beigebracht. Entschuldigungen passten angeblich nicht zu ihrem Charakter.

Der Junge fuhr fort. »Ich heiße Finn. Ich lebe hier. Und das ist Emmie. Die solltest du lieber gar nicht beachten. Hast du einen Namen?«

»*Ob ich einen Namen habe?* Also wirklich. Wofür hältst du mich?« Der junge Mensch sah ihn immer noch erwartungsvoll an, bis er schließlich nachgab. »Brooniathon Elgin Astrophor Fleriphus.« Er bemerkte ihre ratlosen Gesichter. »Broonie.«

»Ich will dir nicht wehtun, Broonie«, sagte Finn. »Ich muss einfach wissen, was du gemeint hast, als du mir etwas sagen wolltest.«

»Was ich ... Was ich gemeint habe?«

»Du hast neulich gesagt, ich würde irgendetwas retten. Kurz bevor ...«

Neulich? Wie lange war es her, seit sie ihn das letzte Mal verhext hatten? Offensichtlich noch länger, als es sich angefühlt hatte.

Dennoch musste Broonie sich den Moment vergegenwärtigen, ehe er sich darauf besann, was er genau gesagt hatte. Dann fiel ihm alles wieder ein.

»Ich bin mir nicht sicher«, log er. »Vielleicht war es wichtig. Vielleicht aber auch nicht. Es fällt mir schwer, mich zu erinnern.«

»Oh, er ist so goldig«, quietschte Emmie. »Eine echte Legende! Du solltest ihn als Haustier behalten, Finn.«

Broonies Augen weiteten sich vor Empörung.

»Aber du hast etwas gesagt«, flehte Finn. »Ich habe dich gehört.«

»Hab ich das? Keine Ahnung. Es ist schwer, in diesem Käfig klar zu denken. Es ist so eng hier drin ...« Er umklammerte seinen Kopf und kauerte sich hin. »Vielleicht könnte ich besser atmen, wenn du mich hier rauslässt.«

»Nein«, sagte der Junge.

»Dann schick mich zurück in diesen Halbtod. Wenn du mich nicht rauslassen kannst, bin ich sowieso wertlos für dich.«

Finn zögerte, dann trat er vor und zog einen Schlüssel aus der Tasche. »Wenn du mir versprichst, nichts Gefährliches zu tun, lasse ich dich raus. Aber *nur*, wenn du mir erzählst, was ich wissen muss.«

Broonie lugte durch seine verbliebenen Finger. Er bedauerte diese hässlichen Menschen mit ihren lächerlichen, haarlosen Ohren.

»Versprochen«, sagte er.

44 VIERUNDVIERZIGSTES KAPITEL

Finn öffnete den Käfig. Die Legende, die sich selbst Broonie nannte, trat heraus und richtete sich zu ihrer vollen Größe auf, war aber immer noch ein gutes Stück kleiner als Finn.

»Also?«, hakte dieser nach.

»Ich hab Durst«, sagte der Hogboon.

Auf dem Tisch neben dem Scanner stand eine Flasche Wasser, und Finn gab Emmie ein Zeichen, sie zu holen. Sie reichte sie Broonie.

Er kippte das Wasser so schnell in sich hinein, dass es ihm über Kinn und Wangen lief. »Unglaublich. So etwas habe ich noch nie geschmeckt«, keuchte er. »Wie habt ihr es geschafft, den Kadavergeschmack aus dem Wasser zu entfernen?«

»Also?«, wiederholte Finn, der Broonies Frage überging.

»Also?«

»Was hast du neulich gemeint?«
»Tja, es fällt mir wirklich schwer, mich daran zu erinnern«, sagte Broonie. »Dieser Schrumpfapparat muss mich ein bisschen durcheinandergebracht haben.«
Emmie ging auf ihn los. »Du hast es ihm versprochen! Er hat dich rausgelassen, und du hast versprochen, zu reden.«
»Aber er hat mich nicht *rausgelassen*, oder?«, erwiderte Broonie und sah mit einem Glitzern in den Augen zur Tür.
Niedergeschlagen verzog Finn das Gesicht.
»Also gut«, sagte er nach einer Pause.
Emmie machte ein überraschtes Gesicht. »Wenn du meinen Rat willst, Finn ...«
»Will ich nicht.« Finn legte den Exsikkator hin und richtete sich vor Broonie auf. »Es ist sehr wichtig für mich, dass du mir erzählst, was du weißt. Wenn du es tust, helfe ich dir, zu fliehen.«
Broonie schleckte sich genießerisch die letzten Wassertropfen von der Handkante. »Dann sag ich es dir eben. Alles, was ich weiß, ist, dass er kommt. Womöglich ist es schon zu spät.«
»Wer kommt?«, fragte Finn.
»Gantrua.« Broonie sah Finns verständnislosen Blick. »Gantrua? Großer, brutaler Kerl. Narben über Narben. Herrscht über alle möglichen Legenden? Sammelt Zähne? Schuldet mir einen Finger?« Broonie hielt seine verstümmelte Hand hoch. »Du hast noch nie von Gantrua gehört? Also, von ihm. Und seiner Armee. Ehrlich gesagt, glaub ich nicht, dass klar geworden ist, *wie* schrecklich er ist. Einmal hat er mit bloßen Händen einen Kopf abgerissen –«

»Nicht«, unterbrach ihn Finn.

»Wem hat er den Kopf abgerissen?«, fragte Emmie.

Finn gab ihr mit der Hand ein Zeichen, zu schweigen. »Erzähl mir einfach, was das mit mir zu tun hat.«

»Dazu wollte ich gerade kommen«, sagte Broonie. »Es gibt eine Prophezeiung, eine Warnung. Ich wurde hergeschickt, um sie dir zu überbringen.«

»Eine Prophezeiung über mich?«, fragte Finn. Sein Verstand setzte aus, als er versuchte, die Informationen zu verarbeiten.

»Ein Kind des letzten Legendenjägers. Es heißt, er wäre der Schlüssel für die Versiegelung der Welten.«

»Wie lautet die Prophezeiung genau?«

Broonie atmete so tief ein, dass sich seine Nasenflügel blähten wie winzige, grüne Fallschirme im Wind. Dann zitierte er, was er wusste. *»Die Legenden erheben sich, der Junge wird fallen.«*

»Wie?«, sagte Emmie. »So wie beim Hinfallen? Das hört sich nicht – «

»Nein«, sagte Broonie in einem gereizten Ton. »Der Junge wird *fallen*. Sterben.«

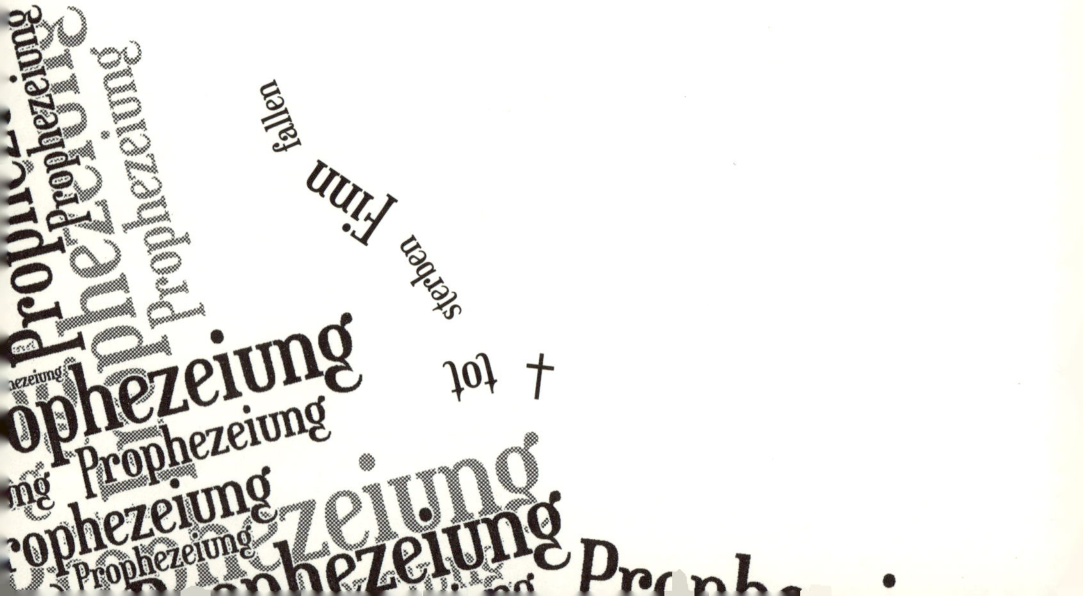

45 FÜNFUNDVIERZIGSTES KAPITEL

Die Welt stand für einen kurzen Moment still. Unheil verkündend und grauenerregend.

Sterben.

»Das ist doch bestimmt nur eine Drohung«, sagte Emmie.

»Nein«, sagte Broonie. »Die Prophezeiung ist ganz eindeutig. *Der Junge wird fallen.*«

»Ich …«, begann Finn, ohne recht zu wissen, was er sagen wollte.

»Aber vielleicht ist Finn gar nicht gemeint«, wandte Emmie ein. »Das ist schon ein bisschen vage.«

»Nein, es ist sogar sehr präzise«, erwiderte Broonie. »Es geht nämlich noch weiter:

aus dem dunklen maule kommt dereinst /
des letzten legendenjägers letztes kind /
um den krieg zu beenden und
das gelobte land zu öffnen /
sein tod auf der verseuchten seite
wird ruhmreicher als alle anderen

»Oh«, sagte Emmie.

»Es ist also eindeutig«, fügte Broonie hinzu.

Finn ging die Prophezeiung im Geiste durch und versuchte, sie auf eine Art wieder zusammenzusetzen, die ihm die Gewissheit gab, dass sie etwas ganz anderes oder überhaupt nichts zu bedeuten hatte. »Ich habe noch nicht einmal vollendet«, sagte er. »Woher soll ich überhaupt wissen, dass ich der Letzte bin? Es könnte auch um jemand ganz anderen gehen.«

Er sah Emmie an, die begriff, dass ihre Zustimmung gefordert war. »Genau, Finn. Es könnte jeder sein.«

»Allerdings«, fuhr Finn fort, »hast du gesagt, die Zwölf hätten euch hergeschickt, um mich zu beobachten, Emmie. Glaubst du, sie wissen etwas? Ich bin ziemlich sicher, dass mein Vater etwas weiß.«

»Könnte sein«, sagte Emmie.

Es entstand eine lange Pause.

»Kommst du damit klar?«, fragte Emmie.

»Mit was genau? Mit der Tatsache, dass ich sterben muss? Oder damit, dass die Legenden sich zu einem Aufstand erheben?«

Emmie ließ den Kopf hängen. »Oh.«

Als Finn den Hogboon anschaute, der neben ihm stand, fiel ihm etwas ein. Ein leichter Schwindel erfasste ihn. »Noch kann es nicht passieren, hab ich recht?«
»Was kann nicht passieren?«, erwiderte Broonie.
»Du hast gesagt, mein Tod würde ruhmreich sein, aber *auf der Verseuchten Seite*. Solange ich nicht dorthin gehe, werde ich also nicht sterben.«
»Klar, wenn du dich damit besser fühlst.«
»Solange ich hierbleibe«, sagte Finn, »bin ich in Sicherheit.«
»Kann schon sein, dass du dann sicher bist«, sagte Broonie. »Ich meine, du musst schließlich zuerst den Krieg beenden, das ist der erste Teil der Prophezeiung. Wie schwer kann es schon sein, die Verbindungen zwischen zwei Welten zu schließen und einen jahrtausendealten Krieg zwischen Menschen und unsereinem zu beenden?«
Der Hogboon stieß ein gezwungenes Lachen aus. Finn und Emmie starrten ihn an.
»Äh«, sagte Broonie. »Auf jeden Fall habe ich dir erzählt, was ich weiß. Jetzt bist du an der Reihe, deinen Teil der Abmachung zu erfüllen.«
»Was für ein Unsinn«, sagte Emmie. »Gib mir den Exsikkator. Ich knall ihn ab.«
»Nein!«, schrie Broonie. »Ihr geht nicht wieder mit diesem Ding auf mich los. Ich habe euch gesagt, was ich weiß, und jetzt gebt mir, was ihr mir versprochen habt.«
Finn packte Broonie am Arm und zog ihn in den hinteren Teil des Zimmers.

»Wenn ihr mir diese üble Schrumpfnummer noch einmal antut«, sagte Broonie, »dann schwöre ich bei den Füßen meiner Mutter, dass ich euch jagen werde, bis eure Haut zu Staub zerfällt.«

Finn zerrte Broonie durch den staubigen Geheimgang auf die Straße, wo er ihn losließ.

»Verschwinde«, sagte er.

Broonie sah sich um. »Wohin denn?«

»Irgendwohin«, sagte Finn. »Hauptsache, du kommst nicht zurück.«

Doch ehe sich der Hogboon rühren konnte, leuchtete etwas Orangefarbenes am Nachthimmel auf, eine Feuerfontäne schnellte irgendwo mitten in Darkmouth in die Höhe. Gefolgt von dem gewaltigen Knall einer Explosion.

»Was war das?«, fragte Emmie.

Finn blickte in die Richtung, aus der die Explosion gekommen war. Eine böse Vermutung stieg in ihm auf, und er fühlte in seinem Herzen, dass er recht hatte. Die Detonation konnte nur aus einem Gebäude gekommen sein.

46 SECHSUNDVIERZIGSTES KAPITEL

Broonie sauste davon. Er flitzte, so schnell er konnte, die Straße entlang und verschwand. Finn und Emmie hingegen rührten sich nicht, sie sprachen kein Wort, verzogen keine Miene, nicht einmal als ein Blitz am Himmel aufleuchtete und Donner die Welt erschütterte. Für einen kurzen Moment sahen Finn und Emmie ihre Welt in diesem Feuer aufgehen, sahen ihre schlimmsten Ängste in jenem Rauch, der jetzt in den schwarzen Himmel hinaufquoll. Als sie schließlich die Sprache wiederfanden, kam es wie aus einem Mund:

»Dad.«

Dann hörten sie, wie in der Bibliothek ein Funkgerät knackte und Finns Vater hustend eine unverständliche Nachricht von sich gab.

Finn rannte zum Funkgerät, nahm das Mikrofon und schrie: »Dad? Du bist am Leben!«

»Gerade so. Eine Falle. Laden zerstört.« Wieder hustete er inmitten von Störgeräuschen. Das Funkgerät fiel kurzzeitig aus. »… gerade noch rechtzeitig rausgekommen. Von Steve gibt es leider schlechte Nachrichten.«
Voller Entsetzen starrte Emmie auf das Funkgerät.
»Er ist auch am Leben«, sagte Hugo, dann folgte lautstarker, wütender Protest von Steve. Emmie sackte erleichtert zusammen.
Das Knacken einer Funkstörung zerhackte die Verbindung. Gleich darauf dröhnte krachender Donner über Darkmouth, und Regen peitschte vom Himmel.
»Finn«, schrie Finns Vater. »Der Himmel! Hol deinen Anzug. Irgendwas Großes ist …«
Der Rest verlor sich in weißem Rauschen.
Der Alarm schrillte los.
Wieder zuckte ein Blitz über den Himmel. Und mit ihm kam eine Erkenntnis. »Wenn mein Dad das alles rausfindet, wenn er merkt, dass ich einen Hogboon laufen gelassen hab, wird es keine Rolle mehr spielen, ob ich auf dieser oder auf der Verseuchten Seite bin. Er wird mich als Erster umbringen.«

Aus »Einführung in die Welt der Legendenjäger«, 6. Band,
13. Kapitel: »Vergangene, heutige und zukünftige Prophezeiung«

Trotz seines Hangs zu Geheimniskrämerei und Bürokratie hat der Rat der Zwölf die Verbreitung von Prophezeiungen stets geduldet, mit der Begründung, das Einzige, was man mit Sicherheit vorhersagen könne, sei die Tatsache, dass sie sich nie erfüllten. In den meisten Fällen jedenfalls. Selbst die zahlreichen Legendenjäger der Vergangenheit, deren Namen auf vermeintliche hellseherische Fähigkeiten hinwiesen – Leo der Seher, Agnes die Vorausschauende, Dermot der Morgenkenner –, waren absolut unfähig, vorherzusagen, was sie am nächsten Morgen zum Frühstück essen würden.
Prophezeiungen sind häufig unerträglich ungenau bei Zeitangaben, stets von irgendwelchen Umständen abhängig, änderungsanfällig und werden viel zu leicht neu ausgelegt, sobald eine vorhergesagte Apokalypse ausbleibt. Hin und wieder jedoch erweisen sie sich als genau im richtigen Maße falsch, sodass der vermeintliche Prophet fast damit durchkommt.
Das berühmteste Beispiel ist der Fall der Todesrätsler, einer Gruppe koreanischer Legendenjäger, die in komplexen Reimen vorhersagten, dass sie ihr heimgesuchtes Dorf verlassen und sich auf den nächsten Berg begeben müssten, von wo sie – wie sie behaupteten – durch ein gewaltiges Inferno in ein legendenfreies Paradies getragen werden würden. Als sie den Gipfel erreichten, sahen sie tief unter sich ihr Dorf bis auf die Grundmauern niederbrennen, weil einer von ihnen den Ofen angelassen hatte.
Selbst jetzt, wo die Tore fast ausnahmslos geschlossen sind, gibt es viele neue und aktuelle Prophezeiungen. Daher fällt in jeder Sitzungsperiode

einem Mitglied des Rats der Zwölf die Aufgabe zu, sämtliche in Entwicklung befindlichen Prophezeiungen im Auge zu behalten, sie einzuschätzen und zu überwachen, sie notfalls unter Verschluss zu halten und zu berichten, wie weit sie schließlich danebenlagen.

Nur dass mitunter, wenn auch nicht sehr häufig, eine dieser Prophezeiungen Anstalten macht, … sich zu bewahrheiten.

Aber selbst dann kann keiner genau sagen, was sie bedeutet. Alles, was sich mit Gewissheit vorhersagen lässt, ist, dass sie Ärger machen wird.

47 SIEBENUNDVIERZIGSTES KAPITEL

Finn rannte die Straße entlang. Sein Kampfanzug schepperte wie Zimbeln im unsteten Takt des Donners, der über Darkmouth grollte. Er erreichte das Ende der Straße genau in dem Moment, als sein Vater mit quietschenden Reifen anhielt, die Beifahrertür aufstieß und ihm zurief, dass er in den Wagen springen sollte.

Finns Vater sah verbrannt aus, sein Gesicht war schwarz und blutig, sein Kampfanzug war vom Staub pulverisierter Mauersteine bedeckt, aber ansonsten schien er in Ordnung zu sein.

»Dad, ich bin so froh, dass du –«

»Sieh dir das an«, sagte Finns Vater und wies auf den Scanner. Er war übersät von grünen Lichtimpulsen. Finn zählte fünf, vielleicht sechs. Einige davon leuchteten auf, verschwanden und kamen nicht wieder. Andere wirkten beständig und gefährlich.

»Ein Angriff?«, fragte Finn.
»Eine Invasion«, sagte sein Vater.
»Werden wir den Apparat in der Bibliothek einsetzen?«, fragte Finn. »Und sie einfach alle umnieten?«
»Nein«, sagte sein Vater bestimmt. »Er hat beim letzten Mal nicht richtig funktioniert, und ich weiß immer noch nicht, warum. Vielleicht zerstört er sie, vielleicht aber auch nicht. Womöglich macht er alles noch schlimmer. Mit ein paar verdampften Goldfischen kann ich leben. Ein paar verdampfte Stadtbewohner sind eine andere Geschichte. Das kann ich nicht riskieren. Noch nicht. Solange machen wir es auf die altmodische Art.«
»Können wir es schaffen, sie alle aufzuhalten?«
»Es gibt nur einen Weg, das herauszufinden«, sagte sein Vater und ließ beim Anfahren den Schotter hochspritzen. Mit quietschenden Reifen schoss Steves Van heran, schleuderte vor ihren Wagen und zwang ihn zu einer Vollbremsung.
Mit Kampfanzug und Helm bekleidet, stürzte Emmies Vater heraus und spähte mit hochgeklapptem Visier durch den strömenden Regen. Er klopfte ans Fenster. »Es öffnen sich zu viele Tore für euch beide allein.«
»Ihr sichert den Strand«, sagte Hugo. »Dort sind zwei Tore. Stellt euer Funkgerät auf meine Frequenz. Keine mittelalterlichen Waffen. Keine Dummheiten. Wenn ich dir befehle, etwas zu tun, tust du es. Glaubst du, du schaffst das?«
Steve seufzte und rannte zurück zum Van. Als er die Tür öffnete, entdeckte Finn Emmie auf dem Beifahrersitz. Sie trug

ihren Kampfanzug, der genauso neu glänzte wie der Helm, den sie im Schoß hielt. Auch wenn sich Finn nicht ganz sicher war, hatte er das Gefühl, dass sie ihm zulächelte; wahrscheinlich wollte sie ihn beruhigen. Dabei sah sie aus, als müsste sie selbst beruhigt werden.

Er streckte einen Daumen in die Höhe.

Beide Fahrzeuge fuhren los und bogen am Ende der Straße in verschiedene Richtungen ab.

»Finn«, sagte sein Vater. »Es wird wahrscheinlich ziemlich zur Sache gehen. Du musst dich allein um ein Tor kümmern. Du kannst das in der Nähe der Schule sichern, und ich übernehme die beiden, die gerade in der Nähe der Brücke aufgehen.« Er nahm den kleinen Monitor vom Armaturenbrett und gab ihn Finn. »Behalte den Scanner im Auge. Wenn sich dein Tor schließt, rennst du zu dem, das dir am nächsten liegt. Funktioniert dein Funkgerät dieses Mal?«

Finn drückte auf den Knopf und zuckte zusammen, weil ihm die Rückkopplung in den Ohren wehtat.

»Was ist mit Mr Glad passiert, Dad?«

»Du hattest recht, was ihn angeht. Das ist passiert.«

Finn war gleichzeitig erleichtert und verlegen. Es war noch nie vorgekommen, dass er recht gehabt hatte und sein Vater nicht. Es war immer andersherum. Und obwohl sie durch vertraute Straßen rasten, fühlte es sich an, als sei die ganze Welt auf den Kopf gestellt worden.

Das Auto sprengte durch eine schmale Straße und rumpelte durch einen Mini-See in dem Krater, den der Exsikkator in

die Hauptstraße gerissen hatte, als der Wolpertinger dort aufgetaucht war.
»Dir geht noch etwas anderes durch den Kopf«, sagte Finns Vater. »Ich kann hören, wie dein Hirn rattert.«
Finn überlegte kurz, ob er ihm mehr erzählen sollte, entschied sich dann aber dagegen. »Alles okay.«
Der Wagen fuhr vor der Schule vor. Finn hielt den Exsikkator in der Hand und befestigte den Scanner an seinem Gürtel. Dann öffnete er die Tür und sprang geradewegs in eine tiefe Pfütze. Seine Stiefel liefen augenblicklich voll Wasser.
»Tut mir leid, dass ich nicht bleiben kann, Finn.«
»Ach, ist schon okay. Du wärst mir wahrscheinlich eh nur im Weg, Dad.«
Sein Vater fuhr grinsend davon.
Finn rannte zur Schule und schlüpfte durch einen schmalen Spalt zwischen den hohen Mauern der Vorderfront. Auf der anderen Seite des leeren Parkplatzes, auf einer Anhöhe in der Nähe des Schuleingangs, entdeckte er das Tor. Sonst war nichts zu sehen. Keine Legende, die herauszukommen versuchte. Kein dicker Staub, der selbst im Regen fiel. Kein Mann mit Hut, der ihn erwürgen wollte. Nichts.
Das Tor warf einen goldenen Lichtschein auf das Wasser, das am Gebäude herabfloss und in einen sich über die Straße windenden Strom mündete. Finn konnte nichts anderes tun, als sich in seinen nassen Stiefeln hinzuhocken und abzuwarten.
Das Funkgerät sprang knisternd an. Finn hörte Steves Stimme. »Wir sind da. Waffen gesichert und geladen«, verkündete er.

Finn verzog gequält das Gesicht und fragte sich, wie Emmie wohl auf den offensichtlichen Übereifer ihres Vaters reagierte. Er stellte sich vor, wie sie draußen in Darkmouth mit ihrem Vater vor einem Tor stand, die roten Haare im Helm verstaut, den Mund weit aufgerissen beim Anblick des Fensters zur Verseuchten Seite. Unausgebildet. Verwundbar.

»Ich bin beim Tor am oberen Ende der Deadhill Lane«, meldete sein Vater über Funk. »Hier ist nichts zu sehen. Bei euch?«

»Hier auch nicht«, sagte Steve.

»Nichts, Dad«, bestätigte Finn.

»Etwas westlich von hier ist noch ein Tor«, sagte sein Vater. »Ich werde es überprüfen. Bleibt alle wachsam.«

Eine Minute später kam Emmies Stimme über Funk. »Finn? Kannst du mich hören? Wie geht es dir?«

»Keine unnötigen Gespräche, ihr beiden«, unterbrach sie sein Vater. »Ich bin jetzt am anderen Tor. Es hat etwa die gleiche Größe, aber es ist nichts durchgekommen. Ich werde hier warten. Und ich schlage vor, dass ihr das Gleiche tut.«

Der Regen prasselte auf den Boden wie Granatsplitter und wurde in der Gasse, in der Finn kauerte und wartete, immer stärker. Das Tor blieb unverändert, sein waberndes Licht pulsierte sanft an den Rändern. Für etwas, das einen solchen Schrecken in die Welt brachte, sah es merkwürdig einladend aus, fand Finn.

Er ging langsam darauf zu, bis das Licht sein Visier erfasste. Dann zog er mit den Zähnen den rechten Handschuh aus und berührte es.

Die Oberfläche des Tores war warm, sie kitzelte fast ein bisschen. Finn schob die Hand ein wenig tiefer hinein und sah das Licht wie eine Flüssigkeit um sie herumfließen. Seine Hand verschwand beinahe gänzlich, bis seine Fingerspitzen auf einen Schwall kalter Luft trafen. In diesem Moment fielen ihm die Geschichten von Legendenjägern wieder ein, die diesen Dingern zu nahe gekommen waren. Hastig zog er die Hand zurück und sah zu, wie sich der dunkle Staub über seine Finger legte, unter den Nägeln dicke Ränder bildete. Selbst der strömende Regen konnte ihm anscheinend nichts anhaben.
Er streifte den Handschuh wieder über und wartete.
Erneut kam Steves Stimme über Funk. »Ich glaube, sie lassen uns hier Phantomlegenden jagen.«
Dann hörte man nur noch Rauschen und Donnergetöse.
Finns Konzentration ließ langsam etwas nach. Er öffnete sein Visier einen Spalt weit, wischte mit dem Unterarm den Regen vom Monitor des Scanners und schaute auf die blinkenden, grünen Lichter. Sie schienen jetzt fest verortet zu sein, fünf insgesamt, unregelmäßig verteilt. Trotzdem kam ihm an der Anordnung der Tore irgendetwas komisch vor. Ihm war fast so, als würde er darin etwas erkennen müssen.
Doch er hatte keine Gelegenheit, darüber nachzudenken. Das Tor verdunkelte sich plötzlich und leuchtete dann wieder hell auf. Finn trat mit gezücktem Exsikkator einen Schritt zurück. Eine Sekunde später flog ein Mantikor durch die Luft, mit ausgefahrenen Klauen und gefletschten Zähnen. Finn drückte ab. Doch es geschah nichts.

48 ACHTUNDVIERZIGSTES KAPITEL

Der Mantikor sprang aus dem Tor, kam aber so unglücklich auf, dass er auf seine Schulter fiel und wegrutschte. Finn drückte noch einmal ab. Wieder nichts. Kein blaues Feuer. Kein leuchtendes Netz. Nur ein jämmerliches, klägliches Pfeifen aus dem blockierten Lauf.

Das Funkgerät meldete sich. Es war Steve. »Warte mal, Hugo, irgendwas ist ... Sie kommen!« Es folgte das scharfe FZZZZT eines auslösenden Exsikkators, dann nur noch Rauschen.

»Was ist es?«, fragte Finns Vater über Funk. »Welche Art?«

Steves Antwort wurde von einem Schuss übertönt. Finn war sicher, dass er Emmie schreien hörte.

Wieder verstummte das Gerät.

Der Mantikor richtete sich blitzschnell auf und stürzte sich auf Finn. Mit einem Aufschrei schleuderte dieser ihm seinen Exsikkator entgegen. Es war reiner Zufall, dass er den Mantikor

mitten im Sprung zwischen die Augen traf. Er ging direkt zu Boden und blieb regungslos liegen.
Finn schnaufte vor Erleichterung, sein Atem ließ das Visier immer wieder beschlagen. Er überlegte einen Augenblick, ob er gerade Pech gehabt hatte, weil sein Exsikkator nicht funktioniert hatte. Oder Glück, weil er ihn nur deshalb nach dem Mantikor geworfen hatte. Auf jeden Fall war die Legende seinetwegen bewusstlos, darauf kam es an. Und Finn gestattete sich ein winziges Lächeln.
Dann fiel ihm das Funkgerät wieder ein, und er drückte nach kurzem Zögern den Knopf. »Dad ...«, begann er.
Sein Vater meldete sich und schrie: »Kontakt! Kontakt!«
Plötzlich ertönte ein Geräusch, das ihm schrecklich bekannt vorkam: das Pfeifen eines blockierenden Exsikkators.
Steve meldete sich und versuchte, etwas im Lärm eines heftigen Kampfes zu rufen: »Mantikore!« Ein FZZZZT. Dann war es wieder still.
Moment mal, dachte Finn. *Mantikore?*
Dann die Stimme seines Vaters. »Hier kommen sie auch weiter durch. Der Exsikkator funktioniert nicht. Ich gehe jetzt zu Nahkampfwaffen über.«
»Zeit für die mittelalterliche Methode, Hugo!«, schrie Steve hämisch durch den Krach auf seiner Seite.
»Finn?«, fragte sein Vater. »Wie sieht's bei dir aus?«
Doch Finn schwirrten in diesem Moment zu viele Gedanken im Kopf herum. Drei, um genau zu sein.
Der erste beschäftigte sich damit, wie unwahrscheinlich es war,

dass sowohl sein Exsikkator als auch der seines Vaters genau zum gleichen Zeitpunkt auf genau die gleiche Art blockierten.
Der zweite drehte sich um die Anordnung der Tore, die ihm immer noch seltsam vorkam und irgendein System zu haben schien.
Und der dritte Gedanke, der sich langsam in den Vordergrund arbeitete, war die Erkenntnis, dass im Tor vor ihm irgendetwas passierte. Ein dunkler Klecks kam immer näher.
Ein zweiter Mantikor fiel vor ihm auf den Asphalt. Ein dritter erschien direkt dahinter und landete genau auf dem ersten. Sie kratzten und bissen sich.
Und als die Mantikore schließlich voneinander abließen, war Finn bereits verschwunden.

49 NEUNUNDVIERZIGSTES KAPITEL

Ein Blitz wies Finn für einen Sekundenbruchteil den Weg durch den leeren Schulkorridor und ließ auf den verblassten Klassenfotos an der Wand unzählige gezwungen grinsende Gesichter aufleuchten.

Dann war es wieder stockfinster. Und totenstill, bis auf das leise Scheppern seines Kampfanzugs, als er die Klassenräume passierte. Über Funk hörte er die Geräusche einer Stadt, die angegriffen wurde. Ab und zu gab sein Vater brüllend den letzten Stand der Kämpfe gegen die eindringenden Mantikore durch. Steve antwortete mit Begeisterungsrufen und dem Zischen eines Exsikkators. Auch Emmie konnte er hören. Sie rief: »Ich gehe zum Wagen.« Oder war es: »Tret ihm in den Magen«? Finn war sich nicht sicher. Aber sie klang okay, und das erleichterte ihn.

Von irgendwo hörte Finn plötzlich ein Geräusch. Es klang, als ob jemand einen Mülleimer umstieß und Dosen herausfielen. Doch er konnte nicht genau ausmachen, ob es aus dem Gebäude oder von draußen kam. Er blieb stehen und hob das Visier, um besser hören zu können. Aber alles, was er hörte, war der Regen draußen.

Finn huschte weiter durch die Korridore und suchte nach einem geeigneten Versteck, wo er im Ernstfall aus dem Hinterhalt angreifen konnte. Aber womit? Er hatte zwar seinen Exsikkator, doch der fühlte sich wie tot an in seiner Hand.

Er schlich weiter durch das Gebäude. Es blitzte, und Finn sah einen ausgestopften Fuchs, der geduckt und mit gefletschten Zähnen in einer Glasvitrine stand. Dann setzte der Donner ein.

Finn fragte sich, was sein Vater in einer solchen Situation wohl tun würde. Dann fiel ihm auf, dass sein Vater ja genau in diesem Moment in einer solchen Situation *war* und *kämpfte*, statt durch eine Schule zu schleichen, um sich ein Versteck zu suchen.

Vielleicht sollte er sich lieber fragen, was sein Vater in einer solchen Situation von ihm erwarten würde. Aber ihm war eigentlich klar, dass durch eine Schule zu schleichen und sich ein Versteck zu suchen mit Sicherheit nicht dazugehörte.

Doch genau das tat er.

Es schien, als habe der Sturm ein wenig nachgelassen. Die Abstände zwischen den Blitzen wurden länger und damit auch die Phasen, in denen Finn in schwärzester Finsternis durch die Korridore tappte. Er überprüfte seinen Scanner und sah, dass sich das Tor vor der Schule geschlossen hatte.

Finn war froh, dass er diese Gänge kannte. Er schlenderte fast täglich hier entlang und kannte jeden Knick und jede Abzweigung ganz genau. Er war sich sicher, dass er sich selbst mit verbundenen Augen in ihnen zurechtfinden würde. Dann prallte er mit Karacho gegen eine Wand, mit der er nicht gerechnet hatte.

Finn stöhnte auf vor Schmerz, und sein Anzug schepperte von der Erschütterung. Die Geräusche schienen durch das gesamte Gebäude zu hallen. Finn erschrak. Mit weit aufgerissenen Augen und angehaltenem Atem stand er wie angewurzelt da.

Ein Blitz erleuchtete den Gang.

Keine Mantikore. Nur Dunkelheit.

Finn hob das Visier ein wenig an, konnte aber dennoch nicht mehr erkennen. Er tastete im Dunkeln seitlich am Helm nach dem Knopf, der die Nachtsichtfunktion aktivierte, und schaltete sie an. Die Welt veränderte sich auf der Stelle: Sie bestand jetzt nur noch aus grünen Klecksen und dunklen Flecken.

Und einer der Flecken in etwa zwei Meter Entfernung war besonders grün – und hatte die Form eines Mantikors.

Vielleicht würde er verschwinden, wenn Finn das Nachtsichtgerät wieder ausschaltete. Einen Versuch war's wert.

Eine Stimme, die nicht von dieser Welt stammte, schwebte tief und bösartig durch die Finsternis: »Was steht im Dunkeln und ist nicht besonders helle?«

Finn schaltete das Nachtsichtgerät wieder an. Der grüne Fleck sprang mit einem grässlichen Knurren auf ihn zu.

Finn fiel zu Boden und versuchte, rückwärts wegzukrabbeln,

doch der Mantikor hatte ihn schnell erreicht und schlug ihm auf Kniehöhe die Zähne in den Anzug.
Finn drosch mit dem Kolben des Exsikkators auf ihn ein, bis die Legende schließlich losließ – und dabei den einen oder anderen Zahn verlor. Als ihn der Mantikor ein weiteres Mal ansprang, holte Finn mit dem Exsikkator aus und schlug ihm mit voller Wucht gegen das Kinn. Ein weiterer Zahn fiel heraus.
Unbeeindruckt fuhr der Mantikor herum und schoss einen giftigen Stachel ab. Finn spürte, wie er sich in den kleinen Spalt des offen stehenden Visiers bohrte, die rasiermesserscharfe Spitze zerkratzte ihm fast das Kinn.
Erschrocken riss er den Stachel heraus. Mit ausgefahrenen Krallen und gefletschten Zähnen – von denen er nun nicht mehr ganz so viele hatte – ging der Mantikor wieder auf ihn los. Doch kurz bevor er Finns Schultern mit seinen Pranken erreichte, rammte dieser ihm den eigenen Stachel in den Bauch. Der Mantikor heulte auf, hieb mit den Krallen nach Finns Anzug und schlug wild um sich, bis Finn ihn von sich stieß. Unter irrem Gebrabbel fiel der Mantikor zu Boden.
Doch selbst nach dieser bösen Attacke spürte Finn fast noch so etwas wie Mitleid für die Legende in sich aufsteigen. Aus der Nähe betrachtet, war es wirklich ein wunderschönes Geschöpf. Sein Fell hatte einen goldenen Schimmer, die darunterliegende Haut spannte sich über die Muskeln. Er streckte die Hand ein wenig aus und fragte sich, ob er ihm vielleicht helfen sollte.
Der Mantikor biss nach ihm. Ausreichend ernüchtert, sprang Finn zurück und spürte ein Knirschen unter den Füßen. Das

Gebrabbel des Mantikors verstummte, dann lag er plötzlich regungslos da.

Als Finns Nerven sich ein wenig beruhigt hatten, durchströmte ihn ein Hochgefühl. Zählt *das*?, fragte er sich. Immerhin hatte er zwei Mantikore aufgehalten. Er hatte sie niedergestreckt und unschädlich gemacht. Ja, er hatte tatsächlich zwei echte Legenden besiegt. *Zählt das als erfolgreiche Jagd?* Doch der Gedanke wurde gleich darauf von einem weniger schönen abgelöst: *Das knirschende Zeug, auf das ich gerade getreten bin: Das waren seine Zähne ...*

Er trat ein paar Schritte zurück und versuchte, nicht weiter daran zu denken.

Wieder meldete sich sein Funkgerät, doch alles, was er hören konnte, war das regelmäßige, kontrollierte Ächzen seines Vaters während eines Kampfes. Das Gerät verstummte und sprang kurz darauf erneut an, diesmal mit dem Geräusch von Steves wild feuerndem Exsikkator. Finn musste wieder an Emmie denken, und er fragte sich, ob sie in die Schlacht involviert war oder ob sie in sicherem Abstand vom Geschehen im Van saß.

Es blitzte, und vor seinen Augen wurde alles weiß. Alles außer dem langen, dunklen Schatten des dritten Mantikors, der an der Wand eines Seitengangs erschien.

In Finns Kopfhörer knackte das Funkgerät. Erschrocken griff er danach, um das winzige Geräusch zu unterdrücken. Doch es war zu spät.

Der Mantikor hatte das Geräusch vernommen. Die Legende drehte sich um und marschierte in Finns Richtung.

50 Fünfzigstes Kapitel

Der Mensch war ganz in der Nähe. Der Mantikor konnte ihn spüren. Er konnte ihn riechen, obwohl sein Geruch fast verdeckt wurde von dem widerlichen Gestank zahlloser Generationen von Jugendlichen, der in jede Pore des Gebäudes gesickert war. Vorsichtig schlich die Legende vorwärts, während sie gleichzeitig damit beschäftigt war, für den Moment ihres Triumphs ein besonders eindrucksvolles Rätsel zu ersinnen. Etwas Originelles, Geistreiches. Etwas, das sie ihren Freunden erzählen konnte, wenn sie nach Hause kam.

Kurzzeitig abgelenkt von diesem Gedanken, bog der Mantikor um die Ecke in einen anderen Gang ein, konnte dort aber nichts entdecken und ging weiter.

Dann knackte das Funkgerät wieder, diesmal lauter. Der Mantikor hielt inne, stellte die Ohren auf und schwenkte sie hin und her wie Antennen.

Er kehrte an die Ecke zurück, die er gerade passiert hatte, und folgte dem Gang.
In der Dunkelheit konnte er lediglich die verschwommenen Umrisse der Türen auf beiden Seiten des Gangs ausmachen. Sie waren geschlossen – mit einer Ausnahme. Hinter dieser offenen Tür knackte ein Funkgerät, und verzerrte Stimmen drangen heraus. Die Legende leckte sich die Lippen und lächelte. Gleich würde sie ihr geniales Rätsel anwenden können.
Mit einem Knurren, das einem das Blut in den Adern gefrieren ließ, stürmte der Mantikor durch die offene Tür in den Raum.
Und rannte geradewegs in einen Haufen von Bürstenstielen und einen Stapel Farbdosen.
Auf dem Boden lag das Funkgerät. Es knackte erneut.
Ehe der Mantikor die Flucht antreten konnte, knallte Finn die Tür zur Abstellkammer des Hausmeisters zu und schob einen Tisch davor, um sie zu verrammeln. Dann packte er einen weiteren Tisch, schob ihn ebenfalls davor und verkeilte zusätzlich noch einen Stuhl mit dem Tisch. Vorsicht war besser als Nachsicht.
Der gefangene Mantikor kratzte verzweifelt an der Tür und versuchte wütend, laut und vergeblich, sich zu befreien.
Erleichtert taumelte Finn rückwärts in einen Klassenraum. Es war sein eigener. Er tastete sich zur Wand vor und ließ sich auf den Boden sinken. Das Nachtsichtgerät begann, seine Augen zu strapazieren, deshalb schaltete er es ab.
Als sich seine Augen an die Dunkelheit gewöhnt hatten, sah er zum Fenster auf. Draußen grollte der Donner durch die Nacht.

Der Scanner leuchtete schwach.
Dort, wo Finns Tor gewesen war, befand sich nun nichts mehr. Dafür hatte sich weiter östlich ein neues geöffnet. Darum würde er sich kümmern müssen.
Wieder dachte Finn an die Anordnung der Tore. Irgendetwas daran schien wichtig zu sein. Er kam nur nicht darauf, was es war.
Auf der anderen Seite des Gangs bemühte sich der Mantikor weiter, aus dem Schrank zu entkommen, seine wüsten Flüche hallten durch die Gänge.
Ein Blitz erhellte das Klassenzimmer und ließ das Whiteboard aufleuchten, auf dem Dreiecke und Winkel aus Finns Matheunterricht gezeichnet waren. Als der Donner über den Himmel rollte, hatte Finn einen Geistesblitz.
Er hievte sich hoch und nutzte das spärliche Licht des Scanners, um das Whiteboard zu beleuchten. Dann sah er wieder auf den Scanner.
Es war nicht auf den ersten Blick zu erkennen. Und auch nicht exakt angeordnet. Doch die über die Stadt verteilten Tore bildeten ein grobes Muster. Es sah aus wie ein Kristall.
Finn fuhr mit dem Finger von jedem einzelnen Punkt auf dem Monitor nach innen. Seine Augen weiteten sich. Der Mund blieb ihm offen stehen. Die Linien, die er gezeichnet hatte, führten zu einem ganz bestimmten Punkt im Zentrum von Darkmouth.
Zu einer ganz bestimmten Straße.
Zu einem ganz bestimmten Gebäude.

Finn kniff die Augen zusammen. Es schien fast so, als seien die Tore platziert worden, um die Aufmerksamkeit von diesem Gebäude abzulenken. Um von etwas abzulenken, was dort geschah.

Er zögerte einen Moment, dann schob er seine Furcht beiseite. Er wusste, was er tun musste. Und er wusste, wo er jetzt sein sollte.

Er drehte sich um und rannte nach Hause.

51 EINUNDFÜNFZIGSTES KAPITEL

Überall in Darkmouth strömte der Regen durch die Straßen, die Fenster erbebten vom Donner, und die Straßenlampen flackerten im Sturm. Es war nicht das erste Mal, dass bizarre Mischwesen die Stadt zu stürmen versuchten.

Doch die Menschen von Darkmouth verhielten sich nicht so wie sonst. Sie kauerten nicht in Hauseingängen. Versteckten sich nicht in den Häusern. Das Murren war lauter geworden in den Läden und Cafés, den Friseursalons und Metzgereien, an den Schultoren, wo sich die Eltern versammelten, und auf den Schulhöfen, wo die Kinder spielten. Die Bewohner von Darkmouth waren schon zu lange untätig gewesen.

Es war der Anfang vom Ende.

Der Anfang eines Sturms.

Und das Ende ihrer Geduld.

Sie kamen aus den Häusern, Läden und Restaurants. Einer nach dem anderen, dann zwei auf einmal. Kleine Gruppen vereinten sich zu einem Zug durch die feuchten Straßen. Und alle marschierten in dieselbe Richtung. Zur Quelle allen Übels.

Finn rannte, so schnell seine Beine ihn trugen, während er sich immer weiter von den offenen Toren entfernte. Er hoffte inständig, dass er mit seiner Vermutung recht behalten sollte. Denn wenn er nicht recht hatte, müsste er jetzt eigentlich zum nächsten Tor hin- und nicht von ihm fortlaufen.

Gleichzeitig spürte er das vertraute Zittern in den Beinen. Die Angst versuchte mal wieder, ihm einen Strich durch die Rechnung zu machen. Er rannte dagegen an, versuchte, sie in den tropfnassen Straßen hinter sich zu lassen. Die Anordnung der letzten Tore war für ihn eindeutig gewesen: Sie bildeten eine gezackte Kontur, die weit um den Mittelpunkt herum verlief. Und dieser Mittelpunkt war sein Haus.

Wenn jemand Finn und seinen Vater von ihrer Basis fortlocken wollte, war dies der wirkungsvollste Weg. Und jemand, der einen Legendenjäger von seiner Basis fortlocken wollte, tat es mit höchster Wahrscheinlichkeit nicht mit den besten Absichten.

Viel wichtiger aber war, dass sich seine Mutter dort befand.

Es dauerte eine Weile, bis er die zunehmende Zahl von Stadtbewohnern bemerkte, die sich trotz des Sturms alle in eine Richtung bewegten – und diese stimmte mit seiner eigenen verdächtig überein.

Er hastete weiter durch das Labyrinth von Darkmouth. Das Platschen seiner Stiefel und das Scheppern seines Anzugs eilten jedem seiner Schritte voraus. Der Regen nahm ihm die Sicht, deshalb hätte er auch fast die Ansammlung von Menschen übersehen, die sich in einem kleinen Durchgang versammelt hatten. Als Finn stehen blieb und ein Stück zurückging, sah er Leute, die sich vor einer Mauer drängten, herumbrüllten und offensichtlich Blut sehen wollten. Und zwischen ihren Beinen kauerte eine kleine Gestalt an den Ziegelsteinen und wehrte Tritte und Schläge ab.

Es war Broonie.

»Aus dem Weg!«, rief Finn mit der tiefsten und autoritärsten Stimme, die er zustande brachte – die aber tatsächlich weder besonders tief noch autoritär war. »Ich kümmere mich um die Legende.«

Die Menge hielt in ihrem Angriff inne und starrte Finn an, der ihnen mit herabgelassenem Visier so aufrecht wie möglich entgegenschritt und sie aus dem Weg winkte.

Doch ein Mann holte gerade zu einem weiteren Tritt aus.

»Das würde ich nicht tun«, sagte Finn. »Wenn Sie das Wesen an der falschen Stelle treffen, explodiert es.«

Alle wichen einen Schritt zurück, auch wenn sie nicht restlos überzeugt wirkten.

Broonie sprang vom nassen Boden auf.

»Warum sollen wir dir trauen?«, fragte ein Mann.

»Unsere mobile Legendenjägereinheit ist gleich um die Ecke«, erwiderte Finn. »Dort kümmern wir uns um die Kreatur.«

»Oh nein! Bitte nicht! Lasst nicht zu, dass er mich fängt«, flehte Broonie theatralisch. »Sie machen dort furchtbare Sachen mit einem.«

»Dann hol eine von deinen Waffen«, sagte der Mann zu Finn. »Wir halten ihn fest, bis du wiederkommst und ihn abschießt.«

»Das könnte ich theoretisch machen«, sagte Finn. »Aber nur wenn ihr alle bereit wärt, das Risiko einzugehen, in den ... äh ... in den *Abgrund der Tränen* gesaugt zu werden.«

»Den *Abgrund der Tränen*?«

»Das ist meinem Onkel mal passiert«, sagte Finn. »Er war tausend Jahre dort, ehe man ihn wiederfand.«

Er drängte sich durch die Leute, packte Broonie am Arm und zerrte ihn durch die Menge. »Das tut wirklich weh«, murmelte Broonie.

»Schweig, Legende!«, herrschte Finn ihn an. Er zerrte Broonie um die Ecke außer Sichtweite und befahl ihm dann: »Verschwinde!«

»Das hast du beim letzten Mal auch gesagt«, sagte Broonie. »Eine Richtungsangabe wäre gut.«

»Irgendwohin.«

Seufzend schüttelte Broonie den Kopf und schoss davon. Endlich konnte Finn weiter nach Hause laufen. Gefolgt von einem kleinen, aufgebrachten Mob, der schnell begriffen hatte, dass hinter der Ecke keine mobile Legendenjägereinheit existierte und Finn auch nicht die Absicht hatte, die Legende zu töten. Wahrscheinlich gab es noch nicht einmal einen *Abgrund der Tränen* – auch wenn niemand bereit war, Letzteres auszutesten.

52 Zweiundfünfzigstes Kapitel

Finn bog in seine Straße ein. Ein paar Dutzend Leute befanden sich bereits dort und grollten mit dem Donner um die Wette.

»Ich stand in unserem Salon und habe gesehen, wie diese Leute wie die Verrückten durch unsere Straße gejagt sind«, hörte er eine Frau mit auftoupierten Haaren sagen, die von einem großen, orangefarbenen Schirm geschützt wurde. »So kann das nicht weitergehen. Wir müssen die Sache selbst in die Hand nehmen!«

»Sollen wir klingeln?«, fragte ein Mann.

»Ich sehe Hugos Wagen nicht«, sagte ein anderer. »Vielleicht sind sie nicht zu Hause. Vielleicht sollten wir später noch mal wiederkommen.«

»Nein«, beharrte die Frau. »Wir lassen uns nicht abschrecken.«

»Entschuldigung«, sagte Finn, der sich einen Weg durch die verblüffte Menge nach vorn bahnte. Ein wenig mühsam zerrte er einen Schlüsselbund aus einer Tasche in seinem Anzug und schaffte es schließlich unter den unangenehmen Blicken der Leute, die Haustür aufzuschließen und einzutreten.
»Na, ausgerechnet …«, murrte die Anführerin, ehe Finn ihr die Tür direkt vor der Nase zuschlug.
Abgesehen vom gelegentlich einfallenden Licht der Blitze, war es stockdunkel im Haus und still, bis auf die Geräusche des Regens, der gegen die Scheiben prasselte, und das Scheppern von Finns Kampfanzug. Er schob das Visier hoch und schlich weiter.
»Mam?«, krächzte er, so laut er konnte. »Bist du da?«
In einem Lichtblitz sah Finn, dass die Tür zum Langen Korridor offen stand. Ein Knall hinter ihm ließ ihn zusammenfahren. Dann ein drängendes Klopfen an der Tür. Er drehte sich zur Haustür um und erkannte eine vertraute Silhouette, die gegen das Sichtglas hämmerte.
Er ließ die Waffe fallen und machte Emmie die Tür auf.
»Jetzt hör mal, junger Mann –«, sagte die immer wütender werdende Frau an der Spitze der anwachsenden Protestmenge, doch der Rest ihrer Rede wurde dadurch abgeschnitten, dass Finn ihr wieder die Tür vor der Nase zuschlug.
»Was machst du hier?«, fragte er Emmie.
»Wir haben versucht, dich über Funk zu erreichen«, sagte sie und rang nach Atem, »aber es war nichts zu hören. Nur ein Knurren wie von einer ganz schrecklichen Legende. Ich habe

mir Sorgen gemacht, dass dir etwas zugestoßen ist. Aber Dad hat das Kämpfen so viel Spaß gemacht, dass er gar nichts mehr mitgekriegt hat. Für ihn ist diese ganze Ballerei wie Weihnachten. Aber ich durfte überhaupt nichts machen und bloß vom Wagen aus zuschauen. Also hab ich ihm gesagt, dass ich zu eurem Haus laufe, um zu sehen, ob du hier bist. Und du bist echt hier. Und der ganze Rest der Stadt auch. Die da draußen scheinen nicht gerade gut drauf zu sein. Diese Kampfanzüge kratzen ganz schön, was?«

Endlich holte sie Luft.

Finn überprüfte den Scanner an seinem Gürtel.

Drei Tore waren noch offen.

»Äh, was tun wir hier eigentlich, Finn?«, fragte Emmie.

»Ich weiß es nicht genau, aber ich glaub, es hat etwas damit zu tun, dass uns jemand nicht hierhaben will.«

»Genial«, sagte Emmie und legte dann fragend den Kopf schief. »Warte mal. Wie war das?«

Finn zeigte ihr den Scanner. »Die Tore haben sich rund um die Stadt geöffnet und uns vom Haus *weg*gelockt.«

»Dann sind wir also hier, weil es hier keine Tore gibt.«

»Ja, aber das bedeutet, dass hier etwas anderes sein muss«, sagte er aufgebracht, ehe er sich wieder ein wenig beruhigte. »Glaube ich zumindest.«

Emmie schien darüber nachzudenken. »Glaubst du, es ist ein Etwas oder eher ein Jemand?«

Plötzlich hallte ein dumpfer Schlag durch den Langen Korridor.

Emmie sah Finn an. »Du musst das nicht tun.«
»Nein, *du* bist diejenige, die das nicht tun muss«, sagte Finn. Er ging auf die offene Tür zum Langen Korridor zu, obwohl er in diesem Moment am liebsten einfach weggerannt wäre. »Ich bin der Legendenjäger hier. Du musst nicht mitkommen.«
»Machst du Witze?«, fragte Emmie lächelnd. »Wir stehen das gemeinsam durch. Das bin ich dir schuldig. Außerdem bist du derjenige mit dem Exsikkator. Warte mal, wo ist der eigentlich?«
»Ach ja, das. Ich habe ihn einem Mantikor an den Kopf geworfen. War ein ziemlich guter Wurf …« Aber Emmie war schon durch die Tür.
Er folgte ihr und sagte sich immer wieder selbst, dass, was sich auch immer am Ende dieses Korridors befand, nichts war, mit dem er nicht fertigwerden konnte. Er war ein Legendenjäger. Fast. Demnächst. Vielleicht.
Dann hielt er sich alles vor Augen, was er an diesem Abend schon vollbracht hatte. Er hatte die Mantikore besiegt. Sie überlistet. Herausgefunden, was er herausgefunden hatte, auch wenn er sich noch immer nicht ganz sicher war, was es war.
Und er hatte all das getan, obwohl er an jedem einzigen Punkt am liebsten davongelaufen wäre. Na ja, in der Schule war er tatsächlich davongelaufen. Egal. Trotzdem. Er hatte gewonnen. Und überlebt. Zumindest bis jetzt.
Sie schlichen durch den Langen Korridor. Direkt auf den schmalen Lichtstreifen zu, der die Tür zur Bibliothek umgab. Sein schwacher Schimmer fiel auf die Porträts an der Wand und

erhellte die Gesichter von Finns Vorfahren, die ihn und Emmie beobachteten, als sie vorübergingen.

»Es kommt mir zum ersten Mal so vor, als könnte ich vielleicht irgendwann tatsächlich selbst ein Porträt bekommen«, flüsterte er.

»Das wirst du, Finn. Ich weiß es. Du wirst vollenden. Und du bekommst eine große Zeremonie.«

»Was meinst du damit?«, fragte Finn.

»Mein Dad hat mir von den Kanonen erzählt.«

»Kanonen?«

Sein Kampfanzug schepperte, und er hielt einen Moment verlegen inne. Emmie ging weiter.

»Aber es ist eigentlich nicht das, was mir im Moment die größte Angst macht«, sagte er, als er sie einholte.

»Was ist es dann?«

»Dass mein Porträt das letzte sein könnte. Dass der Hogboon mit dem, was er gesagt hat, recht behält und es, wenn alles zu Ende geht, auch mein Ende ist.«

Sie standen vor der Tür zur Bibliothek, und Finn hatte ganz weiche Knie.

Ein dumpfer Schlag von drinnen erregte ihre Aufmerksamkeit. Finn schaute Emmie an, um sich zu vergewissern, dass sie ihn ebenfalls gehört hatte. Sie erwiderte seinen Blick. Keiner von ihnen sagte etwas. Erst als sie das Gesicht verzog, begriff Finn, dass sie von ihm erwartete, voranzugehen. Er holte tief Luft und öffnete die Tür.

Und bereute es schon im nächsten Augenblick.

53 DREIUNDFÜNFZIGSTES KAPITEL

Mr Glad wirbelte um den Apparat herum, den Finns Vater gebaut hatte. Drückte auf Knöpfe. Fuhr mit dem Finger über den Computerbildschirm. Überprüfte Drähte. Klopfte an verschiedenen Stellen mit der Rückseite eines Schraubenziehers dagegen.

»Was machen Sie da?«, fragte Finn.

Mr Glad sprang auf, als hätte er einen Schreck bekommen, und legte die Hand auf sein Herz. »Hast du mich erschreckt, Junge. Du hast es also tatsächlich geschafft. Vielleicht ist wirklich mehr an dir dran, als ich dachte. Und deine kleine Freundin hast du auch dabei, wie ich sehe. Sitzt wirklich gut, dein Kampfanzug, junge Dame.«

Er hantierte weiter an der Maschine herum.

Auf einem Tisch neben dem Computer knackte ein Funkgerät. Für einen kurzen Moment drang die Stimme von Finns Vater in den Raum, die im Lärm eines gerade stattfindenden Kampfes fast nicht zu verstehen war. Mr Glad hielt inne, um zuzuhören, bis das Funkgerät wieder verstummte.

Hinter der Erfindung von Finns Vater war ein Geräusch zu hören, das wie ein Kratzen klang.

»Was machen Sie da, Mr Glad?«, fragte Finn wieder.

»Ich könnte mir vorstellen, dass da draußen ein ziemliches Chaos herrscht«, sagte Mr Glad. »Es gab vermutlich ein kleines Problem mit den Exsikkatoren, hab ich recht? Wer hätte das gedacht?«

Wieder ertönte das Kratzen hinter dem Apparat. Drängend. Fast verzweifelt.

Mr Glad zog seine Uhr aus seinem Mantel, überprüfte sie und steckte sie wieder ein. »Weißt du, Junge, es hat schon seine Vorteile, das Vertrauen eines Legendenjägers zu genießen. Sie lassen dich in ihre Welt. Natürlich nie ganz. Nicht bis zum Zentrum. Nein. Nur so weit, wie sie es wollen. Aber es reicht aus, um sich an ihrer Arroganz und ihrem Hochmut vorbeizuschleichen und zu ihrem blinden Fleck vorzudringen. Hier ist eine Lektion für dich. Auch wenn du sie nicht mehr nutzen kannst.«

Er wies auf die Mitte des Bodens. Eine Unmenge Drähte verlief von dem großen Apparat zu einem Glas mit blauer Flüssigkeit, das in einem mit Isolierband umwickelten Metallzylinder steckte. Daran befestigt war eine Eieruhr, deren Scheibe sich mit einem hektischen Ticken drehte. TICK. TICK. TICK.

»Ist das eine Bombe?«, fragte Finn.

»Natürlich ist es eine Bombe. So was in der Art jedenfalls.«

Finn starrte schockiert zur Uhr. Sie zeigte nur noch fünf Minuten an.

Das Kratzen hinter dem Apparat hörte nicht auf. Finn konnte nicht erkennen, was die Ursache war. Er schob sich ein wenig näher heran. »Ich kapier es nicht«, sagte er.

»Du bist so ein Kindskopf«, sagte Mr Glad und werkelte weiter.

»Warum haben Sie versucht, mich zu ertränken?«

»Du vergisst, dass ich dich gerettet habe, Junge.«

»Ich bin fast gestorben«, sagte Finn.

»Ich war wütend. Du hast mich provoziert, mich geschlagen. Die ganze Sache war ein Fehler. Eigentlich hättet ihr, du und dein Vater, am anderen Tor beschäftigt sein sollen, wie die vorherigen Male. Ich hatte nicht vor, dich umzubringen. Jedenfalls damals nicht.«

»Äh ... was für eine Bombe ist das denn?«, fragte Emmie nervös.

»Endlich jemand mit einer gesunden Neugier.« Sichtlich angeregt, hob Mr Glad die Bombe in die Höhe und betrachtete sie. »Um genau zu sein, ist es eher das Gegenteil von einer Bombe. Bomben zerstören Leben. Wenn die Uhr abläuft und sich die Flüssigkeit erhitzt, wird Hugos Apparat, den ich mithilfe dieser Bombe umkonfiguriert habe ...«, er wies auf die mit exsikkierten Legenden vollgestopften Regale, »... Leben *wiederherstellen*.«

Finn drehte sich langsam um. Angst kroch ihm den Rücken hinauf. Er und Emmie betrachteten die schlummernden Hüllen der Legenden, die im Laufe vieler Jahre gesammelt worden waren, eine über der anderen gestapelt vom Boden bis zur Decke. Es waren Tausende.

Eine unvorstellbare Armee, die kurz davor war, zum Leben erweckt zu werden.

Die Legenden erheben sich. Finn spürte, wie ihm die Knie noch weicher wurden.

Mr Glad widmete sich wieder der Erfindung. »Genauso wie ein Exsikkator eine Reanimation vornehmen kann, kann es auch die Maschine. Das gleiche Prinzip, nur in größerem Maßstab. Sie war dazu gedacht, die gesamte Verseuchte Seite zu schrumpfen. Stattdessen wird sie die Legenden aufwecken. Alle, die sich hier in unserer Welt befinden.«

»Sie arbeiten für die Legenden«, sagte Finn.

»Ich arbeite endlich einmal für *mich*«, sagte Mr Glad, der kurz die Beherrschung verlor und mit dem Schraubenzieher herumfuchtelte, bis er sich wieder gefasst hatte. »Sie haben mir nur geholfen dafür zu sorgen, dass dein Vater, als er diesen Apparat baute, auch das Einzige hierherbrachte, was ihn antreiben kann.«

Er öffnete seinen Mantel und zeigte ihnen die drei Kristalle – den Finger des Hogboons, den Schwanz des Mantikors und den Fangzahn des Wolpertingers.

Zwei davon zog er heraus, öffnete das Batteriefach und begann, sie an Drähte anzuschließen.

»Beim letzten Mal hat es nicht richtig funktioniert«, sagte Finn.

»Natürlich nicht. Dafür habe ich gesorgt.«
Wieder setzte das Kratzen ein. Eine Art Stöhnen war zu hören. Die Uhr lief immer weiter ab.
Auf dem Tisch knackte wieder das Funkgerät. Emmies Vater meldete sich atemlos. »Es hat nachgelassen«, sagte er. Der dumpfe Knall eines Exsikkatorschusses folgte. »Ich glaube, die Tore verblassen.«
Dann war es wieder still.
»Also, Junge, ich habe dich zwar nie für einen großen Helden gehalten, aber ich will kein Risiko eingehen. Geh mir aus dem Weg.«
»Warum sollte ich das tun?«, fragte Finn.
»Deshalb.« Mr Glad fasste hinter den Apparat und zerrte Finns Mutter hervor. Ihre Hände und Füße waren gefesselt, und ihr Mund war zugeklebt. Sie hatte die Augen vor Verzweiflung weit aufgerissen. Finn machte instinktiv zwei Schritte auf sie zu.
»An deiner Stelle würde ich nicht weitergehen«, sagte Mr Glad, zog eine schwere Pistole aus seinem Mantel und drückte sie Finns Mutter an die Schläfe. »Die habe ich selbst gebaut. Das Ding zermalmt dir die Knochen. Ist wirklich ganz beeindruckend, auch wenn das Saubermachen hinterher die Hölle ist.«
Finn wich zurück. Er konnte die Augen nicht von seiner Mutter abwenden und unterdrückte den Impuls, zu ihr zu laufen.
»Kannst du dir vorstellen, wie lange ich gebraucht habe, um deine Mutter zu fesseln, Junge?«, fragte Mr Glad. »Sie hat ziemlich viel Kraft für eine Zahnärztin. Das kommt wahr-

scheinlich vom Zähneziehen. Und jetzt mach Platz. Oder ihr Kopf sieht gleich noch schlimmer aus als dein Zimmer.«

»Aber warum tun Sie das?«, fragte Finn.

»Das geht dich nichts an«, sagte Mr Glad, der die Frage mit einer hektischen Bewegung seiner Pistole fortwischte. Dann überlegte er es sich anders. »Was ich dir sagen kann, ist, dass ich es teilweise deinetwegen tue. Genieß den Gedanken, junger Mann.«

Finn konnte den Gedanken weder genießen noch verstand er, was er zu bedeuten hatte.

»Gleich ist es so weit!«, rief Mr Glad aufgeregt. Er stieß Finns Mutter zu Boden und wühlte wieder in seinen Brusttaschen.

»Was ist so weit?«, fragte Emmie.

»Fragen über Fragen. Du kriegst wohl nie genug, was? Du musst deinen Vater in den Wahnsinn treiben.«

Mr Glad holte den verbliebenen Kristall aus seinem Mantel, rollte ihn hin und her, bis er in seiner Handfläche richtig zu liegen kam, und hob ihn dann bis auf Schulterhöhe an. »Unsere kleine Unterhaltung hat mir Spaß gemacht. Wirklich. Aber ich will das hier nicht länger aufschieben.«

Es war, als versuche Mr Glad, den Kristall neben sich in der Luft zu befestigen. Er hielt ihn flach auf der Hand und wandte diese nach außen. Frustriert trat er ein Stück zurück und schaute sich um, während er im Kopf etwas berechnete und dann seine Position veränderte, indem er zwei Schritte nach rechts machte.

Als er diesmal die Handfläche wegzog, blieb der Kristall, wo er war, und haftete irgendwie in der Luft. Mr Glad trat beiseite, ehe ihm einfiel, Finns Mutter zu packen, die sich zur Wehr setzte, als er sie mit sich zog.

Ein Windstoß fegte durch den Raum und brachte ein tiefes, unnatürliches Brüllen mit sich.

Mr Glad zerrte Finns Mutter weiter mit sich fort, die Mühe hatte, sich vom Boden abzustoßen, um mit ihm Schritt zu halten. »Ihr solltest besser aus dem Weg gehen«, rief er.

In diesem Moment riss die Luft auf, und ein Tor platzte mitten in den Raum.

Finn wich zurück und musste die Augen abschirmen vor dem gleißenden Licht.

Mr Glads Mund verzog sich zu einem breiten Grinsen, das von einer Seite seiner fettigen Strähnen bis zur anderen reichte. »Ist das nicht wunderschön?«, schrie er.

In diesem Moment nahm Emmie die Hand vom Knopf des Funkgeräts an ihrem Helm. Sie hatte die letzten Minuten von Mr Glads Geständnis über Funk übertragen.

54 VIERUNDFÜNFZIGSTES KAPITEL

Für Sergeant Doyle hatte der Tag angefangen wie immer. Die Toastscheiben sprangen aus dem Toaster. Der Wasserkessel pfiff. Das Polizeifunkgerät knackte im Standby-Modus. Und sein Briefkasten klapperte, als der Briefträger die Post einwarf. Die allerdings nie die war, die Sergeant Doyle sich wünschte.

An diesem Morgen bestand seine Post aus einer Stromrechnung, einem Prospekt des Supermarkts – was ihn auf die Idee brachte, sich zum Abendessen Speck zu braten – und insgesamt null Komma null Briefen von der Zentrale, in denen ihm eine Versetzung nach Hauptsache-weg-von-Darkmouth bestätigt wurde.

Trotzdem malte er sich beim Frühstück, wie eigentlich jeden Morgen, die Ankunft dieser Nachricht in allen Details aus. Er stellte sich den Umschlag mit der Adresse vor: »An Sergeant

Alphonsus Doyle, Darkmouth«; das offizielle Wasserzeichen als Aufdruck in der Ecke. Und wie er den makellos weißen Papierbogen auffaltete, um einen Blick auf die erste Zeile zu werfen.

»Lieber Sergeant Doyle«, würde es dort heißen, »mit großer Freude möchten wir Sie über die Annahme …« An dieser Stelle würde er aufhören, um den Moment voll auszukosten, einen Schluck aus seiner Teetasse nehmen und sich ein wenig sammeln, ehe er weiterlas. »Mit großer Freude möchten wir Sie über die Annahme Ihres Ersuchens um eine Versetzung aus Darkmouth in Kenntnis setzen. Weiterhin freuen wir uns, Sie informieren zu dürfen, dass Sie sich mit sofortiger Wirkung an Ihren neuen Posten auf der tropischen Insel Tahiti zu melden haben.«

Tahiti war vielleicht ein bisschen dick aufgetragen, aber schließlich war es sein Wunschtraum, also konnte er träumen, was er wollte.

Der heutige Morgen hatte aber leider wieder mit dem üblichen Ausbleiben eines solchen Briefes begonnen. Und mit der Erkenntnis, dass es wahrscheinlich ein Tag wie jeder andere werden würde. Oder, in Anbetracht der häufigen Legendeneinfälle in den letzten Wochen, ein Tag wie jeder zweite. Er war sich nicht sicher, ob seine Kontrollfahrt heute einfach nur langweilig oder zur Abwechslung mal völlig entmutigend verlaufen würde. So oder so keine tolle Aussicht.

Die Beschwerdeanrufe häuften sich in letzter Zeit mehr als je zuvor.

Da gab es jene, die einen bestimmten Groll gegen Hugos Familie hegten: die McAnallys, die dank dieses ungeschickten Jungen, Finn, ein halbes Auto verloren hatten; Mrs Lacey, die ihre Einkäufe fallen gelassen hatte, als sie von einem Monster bedroht worden war; Jim Lacey, dessen halben Fischkutter der Junge ebenfalls im Handumdrehen in einen Metallklumpen verwandelt hatte.

Und dann gab es jene, die einfach die Nase voll hatten.

»Warum passiert das immer noch?«, fragten sie ihn am Telefon.

»Was kann man dagegen tun?«, erkundigten sie sich, wenn er mittags sein Sandwich kaufte.

»Was unternehmen Sie, um das zu beenden?«, nörgelten sie, wenn er stehen blieb, um sich die Schuhe zu binden.

Dafür, hatte er beschlossen, reichte seine Bezahlung nicht aus.

Sergeant Doyle machte seine Runde durch die Stadt, sah bei einigen älteren Bewohnern vorbei und kontrollierte ein paar Geschäfte. Am Nachmittag erledigte er etwas Papierkram, auch wenn es ein wenig ruhiger war als sonst. Um zwanzig nach drei schloss er die Tür der Polizeistation ab und hielt an seinem Schreibtisch ein Nickerchen.

Als junger Polizist hatte Sergeant Doyle noch den Ehrgeiz gehabt, es zum Detective zu bringen. Damals brannte er darauf, einen Fall zu übernehmen, die Spuren aufzudecken und den Schuldigen mithilfe seines unglaublichen Scharfsinns zu finden. Und den Bösewicht allein durch seinen erstaunlichen Kombinationssinn und seine fast schon hellseherischen Fähigkeiten zu einem Geständnis zu zwingen. »Wie sind Sie bloß

drauf gekommen, dass ich es war, Doyle?«, würde er ihn fragen, wenn er in Handschellen abgeführt wurde.
»Sie wären fast damit durchgekommen, wäre da nicht dieser eine fatale Fehler gewesen«, würde er vornehm triumphierend erklären.
Aber nichts von alldem passierte. Sergeant Doyle war ein guter Polizist. Nicht herausragend, aber gut. Und »gut« erfüllte seinen Zweck. Es war akzeptabel. Und für Darkmouth war »gut« gerade richtig. Es hatte sich als sinnlos erwiesen, in dieser Stadt jemand vollkommen Inkompetentes einzusetzen. Das hatten sie einmal getan. Und man hatte einen Monat später immer noch Reste von ihm gefunden. Und ebenso sinnlos war es, jemanden zu schicken, der brillant war, weil das, was sich in Darkmouth zutrug, kein Verbrechen war, das gelöst werden musste.
Daher war »gut« vollkommen ausreichend. Und Sergeant Doyle war in jeder Hinsicht ein guter Mann.

Sein Morgen hatte bereits begonnen wie jeder andere. Und auch der Abend schien ein ganz normaler Abend zu werden. Sergeant Doyle drehte mit dem Wagen wie so oft eine letzte Runde durch die Stadt. Dort wurde er anders als sonst allerdings von krachendem Donner und heftig prasselndem Regen begrüßt. Hatte die Wettervorhersage Regen angesagt? Er hätte sie vielleicht besser noch einmal prüfen sollen. Aber die Zeit würde schon zeigen, um welche Art von Unwetter es sich hier tatsächlich handelte.

Er hielt kurz am Supermarkt, um sich ein paar Speckstreifen zu holen, packte ein halbes Dutzend Würstchen dazu, ein paar Eier, eine Handvoll Pilze und eine Dose Bohnen. Außerdem als kleine Zugabe zwei Packungen gewürzte Kartoffelspalten. Er rannte durch den Regen zurück zum Wagen, warf alles auf den Beifahrersitz, nahm seinen Schlips ab und wollte gerade den Schlüssel im Zündschloss drehen, als er etwas hörte. Etwas, das man wohl als Aufruhr beschreiben könnte.

Sergeant Doyle fragte sich, ob er den Lärm vielleicht nicht hören würde, wenn er den Wagen anließ, und behaupten könnte, dass er nichts davon mitbekommen habe. Doch dann hörte er es wieder. Es klang eindeutig nach Krawall. Sergeant Doyle war ein guter Mann. Er kannte seine Pflichten. Er wandte den Wagen in die Richtung, aus welcher der Lärm kam, und fuhr direkt darauf zu. Er ahnte, wo er landen würde.

Trotz des Unwetters strömten die Menschen zur Straße ohne Namen. Es waren mindestens zweihundert. Vielleicht sogar mehr.

Sie brüllten unter ihren Kapuzen und schwenkten Regenschirme, als wären es Speere. Es war der geballte Lärm einer Stadt, die ein für alle Mal genug hatte.

Sergeant Doyle stieg aus dem Wagen, schloss den Reißverschluss seiner leuchtend gelben Jacke und versuchte, ein Höchstmaß an Autorität auszustrahlen, als er auf die Vorderseite des Hauses zuschritt. Dann arbeitete er sich durch den Mob bis zur Haustür vor.

»Gehen Sie aus dem Weg, Doyle!«, rief ein Mann.

»Also, Leute …«, begann er.
»Hören Sie auf, sie zu beschützen, und fangen Sie an, *uns* zu beschützen!«, schrie eine Frau.
Er hob die Hände, um sie zu beruhigen.
An der Spitze der Menge stand eine Frau, die einen Schirm über ihre modellierte Haarpracht hielt. »Irgendwas muss gegen die Monster da drinnen unternommen werden«, erklärte sie und erntete reichlich Zustimmung aus der Menge um sie herum. »Sie zerstören diese Stadt. Sie zerstören unsere Lebensgrundlage. Wenn Sie nichts dagegen tun, übernehmen wir das.«
»Ach, kommen Sie, Mary, lassen Sie uns nichts überstürzen«, sagte Sergeant Doyle im beruhigendsten Tonfall, den er in seiner Verärgerung zustande brachte. »Das ist für uns alle eine heikle Situation.«
Eine Melone zerplatzte rechts von ihm an einem Fenster, sodass es bis auf den Ärmel seiner Uniform spritzte. Es würde Ewigkeiten dauern, die Flecken zu entfernen. »Also gut«, sagte er aufgebracht. »Das reicht.«
Die Menge schob sich weiter vor. Sie schien sich schon jetzt verdoppelt zu haben. Die Leute drängten vorwärts, kletterten über die niedrige Steinmauer, stampften durch den kleinen Vorgarten und zertrampelten Blumen. Sie drückten Sergeant Doyle beiseite und begannen, an die Tür zu hämmern.
»Aus dem Weg!«, rief ein besonders großer Mann, als er Anlauf nahm und sich dann mit der Schulter gegen die Tür warf. Mit einem besorgniserregenden Grunzen prallte er ab und fiel auf den Rücken.

»Lass mich mal«, sagte ein anderer. Unter seinem Angriff gab die Tür ein kleines bisschen nach, und man konnte hören, wie drinnen das Holz um die Schlösser herum zersplitterte. Der Mann warf sich erneut gegen die Tür, die noch ein Stückchen mehr nachgab. Dann ein letzter Angriff; die Tür sprang auf, und der Mann flog geradewegs hindurch und im Haus auf den Boden.

Die Menge jubelte.

Sergeant Doyle seufzte.

Hinter ihnen schrie jemand.

Am entgegengesetzten Ende der Straße schlichen seltsame, katzenartige Wesen unter den Straßenlaternen herum und verteilten sich, um die Fluchtwege zu versperren. Eines von ihnen erhob sich und breitete die verkümmerten, lederartigen Flügel aus. Dann begann das Wesen zur Überraschung der umstehenden Menschen, zu sprechen.

»Was lässt sich leichter töten, je größer es ist?«

Einerseits alarmiert, andererseits verwirrt über diese Entwicklung der Ereignisse, schwieg die Menge. Schließlich trat einer aus dem Pulk vor und fragte: »Äh ... tut mir leid, könntet ihr uns vielleicht noch einen Tipp geben?«

Die Mantikore griffen an.

55 FÜNFUNDFÜNFZIGSTES KAPITEL

In der Bibliothek lief die Uhr an der Bombe immer weiter ab. Noch drei Minuten.

Das Tor pulsierte kurz. Es sandte eine winzige Schockwelle durch den Raum, die über den Boden fuhr und Staubflocken aufwirbelte.

Aus dem Gang hinter den Bücherregalen drang plötzlich ein leises Husten: ein hörbares Schnauben, das durch den verlassenen Raum hallte.

Abrupt wandten sich alle dem Geräusch zu. Finn erkannte es wieder. Er sah, wie sich die Augen seiner Mutter weiteten, und wusste, dass auch sie wusste, was das war. Oder wer. Mr Glad packte sie, zerrte sie auf die Beine und drückte ihr seine Waffe an die Schläfe.

»Hugo?«, rief er.

Keine Antwort.

»Ich weiß, dass du im Geheimgang hinter dem Regal bist, Hugo«, wiederholte Mr Glad. Ohne das Regal aus den Augen zu lassen, wandte er sich an Finn. »Ich war hier, als dein Vater das Ding gebaut hat, junger Mann. Er hat eindeutig zu viele Spielfilme gesehen.« Finn stockte für einen Moment der Atem, dann fing er sich wieder. Unbändige Wut begann sich in Mr Glad aufzustauen, seine fest geballten Fäuste verrieten den Zorn, der in ihm brodelte. Es war nichts zu hören als das leise Rauschen des Tores und das hektische TICK, TICK, TICK der Uhr. Mr Glad zog Finns Mutter enger an sich.

Finn fühlte einen Stich in seinem Herzen. Er war gefangen, saß in der Falle. Er warf einen Blick zu Emmie hinüber. Der Ausdruck auf ihrem Gesicht verriet ihm, dass sie mit der Situation völlig überfordert war. Das hier war nicht das Abenteuer, das sie erwartet hatte. Also tat Finn das, was er immer tat, wenn er in der Falle saß. Er rief nach seinem Vater.

»Dad, er hat Mam!«, schrie er. »Er wird ihr wehtun.«

»Das kann er sehen, du Idiot«, wies ihn Mr Glad zurecht, um sich dann wieder auf die unsichtbare Gestalt hinter den Regalen zu konzentrieren. »Nicht wahr, Hugo? Du *bist* da, das weiß ich. So, wie du immer da bist, um mich daran zu erinnern, wo mein Platz ist. Wie alle Legendenjäger. Unzählige von ihnen verdanken Leuten wie mir ihr Leben, und es ist immer der Beschaffer, der Opfer bringen muss. Ich habe mein ganzes Leben damit verbracht, den Handlanger zu spielen.«

Mr Glad zerrte Finns Mutter näher zum Tor.
»Aber du, du hast ein ganzes Gebäude, eine ganze Straße, eine ganze Stadt, die dir gehören. Du hast Clara und diesen nichtsnutzigen Jungen, was immer er wert sein mag. Und was habe ich bekommen? Eine Urkunde. Ein *Blatt Papier.*«
Spucke rann Mr Glad aus dem Mundwinkel, die Pistole zitterte in seiner verkrampften Hand. Finn sah zur Uhr hinüber, die immer weiter herunterzählte. Noch zwei Minuten. Ohne seine Mutter aus den Augen zu lassen, bewegte er sich einen Schritt auf sie zu, nur ein kleines Stück und ganz vorsichtig, damit sein Anzug nicht klirrte.
»Also gut, ich hab es satt, mit einer Wand zu reden. Komm raus, Hugo, und zeig mir etwas Respekt. *Sie* tun es«, schrie Mr Glad und wies mit der Waffe auf das Tor.
Das Bücherregal schwang auf. Hugo trat aus dem dunklen Gang. Eine Woge der Erleichterung durchströmte Finn. Sein Vater war da. Jetzt würde alles gut werden.
»Was immer du willst«, sagte Hugo zu Mr Glad, »wir können es dir beschaffen.«
»Nein, Hugo«, sagte dieser ein wenig gefasster, als hätte er sich wieder unter Kontrolle. »*Ich* bin der Beschaffer, schon vergessen? Ich bin derjenige, der organisiert. Rennt. Besorgt. Hol mir dies, Glad. Tu das für mich, Glad. Beschaff mir jenes, Glad. Nun, das hier ist das Letzte, was ich für jemand anderen tun werde. Und die Belohnung der Legenden wird nicht nur ein dummes Stück Blatt Papier sein, das ich mir an die Wand hängen darf.«

Mr Glad umklammerte Finns Mutter fester und machte einen weiteren Schritt auf das Tor zu.
»Nein!«, schrie Finn.
»Clara hat nichts damit zu tun, Glad«, sagte Finns Vater mit einem flehenden Unterton in der Stimme.
»Du irrst dich, Hugo. Wie du weißt, hatten wir am Ende drei Kristalle. Zwei haben für den Apparat völlig ausgereicht. Also bleibt einer für mich übrig. Er wird mir zur Flucht verhelfen.«
Abermals zog Mr Glad Finns Mutter an sich, das Licht des Tores züngelte nun fast an ihnen. »Aber jetzt ist mir klar, dass ich noch etwas viel Wertvolleres hinüberschicken kann. Du hast dich immer dem Wohl dieser Stadt verschrieben. Hast geschworen, sie um jeden Preis zu beschützen und zu verteidigen. Aber ich habe mich immer gefragt, wie weit du gehen würdest, wie viel du wirklich bereit wärst, zu opfern, wenn man dir den Anzug, die Waffen und das Ego wegnimmt.«
Finns Vater bewegte sich ein kleines Stück nach vorn, und das sanfte Licht des Tores fiel auf die zerkratzte Brustplatte seines Kampfanzugs. Seine Stimme zerschnitt die Luft wie Stahl. »Ich werde tun, was nötig ist.«
Mr Glad hielt seinem Blick stand. »Das werden wir sehen.«
Er stieß Finns Mutter mitten in das Tor und ließ los. In ihren weit aufgerissenen Augen spiegelte sich der Schein des Lichts. Sie wehrte sich gegen den Stoß, doch sie geriet ins Straucheln, weil ihre gefesselten Hände und Füße sie aus dem Gleichgewicht brachten.
Finn rannte los, um sie aufzuhalten.

Doch es war zu spät.
Das Licht umhüllte sie. Und sie verschwand.
Hugo reagierte sofort. Mit wenigen Schritten überbrückte er die Entfernung zwischen sich und dem Tor.
Ohne anzuhalten, sprang er Clara hinterher.
Das Tor verschluckte sie beide.
Sie waren fort.

56 SECHSUNDFÜNFZIGSTES KAPITEL

Finn war wie erstarrt, gelähmt vor Entsetzen. Er wartete darauf, dass seine Eltern wieder auftauchten. Sicher würden sie ebenso schnell zurückkommen, wie sie verschwunden waren. Doch es geschah nichts. Das Tor blieb unverändert. Bis auf ein leichtes Kräuseln des satten, gelben Lichts, als hätte man einen Kieselstein in einen Teich geworfen.

TICK. TICK. TICK. Die blaue Flüssigkeit im Glasbehälter gluckerte. Die Uhr zeigte noch dreißig Sekunden.

»Na«, sagte Mr Glad. Seine Arme und seine Waffe hingen nun neben seinem Körper. Auf seinem Gesicht machte sich ein Grinsen breit. »War das nicht toll?«

Rasende Wut trieb Finn vorwärts. In der halben Sekunde, die er brauchte, bis er bei ihm war, durchlief sein Geist sämtliche Trainingsabende, die endlosen Stunden, die etlichen Wiederholungen und Dutzende mögliche Manöver. Alles war da, um genau in dem Moment abgerufen zu werden, in dem er es brauchte. In diesem Moment.

Dann warf er sich auf Mr Glad, prallte mit voller Wucht gegen seinen Bauch, sodass dieser mit wedelnden Armen und Beinen auf das Tor zuflog.

Mit einem Bein war er bereits im glühenden Tor verschwunden, doch dann schaffte es Mr Glad, das Gleichgewicht wiederzuerlangen. Halb in dieser, halb in der anderen Welt richtete er sich auf und funkelte Finn böse an. »Das war wirklich nicht sehr klug von dir.«

Doch Finn bemerkte etwas, das Mr Glad noch nicht gesehen hatte. Das Tor veränderte sich.

Es zitterte und schwankte.

Sein Leuchten wurde stärker.

Das Tor stürzte ein, mit Mr Glad zwischen seinen Zähnen. Er sackte zusammen, ließ die Pistole fallen und wand sich und kämpfte, bis er schließlich waagerecht lag, die untere Körperhälfte in einem Ring aus hungrigem Licht verschollen.

Er schrie auf.

Rings um ihn herum schluckte und rang das pulsierende Tor. Es wollte sich schließen, aber wurde von dem um sich schlagenden Körper in seinem Schlund blockiert. Mr Glad streckte die Arme aus und versuchte vergeblich, sich irgendwo festzuklammern. Licht begann, seinen Körper zu durchfluten. Es strömte ihm durch Nase, Ohren und Augen.

Auf dem Boden begann die Flüssigkeit im Behälter, zu brodeln.

Die Uhr machte PING.

Und dann geschah etwas ganz und gar Überraschendes. Mr Glad hörte auf, sich gegen sein Schicksal zu wehren. Stattdessen sah er Finn direkt in die Augen, grinste und schaute auf sein Handgelenk. Als Finn und Emmie seinem Blick folgten, entdeckten sie einen Zünder, der aus seinem Ärmel herauslugte. Mr Glad drückte ihn.

Im gleichen Moment überwältigte ihn der Druck des Tores. Mit einem Aufbäumen wurde sein Körper von einem Leuchten durchströmt, das ihn in eine Million funkelnde Lichtpunkte auseinanderriss.

Die Bombe erwachte, und die Metallhülle begann, sich zu drehen, als das Glas mit blubbernder, blauer Flüssigkeit in ihrer Mitte aufstieg.

Dann nichts.

Draußen auf der Straße hörten sie Schreie, die Panik einer Menschenmenge, die angegriffen wurde. Drinnen jedoch herrschte völlige Stille.

»Vielleicht funktioniert sie nicht«, sagte Emmie.

Die Bombe explodierte.

57 SIEBENUNDFÜNFZIGSTES KAPITEL

Die Druckwelle hüllte den Raum in ein Meer von Blau, ehe sie schließlich in einem feinen Nebel verebbte, der durch die Bibliothek schwebte und sich langsam auf den Boden und die Regale legte. Und auf Finn und Emmie.

Sie waren über und über mit dem Blau bedeckt. Finn und Emmie richteten sich langsam dort wieder auf, wo sie sich hingeworfen hatten, und spuckten beide eine warme Flüssigkeit aus und glitschten mit den Händen über den feuchten Boden.

Am Rand eines hoch oben angebrachten Regals klapperte ein exsikkierter Ball in einem Glas. Das Gleiche geschah in einem Glas weiter unten. Dann in einem weiteren. Die Regale begannen zu schwanken unter dem Poltern der vibrierenden Gläser, das sich von einem Brett zum nächsten, von Glas zu Glas ausbreitete.

»Das ist gar nicht gut«, sagte Emmie.

Finn machte den Mund auf, um zu antworten. Doch es kam nur ein Tropfen Blau heraus.
Die Bibliothek war erfüllt vom Lärm erwachender Legenden, dem herannahenden Aufmarsch einer Armee, die aus dem Koma erweckt wurde.
Finn sprang hoch und rannte zur Maschine. Rings um ihn herum begannen Gläser herabzufallen. Sie zersplitterten auf dem Boden, wo die exsikkierten Kugeln in den letzten Zuckungen vor der Reanimation frei herumrollten. Finn stand vor dem Apparat und starrte auf den Computerbildschirm. Er war voller Linien, die er nicht verstand. Und ihm wurde etwas schlagartig klar: »Ich habe keine Ahnung, was ich tun soll!«, schrie er Emmie zu.
Sie schlitterte zu ihm hinüber und schrie gegen den Lärm an. »Tu einfach, was richtig aussieht!«
In einem Schauer aus zersplitterndem Glas begannen sich die Kugeln auf dem Boden auszudehnen und zu schreien. Ein heulender Chor von Legenden erwachte zum Leben.
Finn dachte an seine Eltern, die jetzt irgendwo auf der anderen Seite des Himmels waren, in einer anderen Welt. Er hörte das Chaos draußen auf der Straße, das Chaos einer Stadt in Aufruhr.
Der große Lichtschalter an der Maschine war auf jeder Seite mit einem gelben Haftzettel gekennzeichnet. Auf den einen war ein E gekritzelt, auf den anderen ein R. Im Augenblick stand der Schalter auf R. Sein Vater mochte es gern einfach, das wusste Finn. Selbst im größten Durcheinander. Die Zettel

mussten *Exsikkieren* und *Reanimieren* bedeuten. So musste es einfach sein! Sonst würden sie alle sterben.
Er drückte den Schalter in die Position E. Wenn der Apparat all diese Legenden reanimieren konnte, musste er auch in der Lage sein, sie zu exsikkieren, so wie sein Vater es ursprünglich geplant hatte.
Vielleicht.
Die Anzeige stand auf ein Drittel. Finn zögerte, doch das laute Klirren, mit dem irgendetwas Großes von hoch oben herunterstürzte, ließ jeden Zweifel verschwinden. Er musste den Apparat voll aufdrehen.
Sein Finger schwebte über dem großen, roten Knopf. Was könnte im schlimmsten Fall passieren?
Er könnte das Haus zerstören.
Er könnte das Erwachen der Legenden beschleunigen. Und die würden dann das Haus zerstören.
Er könnte Emmie exsikkieren.
Er könnte sich *selbst* exsikkieren.
»Was ist, wenn ich die ganze Stadt exsikkiere?«, rief er Emmie mit pochendem Herzen zu. Die möglichen Konsequenzen seiner Entscheidung schnürten ihm den Hals zu. Alles um ihn herum begann, zu verschwimmen.
Ich kann immer noch weglaufen, sagte er sich.
»Tu es einfach!«, schrie Emmie. »Gleich sind wir sowieso alle tot.«
Finn schlug mit aller Kraft auf den Knopf.
Eine Schockwelle brauste durch die Bibliothek, die Finn und

Emmie die Beine wegzog, als sie durch die Wände hinaus auf die Straße drang.

Drinnen in der Bibliothek war alles still. Finn tastete sich ab, um sich zu vergewissern, dass sein Körper noch aus einem einzigen, menschlich aussehenden Stück bestand. Er schaute zu Emmie, um sicherzugehen, dass auch sie noch da war. Dann hob er den Kopf und blickte auf den Boden. Dort war alles still. Die Legenden waren immer noch Kugeln: eingeschrumpft, hart und regungslos.

»Du hast es geschafft, Finn«, sagte Emmie und riss vor Freude die Arme in die Luft.

Vor ihnen auf dem Boden fing ein einzelner harter Ball an, ein wenig zu zucken. Er machte einen Satz nach vorn. Hüpfte auf der Stelle und begann, sich mit einem anschwellenden, kehligen Schrei auszudehnen.

Finn hob die Waffe vom Boden auf, die Mr Glad zurückgelassen hatte. »Wir sollten besser von hier verschwinden«, sagte er.

Das hatte Emmie bereits getan.

58 ACHTUNDFÜNFZIGSTES KAPITEL

Die Welle wälzte sich im Nu über die Straße und durch die ganze Stadt. Sobald sie von ihr getroffen wurden, erstarrten die Mantikore draußen in Darkmouth mitten im Angriff, mitten in der Verfolgung, mitten im Rätsel. Sie implodierten einer nach dem anderen und schrumpften zu kleinen Kugeln.

WUSCH.

WUSCH.

WUSCH.

Die Schockwelle breitete sich immer weiter aus, wanderte durch Gassen und drang in die verbliebenen offenen Tore ein, die sich daraufhin schlossen.

Sie trieb noch ein Stück über sie hinaus, wo sie schnell an Wucht verlor, abebbte und sich ein ganzes Stück vor den Grenzen von Darkmouth schließlich auflöste.

In einer dieser Straßen stand Emmies Vater inmitten eines Teppichs aus exsikkierten Mantikoren und rang nach Atem. Zudem waren, was die Menschen von Darkmouth zu diesem Zeitpunkt noch nicht wussten, sämtliche Goldfische im Umkreis von tausend Metern aus ihren Gläsern verschwunden.
Auf der Straße draußen vor Finns Haus kamen die Menschen hinter Mauern und Autos hervor, rappelten sich vom Asphalt auf, suchten humpelnd nach Hilfe und kümmerten sich um die Verletzten.
Sergeant Doyle stand heftig schnaufend mitten auf der Straße. In der einen Hand hatte er einen Schlagstock, in der anderen eine kleine Dose Pfefferspray und wartete auf das, was noch kommen würde. Und dabei dachte er nur eins: Es musste doch irgendwo anders einen Psychopathen geben, der eine Polizeieskorte benötigte, oder eine gefährliche Gang, in die sich ein Polizist einschleusen sollte. *Irgendetwas*, damit er von hier verschwinden konnte.
Diejenigen, die dazu in der Lage waren, rückten wieder gegen das Haus vor. Sie hoben Steine und Schuhe auf, die andere in der Panik verloren hatten – oder was immer man sonst noch werfen konnte. Ein Mann schnappte sich einen exsikkierten Mantikor, wog ihn in der Hand und befand, dass er ein ausgezeichnetes Wurfgeschoss abgeben würde. Er hob den Arm, um ihn davonzuschleudern.
Aus dem Haus kam ein Laut, der wie ein Brüllen klang.
Die Menge verstummte.
Eine Art Knirschen hallte tief im Innern wider.

Die Menge schob sich ein Stück heran, um besser hören zu können.

Wieder ertönte das Gebrüll. Diesmal näher.

Eine Gestalt tauchte plötzlich im Eingang auf. Sie taumelte rückwärts und stieß gegen die Tür. Es war der Mann, der kurz zuvor die Tür aufgebrochen hatte und sich während des Mantikorangriffs versteckt hatte. Er drehte sich um und drängte sich durch die Menge.

Nachdem der Mob zugesehen hatte, wie er über die Straße und um die Ecke davongerannt war, wandte er seine Aufmerksamkeit wieder dem Haus zu.

Ein markerschütterndes Knurren drang heraus.

Finn und Emmie stürzten aus der Tür.

Sie blieben vor der Wand aus Menschen stehen, die sich über den Garten und bis auf die Straße erstreckte. Finn schwenkte die Waffe hin und her. »Verschwindet!«, schrie er den Leuten zu, aber nicht einmal die Pistole schien die Menge aus ihrer dumpfen Erstarrung reißen zu können. »Sofort!«

Er packte Emmie am Handgelenk und zog sie durch die Menge.

»Das ist der Junge!«, schrie jemand.

»Schnappt ihn euch!«, forderte ein anderer.

»Mach es doch selbst. Ich hab genug«, erklärte wieder jemand anders.

Wieder kam von drinnen ein gewaltiges Brüllen.

Hinter der Tür wanderte ein Schatten entlang.

Ein sehr großer Schatten.

Dann tauchte er auf. Der Minotaurus. Er schob sich gebückt

durch den Türrahmen und richtete sich im flackernden Licht vor dem Haus zu seiner vollen Größe auf. Die Leute schrien auf, kreischten, drehten durch, flohen um sich schlagend in alle Richtungen, stießen gegeneinander und versuchten stolpernd, zu entkommen.

Finn und Emmie jagten davon, doch Emmie geriet ins Stolpern und fiel hin. Finn versuchte, ihr aufzuhelfen, er legte ihren Arm um seinen Hals und flehte sie an, weiterzulaufen. Überall um sie herum war Panik ausgebrochen.

»Komm weiter, Emmie!«, rief Finn. »Bitte!«

Als der Minotaurus bedrohlich näher rückte, richtete Finn die Pistole auf ihn, legte den Finger auf den schmalen Abzug und zielte. Dabei sagte er sich immer wieder: *Du darfst nicht vorbeischießen, du darfst nicht vorbeischießen, du darfst nicht vorbeischießen.*

Ausgerechnet in dem Moment, als Finn abdrückte, wurde er von einem flüchtenden Stadtbewohner, der panisch nach einer Zuflucht suchte, angerempelt. Finn verfehlte den Minotaurus und wurde vom Rückstoß der Waffe nach hinten geschleudert. Eine rote Kugel landete in einem Baum und kehrte sein Inneres nach außen, sodass statt der dunklen Rinde nur noch helles, zerbröselndes Holz zu sehen war. Eine Frau, die in diesem Moment direkt danebenstand, war für einen kurzen Augenblick wahrscheinlich der größte Glückspilz der Stadt.

Finn lag atemlos da und drückte vergeblich den Abzug. Offensichtlich hatte Mr Glad die Waffe nicht entwickelt, um mehr als einmal zu feuern.

Der Minotaurus bewegte sich auf ihn zu und fegte dabei nur Zentimeter an Sergeant Doyle vorbei. Finn sah, wie der Polizist seinen Gürtel nach etwas absuchte, womit er ihn aufhalten konnte. Finn kam es vor, als könnte er Sergeant Doyles Gedanken lesen: *Der Schlagstock würde nichts ausrichten, eine Ladung Pfefferspray würde nicht einmal bis zur Brust der Kreatur gelangen, und schon gar nicht bis zu ihren Augen …*

Doyle rannte zu seinem Wagen, ließ den Kofferraum aufspringen und begann, darin herumzuwühlen.

Während der Minotaurus immer näher kam, suchte Finn nach etwas anderem, das sich als Waffe eignen könnte. Er nahm seinen Helm ab und schleuderte ihn dem Koloss entgegen. Doch er prallte kläglich an der Legende ab und fiel auf die Straße.

Mit dampfenden Nüstern, die Augen tief und erbarmungslos, erreichte ihn der Minotaurus.

»Hey, du hässliches Riesenvieh, hierher!«

Als Finn am mächtigen Bein der Legende vorbeilugte, sah er, wie Sergeant Doyle eine Signalweste über dem Kopf schwenkte. »Komm schon. Such dir jemanden in deiner Größe!«

Die Kreatur ignorierte Sergeant Doyle und konzentrierte sich wieder auf Finn, sie fixierte ihn mit ihren schwarzen Augen und bleckte mit einem wütenden Schnauben die grausamen Zähne.

Finn schluckte.

Dann hörte man ein Ploppen und Zischen. Und ein gleißendes Licht brannte sich der Legende in die Haut. Der Minotaurus brüllte auf vor Wut und Schmerz, während das weiße Licht verglühte und den Blick auf Sergeant Doyle freigab. Er hielt eine rauchende Signalpistole in der Hand.

Der Minotaurus wandte sich von Finn und Emmie ab und widmete sich nun der neuen Bedrohung. Sergeant Doyle trat den Rückzug an und ging hinter seinem Wagen in Deckung. Die Legende packte das Gefährt an der Unterseite und hievte es von der Straße hoch, wo es einmal kurz die Sirenen aufheulen ließ und dann hilflos auf die Seite kippte.

In der Zwischenzeit stürzte Sergeant Doyle zur Mauer vor Finns Haus und fiel praktisch über sie hinweg in den Vorgarten. Als er den Kopf hob, sah er die Kreatur auf sich zukommen, sein Körper bebte bei jedem Schritt. Mit zitternden Händen lud er die Signalpistole nach und umklammerte sie. *Warte*, befahl er sich selbst. *Warte.*

Dann tauchte der Minotaurus über der Mauer auf. Als Erstes erschienen seine Hörner unter der Straßenlaterne, dann folgten die tiefen, nassen Nüstern und die gezackten Hauer, die aus seinem offenen, schaumigen Maul ragten.

Sergeant Doyle drückte ab.

Die Leuchtpatrone hatte keine Zeit, sich zu entzünden, ehe sie dem Minotaurus geradewegs in die Kehle schoss. Die Legende schluckte sie hinunter, schüttelte den Kopf und rülpste. Aus dem Innern ihrer Speiseröhre drang das gedämpfte Zischen der Zündung. Ein Stoß weißer Phosphordampf quoll der Kreatur aus Ohren, Nase und Maul.

Der Minotaurus taumelte rückwärts, und Sergeant Doyle rannte zum Haus. Als er den Eingang erreichte, durchdrang

ihn ein seltsames Gefühl, eine Art Taubheit ergriff seine Brust. Es kam ihm merkwürdig vor, dass sich seine Beine bewegten, er sich selbst aber nicht.
Er blickte an sich herunter auf eine riesige Klaue, die seine Rippen durchbohrte. Die Legende zog sie heraus, und Sergeant Doyles Welt kippte zur Seite.
Er sackte auf der Türschwelle zusammen, die rechte Wange auf den Boden gepresst. Aus dieser Position musste Sergeant Doyle mit ansehen, wie die Legende zu den Kindern zurückstampfte. Doch Finn und Emmie waren nicht mehr da. Sie waren verschwunden. Sergeant Doyle hatte ihnen zumindest ein wenig Zeit verschafft.
Die Legende sah sich suchend nach ihnen um und machte sich dann auf den Weg zum Ende der Straße.
Vor dem Eingang von Finns Haus richtete sich Sergeant Doyle auf, lehnte sich an den Türrahmen und untersuchte das Loch in seiner Uniform. Ein dunkler Fleck breitete sich auf seinem Hemd und seiner Jacke aus. Sein Atem wurde flach, seine Augen schwer.
Er dachte an den Fleck, der nie wieder herausgehen würde.
Er dachte an Tahiti.

59 NEUNUNDFÜNFZIGSTES KAPITEL

Als Finn und Emmie um die Ecke rasten, stießen sie mit zwei Fahrrädern zusammen, und vier Leiber landeten in einem Haufen aus Gliedmaßen und Metall auf dem Boden.

»Pass doch auf, Monsterjunge!«, schimpfte Conn Savage, der sich aufrappelte, während Manus von seinen Pedalen loszukommen versuchte. Finn schubste Conn zur Seite, schnappte sich dessen Fahrrad und drückte es Emmie in die Hände. »Steig auf.«

Als Manus aufstehen wollte, nahm Finn auch ihm das Rad weg.

»Was machst du da?«, fragte Manus. »Gib das sofort wieder her, oder ich lasse mich nicht mal von deiner Freundin davon abhalten, dich zu zerquetschen.«

»Wir müssen sie uns ausleihen«, fauchte Finn. »Und ihr müsst weglaufen. Sofort.«

»Du machst mir keine Angst in deinem dämlichen Faschingskostüm.«

»Vor *mir* müsst ihr auch keine Angst haben.« Finn trat in die Pedale und sauste davon. Emmie folgte ihm.

Ein dumpfer Schlag ließ den Boden erzittern.

Manus und Conn drehten sich langsam um.

Ein langer Schatten fiel auf die Zwillinge, als der Minotaurus ins Licht der Straßenlaterne trat. Manus zerrte Conn gerade noch rechtzeitig beiseite, um nicht zu Brei gestampft zu werden.

Finn lotste Emmie durch das Labyrinth der Gassen mitten ins Herz von Darkmouth. »Wir müssen ihn abhängen!«, schrie er ihr zu.

Sie schauten sich immer wieder um, stellten sich auf die Pedale, um über Mauern zu spähen und die Legende im Blick zu behalten.

In einer parallel verlaufenden Gasse entdeckten sie den stampfenden Minotaurus. Und im gleichen Moment entdeckte er sie.

Finn und Emmie bogen abrupt in eine Nebenstraße ein. Die Legende stürmte durch einen Garten und setzte krachend über eine Mauer, eine Leine mit Wäsche noch um den Oberschenkel gewickelt.

Finn bremste und sauste schlitternd durch das Gassengewirr, während Emmie in die Pedale trat, um an ihm dranzubleiben.

Sie mussten dem Minotaurus entkommen, Finn wusste nur nicht, wohin. Wieder wünschte er sich, dass sein Vater mit einem Plan auftauchen würde. Und dass seine Mutter zurückkommen würde und –

Moment.
Seine Mutter. Das war es.
Wieder erschien der Minotaurus und versperrte ihnen den Weg.
Finn riss das Fahrrad herum. »Ich hab eine Idee«, schrie er, als er an Emmie vorbeiraste. »Die Praxis meiner Mutter!«
Sie wendete unmittelbar hinter ihm. Der Minotaurus setzte ihnen nach und hielt nur kurz an, um einen Wasserhydranten aus dem Boden zu reißen und ihnen hinterherzuschleudern. Er prallte an einem Bordstein ab und flog nur haarscharf an Emmies Vorderrad vorbei. Sie geriet ins Schleudern, schaffte es aber, sich oben zu halten.
Sie sausten mit Karacho in die Broken Road, wo sie vor der Zahnarztpraxis von Finns Mutter von den Rädern sprangen.
»Was jetzt?«, fragte Emmie.
Sie erhielten die Antwort, als ein Briefkasten an Finns Ohr vorbeischrappte und geradewegs die Eingangstür durchschlug. Die Alarmanlage der Praxis quittierte das mit einem ohrenbetäubenden Duett aus Sirene und Klingelton.
Sie kletterten durch die Tür in den dunklen Flur, wo Finn nach dem Behandlungsraum seiner Mutter suchte. Er entdeckte ihn in dem Moment, als eine riesige Faust das Glas auf der Vorderseite des Gebäudes zum Knirschen brachte.
Emmie schrie in ihr Funkgerät. »Dad! Zur Zahnarztpraxis! Sofort.«
In der Dunkelheit des Behandlungszimmers tastete Finn die Wände ab, bis er endlich den Haken fand, an dem seine Mutter ihre Schlüssel aufbewahrte. Er sank auf die Knie, um das

Schlüsselloch zu suchen. Wieder ertönte draußen ein Schlag. Finn ermahnte sich, ruhig zu bleiben. Tief durchzuatmen. Sich zu konzentrieren. Doch es gelang ihm nicht. Seine Hände zitterten. Die Handschuhe seines Kampfanzugs machten es schwierig, den Schlüssel zu halten. Es war reines Glück, dass er in die Tür glitt. Mit einem erlösenden Klicken drehte sich der Schlüssel im Schloss.

Finn schnappte sich zwei Flaschen, die aussahen wie das Betäubungsmittel, das seine Mutter ihren Patienten spritzte. Eine Flasche gab er Emmie.

»Was machen wir damit?«, fragte sie.

Ein leichtes Beben erschütterte den Raum, Instrumente fielen von den Rollwagen, während der Minotaurus weiter gegen die Vorderseite des Gebäudes hämmerte.

»Ihn hoffentlich lahmlegen«, sagte Finn. »Aber ich glaube nicht, dass diese Spritzen groß genug sind«, fügte er hinzu und gab seine Suche in den Schubladen und Schränken auf.

Weitere Schläge erschütterten das Gebäude. Während sich seine Augen allmählich an die Dunkelheit gewöhnten, rannte Finn durch den Behandlungsraum. Durch das Fenster konnte er die Silhouette der Legende erkennen, die draußen auf der Straße das Gebäude malträtierte. Die Frontscheibe war zu Bruch gegangen.

Alles in ihm drängte Finn, wegzulaufen, weit weg. Aber das würde er nicht tun.

Er würde sogar genau das Gegenteil tun.

Er würde zum Minotaurus *hin*laufen.

Finn atmete tief durch und nahm Anlauf. Er schwang sich auf einen Stuhl, sprang aus dem Fenster und landete taumelnd auf dem Straßenpflaster.
Als er Finn entdeckte, brüllte der Minotaurus mit solcher Wildheit auf, dass die Alarmanlagen mehrerer Wagen ansprangen. Finn sah dem Koloss ins Gesicht. Atmete aus. Atmete ein. Sobald die Legende eine ihrer Klauen in den Asphalt grub und mit dem Arm ausholte, rannte Finn direkt auf sie zu – in diesem Moment fühlte es sich an, als bewegte sich die Welt in Zeitlupe. Im letzten Moment glitt er dem Minotaurus zwischen die Beine, zwängte sich hindurch und kam hinter ihm wieder zum Vorschein.
Als die Legende auf ihn losging, schwang sich Finn mit einem Satz auf die Motorhaube eines Autos, mit einem zweiten auf das Dach und sprang dem Minotaurus von dort entgegen, um ihm die Flasche mit Betäubungsmittel in den weit aufgerissenen Rachen zu werfen.
Doch er verfehlte ihn.

60 SECHZIGSTES KAPITEL

Die Betäubungsmittelflasche prallte an der dicken, aufgesprungenen Lippe des Kolosses ab und zersplitterte auf dem Boden. Finn knallte auf die Straße. Ein stechender Schmerz fuhr ihm durchs Bein, und er krallte sich in den harten Boden in dem Versuch, sich kriechend in Sicherheit zu bringen.

Die Legende ragte über ihm auf, ihre genoppte Haut sah aus wie die Oberfläche eines feindlichen Planeten, ihr heißer Atem strich durch seine Haare, die ohnehin bereits vor Angst gesträubt waren. Finn sah sein Spiegelbild in den brunnentiefen Pupillen des Minotaurus, sah, wie zerbrechlich er war.

Er sehnte sich verzweifelt seinen Vater herbei; wünschte, er möge ihm einmal mehr zu Hilfe kommen. Er würde der Kreatur seelenruhig eine Schrumpfkur verpassen und mit einem lockeren Spruch auf den Lippen davongehen.

Doch das würde diesmal nicht geschehen.
Mit geballten Fäusten bäumte sich der Minotaurus auf und brüllte mit dem über ihm dröhnenden Donner um die Wette.
Finn machte sich bereit. Er schloss die Augen. Spannte sich an für den Schlag.
Er kam nicht.
Als er die Augen öffnete, sah Finn, wie sich der Riese ins Genick fasste und seine Schultern absuchte. Etwas klammerte sich an ihm fest und huschte dem Minotaurus über den Kopf und die Schultern. Es war Broonie, der versuchte, den Klauen des Kolosses auszuweichen.
»Mädchenkind!«, schrie Broonie Emmie zu. »Gib mir das Gefäß.«
Emmie holte aus und warf dem Hogboon ihre Flasche zu. Der hätte sie fast nicht erwischt, schaffte es aber schließlich doch, sie aufzufangen. Er riss ihr die Kappe ab und ließ sie dem Minotaurus geradewegs ins Maul fallen.
Die Legende griff sich an die Kehle. Sie schüttelte den Kopf und machte einen weiteren Schritt auf Finn zu.
»Ich hoffe, das ist nicht bloß Wasser«, sagte Broonie zu Emmie.
»Das hoffe ich auch«, erwiderte diese.
Der Riese blieb stehen, schüttelte abermals den Kopf und machte wieder einen Schritt. Die Knie des Riesen gaben ein wenig nach, doch er hielt sich weiter aufrecht und ragte über Finn auf, der sich auf allen vieren befand und trotz seines schmerzenden Knies aufzustehen versuchte. Ein tiefes Gurgeln wälzte sich durch die riesigen Gedärme des Minotaurus,

als er, das Gesicht an die Hausmauer gepresst, über Finn zusammenbrach.
Während Emmie zu Finn rannte und ihn unter dem zusammengesackten Minotaurus herauszog, tauchte am Ende der Straße mit quietschenden Reifen Steves Van auf.
Der Wagen kam schleudernd zum Stehen, und Steve sprang heraus. Als er den Hogboon entdeckte, hob er die Waffe.
»Nicht, Dad«, sagte Emmie und trat ihm in den Weg. »Finn wäre ohne ihn nicht mehr am Leben.«
Völlig fassungslos und erleichtert gleichzeitig, lachte sie ein wenig. Ihr Vater zog sie in seine Arme und beschmierte ihren Kampfanzug dabei mit feuchtem Blut.
Finn war jetzt auf den Beinen, der Schock entfaltete seine Wirkung, und ein Zittern ergriff seine Brust. Er fühlte sich kalt und allein.
»Ich hätte das nicht tun müssen, wisst ihr?«, sagte Broonie.
»Wie hast du die Exsikkatorwelle überlebt?«, fragte Finn mit klappernden Zähnen.
»Die Exsikkator-was?«, fragte Broonie.
»Es gab ... eine Art Bombe, die alle Legenden geschrumpft hat. Na ja, fast alle jedenfalls. Ich habe sie ausgelöst«, sagte Finn.
»Keine Ahnung«, sagte Broonie. »Ich bin weggelaufen. Das hast du mir gesagt, also habe ich es gemacht. Und ich habe es bis aus der Stadt raus geschafft.«
»Du musst außerhalb ihrer Reichweite gewesen sein«, sagte Emmie. »Aber warum bist du zurückgekommen?«
»Ich war oben auf einem Hügel und habe auf die Stadt runter-

geschaut, als ich den Minotaurus gesehen habe. Und ich habe auch gesehen, dass er euch verfolgt. Ich bin schon Minotauren begegnet. Und von denen will wirklich keiner gejagt werden. Außerdem war ich dem Jungen noch was schuldig. Wir Hogboons zahlen unsere Schulden immer zurück. Meistens jedenfalls. Aber wenn Gantrua je erfährt, was ich getan habe, wird er mich auf den Zähnen aufspießen, die er sammelt.«

»Ich dachte, ich sterbe …«, sagte Finn zitternd.

»Willst du dich nicht mal bei mir bedanken, dass ich dich gerettet habe? Vergiss nicht, dass ich, seit ich hierhergekommen bin, verprügelt, beschossen, eingefroren und mit einem Stromschlag erledigt wurde …«

»Mit einem Stromschlag?«, fragte Emmie.

»Frag nicht.«

»Vielen Dank«, sagte Finn. Er sah Emmie an. »Euch beiden.«

»Gern geschehen«, sagte Broonie und wies dann auf den Exsikkator. »Jedenfalls würde ich an deiner Stelle jetzt erst mal den fiesen, kleinen Zaubertrick an dem Minotaurus anwenden und mir hinterher über die Einzelheiten Gedanken machen. Was immer er gerade verschluckt hat, ist wahrscheinlich nicht stark genug, um ihn lange ruhigzustellen.«

Emmies Vater hob den Exsikkator, überlegte es sich vor dem Abdrücken aber noch einmal anders und reichte die Waffe an Emmie weiter. »Es wird Zeit, dass du es probierst«, sagte er.

Sie nahm sie willig entgegen, zögerte aber, zu schießen. »Es kommt mir irgendwie grausam vor, wenn er einfach nur daliegt –«

Der Koloss erwachte mit einem wütenden Schnauben.
Emmie drückte ab.

61 EINUND-SECHZIGSTES KAPITEL

Es war Emmie, die als Erste den Staub bemerkte, der durch die Luft wirbelte. Ein trüber Film, der sich im Licht der Straßenlaternen spiegelte. Er legte sich als feine Schicht auf die Autos, deren Alarmanlagen immer noch plärrten, und fiel sachte auf die zerbrochenen Ziegelsteine vor der Zahnarztpraxis. Als Emmie den exsikkierten Minotaurus mit dem Fuß hin und her rollte, hinterließ er auf dem eingestaubten Fußweg eine kleine Spur.

Broonie hielt einen Finger in die Luft, um ein wenig Staub aufzufangen, leckte dann daran und spuckte ihn wieder aus. »Schmeckt nach zu Hause«, sagte er.

Finn stand mit hängenden Armen da und fühlte sich völlig verloren. Der Himmel hatte sich wieder geschlossen. Die Tore waren verschwunden und seine Eltern in diesem schrecklichen Jenseits verschollen.

»Komm mit uns, Junge«, sagte Emmies Vater.
Aber Finn blieb, wo er war, und wehrte sich gegen den sanften Druck, mit dem Steve an seiner Schulter zog. Er holte sein Handy aus dem Kampfanzug, wählte die Nummer seiner Mutter und hoffte niedergeschlagen auf eine Verbindung.
Doch alles, was er hörte, war eine fremde Tonbandstimme: *»Der gewünschte Teilnehmer ist im Augenblick nicht erreichbar...«*
Emmie machte einen Schritt auf ihn zu. »Finn ...« Aber ausnahmsweise versiegten die Worte, die ihr sonst so leicht über die Lippen gingen. Sie streckte einfach die Hand aus, drückte sein Handgelenk und ließ nicht wieder los.
Broonie sprang aufgeregt herum. »Wie lange wollen wir noch hier rumstehen? Ich bin sehr weit weg von zu Hause, wisst ihr? Vielleicht könnte das mal jemand anerkennen.«
Steve nahm Emmie den Exsikkator ab und schwenkte ihn halbherzig in Broonies Richtung, der sich auf der Stelle zusammenkauerte.
»Die jungen Menschen sind ja ganz okay«, murmelte Broonie, »Aber dich sollte man an die Todeslarve verfüttern.«
Steve hob den exsikkierten Minotaurus auf und ging damit zum Van. Emmie zog Finn ein paarmal am Handgelenk, um ihn aufzufordern, mitzukommen, also trottete er langsam zum Fahrzeug und blieb nur noch einmal kurz stehen, um Broonie zuzunicken.
Der Hogboon wog einen Moment lang seine Optionen ab und folgte ihnen.
Als sie beim Wagen ankamen, packte Emmie den Türgriff. Finn

zögerte. »Sie sind fort. Mam und Dad sitzen auf der Verseuchten Seite fest, und ich kann nichts dagegen tun.«
Broonie hockte neben ihm auf dem Trittbrett. »Wem sagst du das? Du bist nicht der Einzige, der alles verloren hat. Ohne einen Kristall gibt es für mich keinen Weg zurück. Dabei habe ich einen Sack voller Käfer, die gefüttert werden müssen.« Er sprang in den Van.
»Was hast du gesagt?«, fragte Finn.
»Dass ich einen Sack voller Käfer habe, die gefüttert werden müssen. Sie werden sich gegenseitig auffressen, und dann bin ich geliefert.«
»Nein, nicht das. Das andere. Über den Kristall.«
»Tja, falls du nicht zufällig irgendwo einen herumliegen hast, sitze ich hier fest.«
Finn sprang hinten in den Van, warf die Tür zu und befahl Steve, ihn so schnell wie möglich nach Hause zu fahren. Der Wagen schoss mit quietschenden Reifen davon, und Broonie schimpfte wie ein Rohrspatz, als er hinten hin und her geschleudert wurde.

62 ZWEIUND-SECHZIGSTES KAPITEL

Broonie langte so hoch hinauf, wie er konnte. Der Kristall, den Finn nach dem ersten Angriff des Minotaurus gefunden hatte, befand sich nicht mehr in seiner Unterhosenschublade: Er lag jetzt in Broonies ausgestreckter Hand, und der Hogboon stand mitten in der Bibliothek. Die kleine Legende bewegte den Kristall von hier nach da und suchte in der Luft nach einem Halt.

»Bist du sicher, dass du weißt, wie es geht?«, fragte Finn.

»Willst du mich beleidigen?«, fauchte Broonie. »Natürlich weiß ich das. Aber man kann ihn nicht einfach hochhalten und loslassen. Es braucht Geduld und Geschick, und wenn du mir den Stuhl geben könntest, würde mir das sehr helfen.«

Finn gehorchte, und Broonie kletterte auf den Schreibtischstuhl, von dem er fast wieder herunterpurzelte, als dieser sich im Kreis drehte. »Also wirklich«, schimpfte er. »Diese Welt –«

Dann setzte er seine Suche nach einem Halt in der Luft fort.
»Dass ihr mich dabei alle anstarrt, ist auch nicht gerade hilfreich«, beklagte er sich bei Finn, während Emmie und ihr Vater ihn weiter anstarrten.
Der Hogboon fluchte leise und verstummte dann, weil er anscheinend gefunden hatte, wonach er suchte. Langsam ließ er den Kristall los und rutschte vom Stuhl. Der Kristall blieb, wo er war, er hing unglaublicherweise fest in der Luft.
»Ihr solltet besser zurücktreten«, sagte Broonie, als er sich schlurfend vom Kristall entfernte. »Es kann einem manchmal die Ohrhaare versengen. Ich kannte mal jemanden, dem hat es ein ganzes –«
Das Tor barst in den Raum, sodass sie in alle Richtungen davongeschleudert wurden. Broonie landete auf dem Hintern. Finn fiel gegen Emmie, die ihn auffing und festhielt, bis er sich wieder aufgerichtet hatte. Dabei versuchte er, nicht allzu verlegen auszusehen, was ihm allerdings völlig misslang.
Sie versammelten sich vor dem wogenden Licht des schmalen Tors und betrachteten die sprühenden Funken an seinen Rändern.
»Bist du sicher, dass meine Mam und mein Dad dort sein werden?«, fragte Finn.
»Jeder Teil der Verseuchten Seite ist mit einem bestimmten Ort in der Gelobten Welt verbunden«, erwiderte Broonie. »Wenn sie *hier* hinübergegangen sind, dann sind sie auch noch *dort*. Falls du verstehst, was ich meine.«
Da er nicht sicher war, dass sie tatsächlich verstanden, was er

meinte, fuhr er fort. »Stellt euch vor, die eine Welt befände sich genau über der anderen«, sagte Broonie. »Wenn ihr in diesem Raum ein Tor öffnet, führt es euch immer zum gleichen Ort auf der Verseuchten Seite. Wenn ihr dagegen auf der anderen Seite der Stadt ein Tor öffnet, könntet ihr, nach allem, was ich weiß, auch in Gantruas Schoß landen.«

»Also warten wir?«, fragte Finn.

»Wir warten«, bestätigte Broonie.

Sie warteten. Aber es kam niemand durch das Tor.

»Wehe, wenn du lügst«, knurrte Steve mit zusammengebissenen Zähnen.

»Also schön, meine Zeit hier ist um«, sagte Broonie ungehalten. »Das hier sollte eigentlich die Gelobte Welt sein. Aber wenn ihr mich fragt, lohnt es sich nicht, dafür einen Finger zu verlieren.«

Er näherte sich dem Tor.

»Warte«, sagte Finn.

»Ich habe das Tor geöffnet«, sagte Broonie. »Ich kann nichts dafür, wenn keiner durchkommt. Und ich werde nicht warten, bis es sich wieder schließt.«

»Ich will mit dir gehen«, sagte Finn.

»Auf die andere Seite?«, sagte Broonie. »Ich glaube nicht, dass du das willst.«

»Du gehst nicht«, sagte Steve.

»Meine Eltern sind dort. Ich werde sie zurückholen.«

»Das Tor wird sich bald schließen«, sagte Steve.
»Dann muss ich es jetzt tun.« Finn ging auf das Tor zu, dessen Aura ihm unter dem Kampfanzug eine Gänsehaut verursachte. Dann blieb er stehen, weil ihm urplötzlich klar wurde, was er im Begriff war, zu tun. Sein Vater hatte nicht gezögert, hineinzuspringen. Also sollte er es auch nicht tun. Es war Zeit, dass er zu dem Legendenjäger wurde, der er nach Meinung der anderen sein sollte.
Er wollte nur nicht alleine gehen. »Ich könnte ... wirklich ... ein bisschen Hilfe gebrauchen«, sagte er.
Emmie sprang vor. »Dann komm ich mit dir«, sagte sie.
Ihr Vater legte ihr die Hand auf die Schulter und hielt sie zurück. »Er meint nicht dich, Emmie.«
»Aber ich kann Finn das nicht allein tun lassen, Dad.«
»Das wird er auch nicht. *Ich* gehe mit ihm. Du bleibst hier, sonst stecke ich deinen Kampfanzug in den Schredder. Das hier ist kein Spiel, ihr beiden. Finn, hier sind die Regeln, bevor wir dort reingehen: Wenn wir deine Eltern nicht sehen, kehren wir um. Wenn ich sage, wir kehren um, dann kehren wir um. Wenn ich gehe, gehst du auch. Und wenn ich dabei umkomme, werde ich dich das nie vergessen lassen.«
Steve hob seinen Exsikkator und trat zu Finn ans Tor, der zum zweiten Mal die Hand ins Licht steckte und es sein Handgelenk umfließen ließ – fast so, als prüfte er die Wassertemperatur, ehe er sich ins Meer stürzte.
»Was ist mit der Prophezeiung?«, fragte Emmie.
Finn zog die Hand aus dem Tor, das fürs Erste stabil blieb.

Sein Tod auf der Verseuchten Seite. Das hatte Finn völlig vergessen. Die Zeilen waren im Schock über den Verlust seiner Eltern und dem Bedürfnis, sie zurückzuholen, völlig untergegangen. Doch als er jetzt auf das verlockende, goldene Tor starrte, wurde ihm die volle Tragweite dieser Worte wieder bewusst. Und ihm wurde klar, dass dieses Tor wie ein reißender Strom war, bereit, ihn mit sich zu ziehen.

»Bis bald, Emmie«, sagte er.

»Also schön, genug geredet. Die Zeit wird knapp«, sagte Broonie mit einem Anflug von Panik in der Stimme. Er zwängte sich zwischen Finn und Steve durch das Tor und wurde augenblicklich vom Licht verschluckt.

»›Ein bisschen ausspionieren‹, haben sie zu mir gesagt«, murmelte Steve. »›Nichts Gefährliches‹, haben sie gesagt.«

Er senkte den Kopf und trat mutig ins Licht.

Finn reckte das Kinn, hielt die Luft an und folgte ihm.

63 DREIUNDSECHZIGSTES KAPITEL

Einen Moment lang
war Finn nichts als Licht.

64 VIERUNDSECHZIGSTES KAPITEL

Dann war da ein Gefühl wie jener Ruck zwischen Schlaf und Erwachen, wie die letzten Funken eines Traums. Es war Finns Bewusstsein, das für eine Nanosekunde zerlegt und fast genau auf die gleiche Art und Weise wieder zusammengesetzt wurde.

Es war berauschend.

Dann erreichte er die Verseuchte Seite und verbrachte die ersten Sekunden damit, sich zusammengekrümmt unter dem Schock der fauligen Luft zu übergeben. Steve stand neben ihm und spähte in das trübe Licht. Er hatte seinen Helm noch auf und das Visier geschlossen, was ihm in der minderwertigen Atmosphäre Schutz bot.

Als Finn sich etwas besser fühlte, bemerkte er, dass Steve etwas anstarrte. Nur was?

Dann entdeckte er die beiden Körper im Gestrüpp.

65 FÜNFUNDSECHZIGSTES KAPITEL

Finn und Steve rannten zu den Körpern, die zwischen dornigem Schilf zusammengesunken in einer Senke lagen.

»Fomorianer«, sagte Steve und untersuchte die großen, niedergestreckten Gestalten, die beide eine sichelförmige Narbe auf der Stirn trugen. »Die sind sogar noch hässlicher, als man es uns beigebracht hat. Anscheinend sind sie noch am Leben. Muss ziemlich schwer sein, sie mit bloßen Händen umzubringen. Da hat dein Vater ganze Arbeit geleistet, sie so fertigzumachen. Vorausgesetzt, dass er es war, natürlich.«

Finn sah sich um. Hinter ihnen stand Broonie vor dem Licht des Tores, das hier wesentlich gleißender wirkte; sein Glanz stand in scharfem Kontrast zum Fehlen jeglichen Liebreizes in dieser Welt.

»Es ist herrlich, findet ihr nicht?«, quiekte Broonie mit auf-

richtiger Begeisterung. »Oh, ich hätte nicht geglaubt, dass es mir so fehlen würde, aber die Luft schmeckt so gut wie Nacktschneckenwein.« Er tanzte ein bisschen umher vor Glück.
Finn würgte, riss sich aber gleich wieder zusammen und rief: »Dad!«
»Da draußen ist niemand«, sagte Steve. »Zumindest nicht, so weit ich sehen kann.«
»Mam!«
»Ihr solltet euch hier nicht zu lange aufhalten«, warnte sie Broonie. »Auf den Straßen sind Banditen unterwegs, und egal wie viel ein Hogboonschädel als Schmuckstück einbringen mag, ihr wollt ganz sicher nicht rausfinden, wie viel ein Menschenschädel wert ist.« Er ließ sich einen Augenblick Zeit, um den Jungen von oben bis unten zu mustern, ehe er den dunklen Gedanken verwarf, der in seinem Kopf heranwuchs. »Nein, das sollte ich nicht tun. Das wäre nicht recht. Lieber ehrlich als reich. Obwohl ehrlich *und* reich auch nicht schlecht wäre …«
Ohne auf Broonie zu achten, stimmte auch Steve in Finns Rufen ein, und ihre Stimmen hallten über das verdorrte Gras zu den blattlosen, knorrigen Bäumen hinüber, die die Lichtung umgaben.
Vor ihnen erstreckte sich das Feld bis auf einen Hügel hinauf, hinter dem das Land abfiel und dann abermals anstieg, zum Fuß einiger kahler, felsiger Berge.
»Dad! Mam!«
»Hugo! Clara!«

Ein Kreischen zerriss in der Ferne die faulige Luft.
»Ihr könnt schreien, so viel ihr wollt«, sagte Broonie. »Ich bleibe nicht hier, um zu sehen, wer euch darauf antwortet.«
Steve, dessen Stimme immer noch vom Visier gedämpft wurde, beugte sich zu Finn herab. »Sie könnten schon weg sein. Und unser Tor wird nicht viel länger offen bleiben. Wir müssen bald gehen.«
»Ich gehe nirgendwohin«, sagte Finn. Er rief noch einmal nach seinen Eltern, was in einem erneuten Würgen endete.
Wieder ertönte von oben das Kreischen, diesmal näher. Steve richtete den Exsikkator zum Himmel. Ein Schatten glitt durch eine tief hängende Wolke. Und zwar schnell.
Finn entfernte sich einige Schritte von dem nach wie vor offen stehenden Tor und wandte den Kopf den fernen Bergen zu.
»Hörst du das?«, fragte er Steve. Es war ein kaum wahrnehmbares Rumoren im Boden.
»Ich höre nichts, Finn. Aber wir müssen gehen.«
Der Schatten glitt über sie hinweg. Ein schriller Ruf gellte durch die Wolke. Finn, Steve und Broonie schauten zum Himmel.
Sie spürten ein winziges Beben im Boden.
Die Anspannung in Broonies Stimme nahm zu. »Also, ich habe ein Zuhause, um das ich mich kümmern muss. Wenn ihr mich entschuldigen würdet.«
Ein Wesen stürzte sich aus der Wolke herab. Die Luft mit den Flügeln peitschend, rollte es sich wie eine Schlange zusammen, fletschte die Zähne und schoss auf den abseitsstehenden Broonie zu.

Der Hogboon schrie und duckte sich und hielt die Hände schützend über den Kopf. Der Rachen der geflügelten Schlange senkte sich über Broonies Haarkrone, die Spitze eines Fangzahns fuhr ihm über die Haut.
FZZZT.
Mit einem WUUUSCHZZZZZ brach das Geschöpf halb exsikkiert zusammen. Der Kopf und ein Flügel waren zu einer groben Kugel zusammengeknüllt, während sich der Schwanz auf dem Boden weiterwand und der nicht geschrumpfte Flügel das Wesen mit jedem Schlag weiter im Kreis herumtrieb. Broonie lugte durch die Finger, während die Schlange immer müder wurde und schließlich reglos im Gestrüpp liegen blieb, wo das Tor ihren grausigen Zustand festlich beleuchtete.
»Interessant«, murmelte Steve und senkte die rauchende Waffe. »Anscheinend funktioniert der Exsikkator hier nicht so gut.«
Finn hörte ihm nicht zu. Er konzentrierte sich wieder auf das Rumoren, das immer lauter wurde und näher kam. Das anschwellende Beben im Untergrund kitzelte ihn nun an seinen Fußsohlen.
Die funkelnden Ränder des Tores verfärbten sich für einen Moment.
»Das Tor wird sich bald schließen«, sagte Broonie, der sich langsam zurückzog. »Es war interessant, euch zu treffen. Wir müssen es nicht wiederholen. Macht's gut.« Er rannte auf den verkrüppelten Wald zu.
Steve packte Finn an der Schulter und zog ihn zum Tor. »Wir gehen jetzt.«

Finn schüttelte ihn ab. Steve packte ihn erneut und zerrte ihn zum Rand des Lichts. »Wir kommen wieder und holen sie, Finn. Irgendwie kommen wir wieder.«
Die Wärme des Tores schlug ihm entgegen, als Finn sich noch einmal der leeren, trostlosen Welt zuwandte und sich im Stillen schwor, zurückzukehren. Er wollte gerade in das Loch zwischen den Welten treten, als er sie hörte.
»Finn!« Die Stimme seines Vaters schallte vom Rand der Bäume zu ihm herüber. Dann tauchten zwei Gestalten auf. Sie waren in der Düsternis kaum zu erkennen, nur dunkle Umrisse, die den Staub aufwirbelten. Der Arm seiner Mutter war um den Hals seines Vaters geschlungen, während sie auf sie zurannten.
»Dad!« Finn sprang ein paar Schritte vor. Steve schrie ihm zu, zu bleiben, wo er war.
Hugo und Clara lösten sich voneinander, beide waren nur noch auf Finn konzentriert, doch schon nach wenigen Schritten blieb Finns Mutter hinter seinem Vater zurück, und Finn sah, wie er einen Augenblick stehen blieb, nach ihrer Hand griff und sie erneut losrannten.
Die Erde bebte. Die Erschütterung übertrug sich auf Finn und ließ seinen Anzug scheppern. Er spähte zum Hügel hinüber.
Auf seinem Kamm erschien eine Armee.
Mantikore und Wolpertinger vorweg, gefolgt von riesigen Fomorianern mit federnden Schritten, und zwischen ihnen eine Heerschar anderer Legenden. Es war eine verrückte Masse aus Gestalten, die knurrend, springend, polternd auf sie losstürmte.
»Beeilt euch!«, schrie Finn, so laut er konnte.

66 SECHSUNDSECHZIGSTES KAPITEL

Den Blick starr auf das Tor gerichtet, rannten Finns Eltern mit aller Kraft. Steve feuerte mit dem Exsikkator eine Salve in Richtung Hügel. Das Netz zog einen blauen Bogen, flog jedoch nicht weit genug.

Das Tor hinter Finn ächzte ein wenig und begann bereits, in sich zusammenzubrechen. »Schnell!«

Die Armee stürmte über die bebende Erde. An ihrer Spitze ritten zwei Gestalten auf dem Rücken riesiger Bestien mit drei Hörnern und vier Beinen. Eine der beiden Gestalten war ein Riese, und Finn konnte selbst von Weitem das gezackte Drahtgeflecht erkennen, das von seinem Hals aufragte.

Die andere Gestalt, die fast gänzlich von einem Kapuzenumhang verborgen wurde, wirkte winzig neben ihm.

Finn sah seine Eltern über den harten Untergrund stürmen. Steve gab einen weiteren Schuss auf die heranpreschenden

Legenden ab, und diesmal landete das Netz in den vorderen Reihen und warf mehrere Kreaturen zu Boden. Der Rest der Armee stürmte über die Opfer hinweg weiter vorwärts.

Finn stand am Rand des Tores. »Schnell. Schnell!«

Im gleichen Moment, in dem seine Eltern das Tor erreichten, krümmte sich das Licht abermals nach innen – die letzte Ankündigung, dass das Tor unmittelbar vor seiner Schließung stand.

Hugo schnappte sich Steves Exsikkator und stieß Clara zu ihm hinüber, ehe er beide in Richtung Tor schubste.

»Ich glaube, ich muss mich bei dir bedanken«, sagte er zu Steve.

»Ach. Sieht aus, als hättest du hier alles unter Kontrolle gehabt«, erwiderte Steve, ehe er Claras Arm nahm und das Licht sie verschluckte. Und sie dorthin verschwanden, wo es sicher war.

Nun befanden sich nur noch Finn und sein Vater auf der Verseuchten Seite.

Die Wand aus fluchenden, gierenden Legenden war fast bei ihnen. Die beiden Vorreiter zogen energisch die Zügel an und brachten ihre Bestien zum Stehen, während die Horden hinter ihnen aufschlossen. Der Riese an der Spitze schickte ein wütendes Knurren durch die abgebrochenen Zähne seiner Maske, bei dem sich seine kreuz und quer über das Gesicht verlaufenden Narben verzogen. Gleichzeitig hielt er die Bestie unter sich mit Armen in Schach, von denen jeder einzelne breiter war als die Brust von Finns Vater.

Die Legende starrte Finn unverwandt an, als wisse sie genau, wer er war. In diesem Moment begriff Finn, dass der Riese der Fomorianer sein musste, von dem Broonie gesprochen hatte. Dies musste Gantrua sein.

Das Gesicht unter der Kapuze verborgen, kämpfte die verhüllte Gestalt neben ihm mit ihrer sich aufbäumenden Bestie.

Finn besann sich. Er stand am Rand des Tores, das sich immer mehr verformte. »Dad, wir müssen los!«, rief er. Doch statt durch das Tor zu springen, richtete Finns Vater den Exsikkator auf die beiden Anführer, ehe er sich für einen von ihnen entschied. Er zielte auf die verhüllte Gestalt.

Und diese zog sich langsam die Kapuze vom Kopf.

Hugo wich voller Entsetzen zurück. Er schien ihn augenblicklich zu erkennen. Finn brauchte einen Augenblick länger.

Die Haut des Mannes – denn es war ein Mann und keine Legende ...

... die Haut des Mannes war völlig ausgeblichen und entsetzlich vernarbt und seine Augenfarbe von verwaschenem Rosa. Dennoch waren in seinen Zügen genügend Spuren des Gesichts von dem Porträt aus dem Langen Korridor wiederzufinden. Hugo stand mit aufgerissenem Mund da, völlig ungläubig staunend, und ließ die Waffe sinken, während sich auf den ausgetrockneten Lippen seines Vaters ein spöttisches Lächeln ausbreitete.

Das war Niall Schwarzzunge. Der Mann, der versucht hatte, mit den Legenden zu reden, was nicht gut ausgegangen war. Der verlorene Vater von Finns Vater. Er starrte sie an, bis er von den Legendenhorden, die zeternd danach verlangten, zu den Eindringlingen zu gelangen, verschluckt wurde.

Das Tor ächzte. Finn schrie seinen Vater an, zu verschwinden, doch Hugo rührte sich nicht. Stattdessen hielt er den Blick auf die Stelle gerichtet, an der sich Niall befunden hatte, ehe die Legenden um ihn herumgeschwärmt waren. Schließlich drehte er sich zu Finn um.

»Sag deiner Mam, dass ich sie liebe und bald wiedersehen werde«, rief er. »Aber ich muss das tun.«

»Was tun?«, fragte Finn.

»Meinen Vater verfolgen.«

»Aber –«

»Du kommst schon klar. Du wirst einen Weg finden, Finn. Das hast du mir bereits bewiesen. Finn der Widerspenstige.« Er warf einen schnellen Blick hinter sich. Die lärmende Wand aus Legenden hatte sie fast erreicht. »Hör zu, Finn. Es gibt irgendwo eine Karte. Im Raum S3 im Haus. Hörst du mich? Finde die Karte.«

Er schubste seinen Sohn durch das Tor.

Das letzte, verwackelte Bild, das Finn von der Verseuchten Seite mitnahm, war, wie sein Vater sich umdrehte und auf die heranstürmende Legendenarmee losging.

Finn lag auf dem Rücken, der beißende Atem der Verseuchten Seite wich aus seiner Lunge. Seine Mutter kauerte neben ihm und hustete, während Emmie und Steve sie zu beruhigen versuchten. Finn streckte den Arm aus und berührte die Hand seiner Mutter.

Das Tor erlosch.

Aus »Einführung in die Welt der Legendenjäger«, 7. Band, 42. Kapitel, aus den Fußnoten der Einleitungspassage von »Die Große Unannehmlichkeit«

Nach dem Verschwinden von Niall Schwarzzunge führten die Zwölf eine gründliche Untersuchung durch. Eine Kommission wurde nach Darkmouth entsandt und alle, die über Informationen verfügten, gebeten, sich zu offenbaren. In vielen Fällen entpuppten sich die Dinge aber als kaum mehr als Nichtigkeiten, aufgeschnappte Gerüchte und von Vermutungen umrankte Halbwahrheiten.

Dennoch wurden einige handfeste Fakten zutage befördert und ein umfassender Bericht angefertigt, den die Ermittler jedoch wieder unter Verschluss nahmen, weil sie befanden, dass seine Offenlegung katastrophale Konsequenzen haben würde.

Im Laufe der Jahre gab es hier und da undichte Stellen, die es uns erlaubten, Nialls letzte Augenblicke zumindest ansatzweise nachzuvollziehen. Folgendes ist bekannt:

Niall hatte sich am Erscheinungsort eines Tors befunden, noch bevor sich dieses überhaupt öffnete. Sein Sohn Hugo, der kaum alt genug gewesen war, um ein Schwert zu heben, war ebenfalls am Schlund dieses offenen Tores gewesen.

Es heißt, Niall habe sich im flackernden Licht des erlöschenden Tores vor sein einziges Kind gekniet und ihm etwas ins Ohr geflüstert. Dann stand er auf, legte die rechte Hand auf die Brust, zog sich die Kapuze über den Kopf, trat einen Schritt zurück und ließ sich vom Rachen der anderen Welt verschlingen.

Die Enthüllung der Botschaft, die er seinem Sohn übermittelte, steht noch aus, falls sie sich überhaupt in das Gedächtnis eines Knaben eingeschrieben hatte, der zu diesem Zeitpunkt einem Mantikor nicht einmal bis an die Schulter reichte. Dennoch heißt es, beim Zusammenbruch des Tores sei ein letztes Wort durch die beiden Welten gehallt.

»Karte.«

67 SIEBENUNDSECHZIGSTES KAPITEL

Die Tür schwang so plötzlich auf, dass Finn fast der Länge nach hingefallen wäre. Er fing sich, unmittelbar bevor seine Mutter, Emmie und Steve hinter ihm hereindrängten.

Es war das Zimmer S3 – ein Speicherraum im Langen Korridor, in der Nähe des Eingangs zum Haupthaus. Seine massive Holztür war von oben bis unten mit eisernen Riegeln und einem dicken Messingschloss versehen. Der Raum war zwischen E1, einem Lager für Equipment, und A2, in dem ein Teil der jahrhundertealten Archive der Familie aufbewahrt wurde, eingeklemmt.

Ansonsten wirkte der Raum völlig unauffällig. Selbst die Tatsache, dass weder Finn noch seine Mutter ihn je betreten hatten, war nicht ungewöhnlich. Es gab viele Türen im Langen Korridor. Viele Räume, in die sie nie einen Fuß gesetzt hatten.

Steve probierte den Lichtschalter aus.
Die einzelne Glühbirne im Zimmer blitzte kurz auf und erlosch gleich wieder.
Der Raum war schmal und besaß nur ein spaltbreites Fenster hoch oben an der gegenüberliegenden Wand, durch das ein Strahl des Mondlichts auf den einzigen Gegenstand im Zimmer fiel: einen schmalen, hohen Tisch an der rechten Wand etwa in der Mitte des Zimmers.
Auf dem Tisch stand ein braunes Holzkästchen. Finn ging zu ihm hinüber, die anderen folgten ihm. Seine Mutter zuerst, aber mit langsamen Bewegungen, der Schock lähmte ihr noch immer die Sinne.
Finn untersuchte das schlichte Kästchen, das keinerlei Markierungen besaß, kein Muster, nicht einmal ein Schlüsselloch, nur saubere, runde Kanten. Als er es berührte, wirbelte Staub auf, der im fahlen Licht tanzte. Finn fuhr mit den Fingern am Rand entlang und suchte nach einem Deckel. Als er ihn fand, klappte er ihn vorsichtig auf.
Drinnen lag ein Blatt Papier, sauber zusammengefaltet. Finn wandte sich zu seiner Mutter um, bevor er es herausnahm. Schwach und erschöpft, immer noch gezeichnet von den Luftverhältnissen auf der Verseuchten Seite, nickte sie nur.
Er zog das Blatt heraus und faltete es behutsam auf. Es war ganz steif und brüchig aufgrund seines Alters, und Finn gab sich Mühe, es an den Knickstellen nicht einzureißen.
Offensichtlich verunsichert, schaute er auf das Blatt und dann wieder zu seiner Mutter.

»Was ist?«, wisperte sie.
»Es ist keine Karte. Es ist ein Satz. Nur ein Satz. Und nicht mal in Dads Handschrift.«
»Wie lautet er?«, fragte Emmie.
Finn las ihn laut vor. »Erleuchtet das Haus.«

68 ACHTUNDSECHZIGSTES KAPITEL

Sie machten jedes Licht an, schalteten in jedem Raum und in jeder Ecke die Lampen an und erleuchteten das Haus am frühen Morgen bis in den letzten Winkel, ehe die Sonne auch nur durch die Fenster gelinst hatte.

»Wo sollen wir bloß anfangen?«, fragte Finn Emmie. »Wo würde jemand eine Karte verstecken? Das kann ewig dauern.«

»Wenigstens bekommen wir dafür einen Tag schulfrei«, sagte Emmie.

Vor ihnen erstreckte sich der Korridor. Hinter ihnen die Bibliothek. Steve stand mitten in den Trümmern und betrachtete mit einem Atlas in der Hand die langen, halbrunden Regale. »Die gute Neuigkeit ist, dass es hier drinnen eine Karte gibt«, rief er Finn und Emmie zu und blätterte weiter. »Und die schlechte ist, dass es noch eine weitere, oh, ein paar Tausend weitere gibt.«

Finns Mutter kam durch den Langen Korridor und wollte

etwas sagen, als sie bei ihnen ankam. Doch sie brach lediglich in Husten aus. »Ich glaube, das braucht noch ein paar Tage«, sagte sie, als ihr Hals schließlich wieder frei war.

»Du solltest dich besser ausruhen, Mam.«

»Ich ruhe mich aus, wenn wir deinen Vater gefunden haben.« Sie legte Finn den Arm um die Schulter, der sich kurz an sie schmiegte und ganz vergaß, sich in Emmies Gegenwart dafür zu schämen. Seine Mutter gab ihm einen Kuss auf die Stirn und betrat die Bibliothek.

»Clara, ich weiß, dass wir uns gerade erst begegnet sind«, sagte Steve, »und dass Sie mir vielleicht nicht unbedingt über den Weg trauen, aber ich möchte, dass Sie wissen –«

»Lassen Sie uns einfach diese Karte suchen, okay?«

»Okay.«

Emmie beugte sich zu Finn. »Weiß deine Mutter von der Prophezeiung?«

»Ich habe es ihr nicht gesagt. Sie hat genug andere Sorgen. Und du darfst es ihr auch nicht sagen.«

»Meine Zeit als Spionin ist vorbei, versprochen«, erwiderte Emmie.

»Bitte keine Geheimnisse mehr.«

»Einverstanden«, sagte Emmie mit einem Nicken.

»Abgesehen von dem Geheimnis, das wir vor deiner Mutter haben, versteht sich.«

»Versteht sich.«

Emmie schaute die lange Reihe der Türen entlang.

»Mit welcher sollen wir anfangen?«

»Ich weiß es nicht. Mit der nächsten, nehme ich an«, sagte Finn.

»Und dann?«

»Suchen wir am besten nach einem Muster. Nach irgendetwas, das eine Karte sein könnte. Wenn es offensichtlich wäre, hätte Dad mir gesagt, wo ich sie finde. Also muss sie irgendwo versteckt sein.«

Emmie zögerte. »Glaubst du, er wird es schaffen?«

»Ja, das glaube ich«, sagte Finn. »Das glaube ich wirklich. Schon als er so alt war wie wir, hat er unglaubliche Dinge vollbracht, mit Legenden gekämpft, die fünf Mal größer waren als er. Hab ich dir je davon erzählt, wie er –«

»Ja.«

»Und von dem Tag, an dem er –?«

»Davon auch.«

»Na, dann weißt du ja, dass er es schaffen wird.«

»Und was passiert, wenn wir die Karte finden?«

»Dann folgen wir ihm«, sagte Finn mit mehr Zuversicht in der Stimme, als er tatsächlich empfand.

»Ich weiß nicht, ob ich euch da eine große Hilfe sein werde«, sagte Emmie.

»Das weiß ich auch nicht. Ich könnte dir ein paar Manöver beibringen. Kennst du die MacNeill'sche Gliederzerteilung?«

»Äh, nee. Wessen Glieder hat er denn zerteilt?«

»Ehrlich gesagt, seine eigenen.«

Emmie sah Finn für einen Moment prüfend von der Seite an und boxte ihm dann gegen den Arm. »Ich habe dir schon mal gesagt, dass du mich nicht veräppeln sollst.«

Sie ging zur ersten Tür und drückte die Klinke herunter. Finn folgte ihr. »Aber es ist ein echtes Manöver, das schwör ich dir.« Hinter ihnen blickte Niall Schwarzzunge mit gesenktem Kopf von seinem Porträt und verweigerte jedem, der ihm ins Gesicht sah, den Blickkontakt. Stattdessen waren seine in verkrusteter Farbe erstarrten Augen nach unten gerichtet, auf einen roten Tisch an seiner Seite, auf dem einige Gegenstände verstreut lagen: ein Kompass, eine Feder in einem Tintenfass, ein Vergrößerungsglas, ein paar Münzen, zwei Bücher ohne Titel und ein kleiner, aufgerichteter, quadratischer Spiegel.

In diesem Spiegel war das Abbild eines Papierstücks zu sehen, nicht größer als ein Daumennagel und doch leuchtend und in allen Einzelheiten erkennbar.

Und in seiner Mitte war ein winziges, aber klar erkennbares X aufgemalt.

Ende

fortsetzung folgt …

danksagung

Mein aufrichtiger Dank geht an Marianne Gunn O'Connor, die nicht nur eine ausgezeichnete Agentin ist, sondern mir auch noch jedes Mal eine heiße Schokolade kauft, wenn wir uns sehen. Und an Vicki Satlow dafür, dass sie Darkmouth in die ganze Welt hinausgetragen hat.

Außerdem danke ich Doris Janhsen, Anne-Kristin zur Brügge und Till Weitendorf vom Verlag Friedrich Oetinger, die sich Darkmouth mit großem Engagement widmen.

Und meinen Lektoren bei HarperCollins, Nick Lake und Erica Sussman von HarperCollins US, die Darkmouth zu einem viel, viel besseren Buch gemacht haben.

Danke an meine Eltern Tim und Marie – als ich jung war, haben sie mir Bücher so schnell gegeben, wie ich sie lesen konnte. Und ich danke meinen Kindern Caoimhe, Aisling, Laoise und ganz besonders Oisín, der das Buch vor allen anderen Jungs gelesen hat und gesagt hat, dass es großartig ist, ohne dass ich ihn bestechen musste.

Und zu guter Letzt gilt meine Liebe Maeve, die meine Launen erträgt, wenn ich schreibe. Und wenn ich nicht schreibe.